LE VALLON

Romans d'Agatha Christie

(Masque et Club des Masques)

	Masque	Club des masques
A.B.C. contre Poirot	263	296
L'affaire Prothéro	114	36
A l'hôtel Bertram	951	104
Allô ! Hercule Poirot ?	1175	284
Associés contre le crime	1219	244
Le bal de la victoire	1655	561
Cartes sur table	275	364
Le chat et les pigeons	684	26
Le cheval à bascule	1509	514
Le cheval pâle	774	64
Christmas Pudding		42
(Dans le Masque : Le retour d'Hercule Poirot)		
Cinq heures vingt-cinq	190	168
Cinq petits cochons	346	66
Le club du mardi continue	938	48
Le couteau sur la nuque	197	135
Le crime de l'Orient-Express	169	337
Le crime du golf	118	265
Le crime est notre affaire	1221	288
La dernière énigme	1591	530
Destination inconnue	526	58
Dix brèves rencontres	1723	578
Dix petits nègres	299	402
Drame en trois actes	366	192
Les écuries d'Augias	913	72
Les enquêtes d'Hercule Poirot	1014	96
La fête du potiron	1151	174
Le flambeau	1882	584
Le flux et le reflux	385	235
L'heure zéro	349	439
L'homme au complet marron	69	124
Les indiscrétions d'Hercule Poirot	475	142
Je ne suis pas coupable	328	22
Jeux de glaces	442	78
La maison biscornue	394	16
La maison du péril	157	152
Le major parlait trop	889	108
Marple, Poirot, Pyne et les autres	1832	583
Meurtre au champagne	342	449
Le meurtre de Roger Ackroyd	1	415
Meurtre en Mésopotamie	283	28
Le miroir du mort		94
(dans le Masque : Poirot résout trois énigmes)		

AGATHA CHRISTIE

LE VALLON

Traduction de Michel Le Houbie

LIBRAIRIE DES CHAMPS-ÉLYSÉES

Ce roman a paru sous le titre original :

THE HOLLOW

CHAPITRE PREMIER

A six heures treize très exactement, ce vendredi-là, les grands yeux bleus de Lucy Angkatell s'ouvrirent sur une nouvelle journée. Tout de suite bien éveillée, comme toujours, elle se mit à réfléchir. Son esprit, extraordinairement actif, évoquait déjà un certain nombre de problèmes, dont elle ne tarda pas à décider qu'il lui fallait les examiner avec quelqu'un. Elle choisit pour cela Midge Hardcastle, qui était arrivée au *Vallon* la veille au soir. Elle se leva vivement, jeta une robe d'intérieur sur ses épaules, demeurées fort belles, et s'en fut vers la chambre de sa jeune cousine. Comme ses pensées allaient toujours bon train, Lady Angkatell, tout en marchant et suivant une habitude qui datait de longtemps, répétait à la muette la conversation qu'elle allait avoir, sa fertile imagination lui fournissant, non pas seulement ses propres répliques, mais aussi celles de Midge.

L'entretien était donc déjà très avancé quand elle ouvrit la porte de Midge, tout en achevant à haute voix une phrase dont le début n'avait pas été prononcé :

— ... de sorte qu'il vous faut bien convenir, ma chérie, que ce week-end va représenter de sérieuses difficultés!

Arrachée d'un coup au sommeil profond où elle

se complaisait, Midge ne répondit que par un grognement inarticulé. Lady Angkatell allait à la fenêtre
et écartait les rideaux. Un pâle soleil de matin de
septembre pénétra dans la pièce.

— Des oiseaux! s'écria-t-elle, regardant au-dehors.
C'est merveilleux.

— Quoi?

— En tout cas, poursuivit Lady Angkatell, nous
n'aurons pas de difficultés avec le temps! Il semble
s'être remis au beau et c'est déjà ça! Avoir chez soi
un certain nombre de personnes qui n'ont pas néces-
sairement les mêmes goûts et être obligée de les
tenir enfermées, vous m'avouerez que ça ne simplifie
rien! Je sais bien qu'il y a les jeux de société, mais
ce serait encore comme l'an dernier, avec cette
pauvre Gerda! Une aventure que je ne me pardon-
nerai jamais. Je l'ai dit à Henry par la suite, j'aurais
dû penser à ça... Evidemment, on ne peut pas ne
pas l'inviter, puisqu'on ne peut pas demander à
John de venir sans elle, mais ça complique terriblement les choses. Le pire, c'est qu'elle est charmante!... Etre aussi gentille que Gerda et aussi totalement dépourvue de la moindre parcelle d'intelligence, c'est vraiment étrange... Et si c'est là ce qu'on
appelle la loi des compensations, je ne la trouve pas
bien équitable.

— Mais, ma chère Lucy, de quoi parlez-vous?

— Eh bien, du week-end! Des gens qui arrivent
demain. J'ai pensé à eux toute la nuit et tout ça
m'a tracassée tellement, Midge, que c'est pour moi
un véritable soulagement que d'en discuter avec
vous! Vous avez tant de jugement et un tel sens
pratique!

— Lucy, vous savez quelle heure il est?

— Non! Je ne sais jamais l'heure.

— Eh bien, il est six heures un quart!

— Ah?

Lady Angkatell ne semblait pas éprouver le moindre remords. Midge la considérait d'un œil sévère.

Elle se disait que sa cousine était une créature affolante, absolument impossible, et qu'elle ne savait vraiment pas pourquoi on arrivait à s'entendre avec elle.

Comme elle se posait mentalement la question, elle s'avisa de la réponse : Lucy avait souri et, dans ce sourire, Midge avait retrouvé ce charme extraordinaire que Lucy avait dégagé durant toute sa vie et qu'elle avait conservé au-delà de la soixantaine. Ce charme, il avait vaincu dans tous les pays du monde : des souverains, des ministres, de grands capitaines s'étaient inclinés devant lui. Il y avait en Lucy quelque chose d'enfantin et de joyeux qui désarmait et devant quoi on renonçait. Elle ouvrait ses immenses yeux bleus, elle écartait dans un geste désolé ses petites mains fragiles, elle murmurait : « Oh! je suis vraiment navrée! »... et on oubliait tous les griefs qu'on pouvait avoir contre elle.

Lady Angkatell comprit soudain.

— Ma chérie! s'écria-t-elle, je suis vraiment navrée! Vous auriez dû me dire qu'il était si tôt!

— Je vous le dis... mais il est trop tard! Maintenant, je suis tout à fait éveillée!

— J'ai honte de moi!... Mais, malgré cela, vous m'aiderez, n'est-ce pas?

— Pour le week-end?... Il s'annonce donc mal?

Lady Angkatell s'assit sur le bord du lit. Midge ne put s'empêcher d'observer que ce n'était pas comme si quelqu'un d'autre avait accompli le même geste. Avec Lucy, il avait quelque chose d'immatériel. On eût dit une fée s'accordant un instant de repos.

— Il s'annonce mal, reprit Lady Angkatell, en ce sens que, si tous les gens que nous allons recevoir sont charmants, je redoute fort de les voir réunis.

— Qui attendez-vous?

D'un bras vigoureux, hâlé par le soleil de l'été, Midge chassait de son large front la broussaille de ses lourds cheveux bruns. Elle n'avait, elle, rien d'immatériel et elle ne faisait pas songer aux fées.

— D'abord, répondit Lady Angkatell, John et Gerda. En soi, un couple aimable. John est un homme de commerce très agréable, infiniment sympathique. Quant à la pauvre Gerda... Que dire?... Nous devons tous être gentils avec elle, très, très gentils!

Poussée par un obscur instinct de défense, Midge protesta :

— Voyons! Elle n'est pas si à plaindre!

— Mais si, chérie! Il y a dans son cas quelque chose d'émouvant, de pathétique même!... Les yeux qu'elle a!... Et elle n'a jamais l'air de comprendre un mot de ce qu'on lui dit!

— Elle ne comprend pas! déclara Midge. Elle ne vous comprend pas et je ne sais pas trop si on peut le lui reprocher. Vos idées courent si vite, ma chérie, que pour les suivre votre conversation fait des bonds surprenants. Les maillons intermédiaires sont laissés de côté...

— Comme chez les singes!

— Nous aurons donc les Christow, poursuivit Midge. Et qui encore? Henrietta, j'imagine?

Le visage de Lady Angkatell s'éclaira.

— Oui, dit-elle. Et je compte beaucoup sur elle. Henrietta est bonne, très bonne. D'une bonté qui n'est pas superficielle, mais foncière. Elle nous sera d'un grand secours pour Gerda. L'an dernier, elle a été simplement admirable. Vous vous souveniez, c'était un jour où nous jouions aux charades ou aux proverbes, nous avions tous fini et on allait commencer à dépouiller les réponses quand on s'est aperçu que la pauvre Gerda n'avait encore rien écrit sur son papier. Elle ne savait même pas à quoi l'on jouait! Nous étions, tous, horriblement gênés.

— Ce que je me demande, déclara gravement Midge, c'est comment il se peut que des gens viennent encore chez les Angkatell! Des distractions qui vous mettent le cerveau à la torture, des jeux de société, votre conversation avec son genre si particulier...

Lady Angkatell sourit.

— Je sais, nous devons être très fatigants et tout cela doit être insupportable à Gerda! Je me suis souvent dit que, si elle avait le moindre bon sens, elle ne viendrait pas... Mais, enfin, elle était là... et elle avait l'air stupéfaite... et tellement mortifiée! John donnait des signes manifestes d'impatience et je me demandais comment tout cela allait finir quand Henrietta, ce dont je lui serai toujours reconnaissante, a sauvé la situation. Elle s'est tournée vers Gerda pour lui parler du pull-over qu'elle portait. C'était une chose affreuse, d'un vert laitue odieux, une horreur. Gerda est devenue radieuse. C'était un ouvrage qu'elle avait tricoté elle-même et je ne l'ai jamais vue plus heureuse ni plus fière que lorsque Henrietta lui a demandé si elle pourrait lui communiquer son patron. Ces idées-là, Henrietta, et c'est ce que je voulais dire, les a tout naturellement. C'est un don!

— Elle se donne de la peine pour faire plaisir.

— Oui. Elle trouve toujours le mot qu'il faut dire.

— Elle ne s'en tient pas là. Elle va plus loin. Vous savez que ce pull-over, elle l'a bel et bien fait?

— Non?... Et elle l'a porté?

— Mais oui! Elle ne fait pas les choses à moitié!

— Il n'était pas trop vilain sur elle?

— Pas du tout! Il lui allait même très bien.

— Eh oui! dit Lady Angkatell. C'est toute la différence entre Henrietta et Gerda! Tout ce que fait Henrietta est bien fait et, je dois avouer, Midge, que si les choses se passent bien au cours de ce week-end, c'est à elle que nous le devrons. Elle sera gentille avec Gerda, elle amusera Henry, elle maintiendra John en belle humeur et je suis sûre que David sera très heureux de sa présence.

— David Angkatell?

— Oui. Il nous arrive d'Oxford, à moins que ce ne soit de Cambridge. Les garçons de cet âge-là sont très difficiles, surtout quand ce sont des intellectuels. C'est son cas... et, vraiment, on souhaiterait qu'ils eussent la patience d'attendre d'être un peu plus vieux pour jouer aux intellectuels. Ils vous regardent avec des yeux ronds, ils se rongent les ongles ou ils n'ouvrent pas la bouche, ou ils parlent très fort pour contredire les gens. Malgré cela, pour David aussi, je fais confiance à Henrietta. Elle a du tact et elle saura de quoi l'entretenir. D'ailleurs, comme elle fait de la sculpture, il lui témoignera une certaine considération. Vous savez qu'elle n'est pas de ces artistes qui modèlent des têtes d'angelot et qu'elle fait des choses très fortes, comme cet étrange morceau en plâtre et métal qu'elle a exposé, l'an dernier, au Salon des Modernes. Ça ressemblait vaguement à une échelle comme en dessine le caricaturiste Heath Robinson, mais ça s'appelait *Pensée ascendante* ou quelque chose comme ça. Une œuvre de ce genre, c'est exactement ce qu'il faut pour impressionner un garçon comme David. Pour moi, j'en fais l'aveu, j'ai trouvé ça incompréhensible...

— Chère Lucy!

— Mais elle a fait des choses que j'aime beaucoup. Son *Frêne pleureur*, par exemple...

— Je suis de votre avis, dit Midge. Henrietta a parfois comme du génie. En outre, c'est une femme charmante...

Lady Angkatell s'était levée. Debout près de la fenêtre, elle jouait distraitement avec le cordon de tirage qui commandait le store. Elle murmura :

— Pourquoi ces glands? Je me le demande!

— Ces glands?

— Oui, au bout de ce cordon. Que font-ils là? On met des ananas en haut des grilles. Pourquoi? Il doit y avoir une raison. A la place de ces glands, il pourrait y avoir des poires ou des pommes de pin. Mais non, ce sont des glands, toujours! « Aimés des porcs », comme disent les fabricants de mots croisés. C'est curieux!

— Ma chérie, est-ce que vous ne vous éloignez pas de votre sujet? Vous êtes venue ici pour me parler du week-end... et je ne vois d'ailleurs pas en quoi il vous inquiète. Si vous vous arrangez pour éviter les jeux de société, si vous n'étourdissez pas Gerda par des propos trop rapides, si vous confiez à Henrietta le dressage du jeune intellectuel, où sont les difficultés?

— Pour commencer, il y a Edward. Il doit venir.

Midge, après un court moment de réflexion, posa la question qui tout de suite lui était venue à l'esprit :

— Mais pourquoi diable l'avez-vous invité?

— C'est que justement je ne l'ai pas invité! s'écria Lady Angkatell. Il a télégraphié pour demander s'il pouvait venir. Vous le connaissez, vous savez comme il est susceptible. Si je lui avais répondu non, nous ne l'aurions plus jamais revu ici. Il est comme ça!

Midge approuva d'un signe de tête. Oui, Edward était comme ça! Elle le revoyait, avec son beau et fin visage, au sourire volontiers ironique. Il avait beaucoup de charme, lui aussi...

— Ce cher Edward! dit Lucy, comme faisant écho aux pensées de sa jeune cousine.

Avec un peu d'impatience dans la voix, elle poursuivit :

— Si seulement Henrietta se décidait à l'épouser! Elle est amoureuse de lui, je le sais. S'ils s'étaient trouvés ici, un week-end, sans les Christow... Mais Edward n'a pas avantage à être mis à côté de John. Il semble perdre tout ce que l'autre paraît gagner. Vous voyez ce que je veux dire?

— Fort bien!

— Je ne pouvais pas décommander les Christow, avec qui tout était convenu depuis longtemps, reprit Lady Angkatell. Mais avouez, ma chère Midge, que les choses se présentent assez mal. Il est vrai que quelquefois elles s'arrangent toutes seules. Pour dimanche, j'ai le détective à déjeuner. Ce sera une distraction pour tout le monde. Vous ne croyez pas?

— Le détective?

— Oui, expliqua Lady Angkatell, celui que nous avons rencontré à Bagdad, quand Henry y était haut commissaire. Il était là-bas pour je ne sais quelle enquête et nous l'avons eu à table avec quelques fonctionnaires et officiers. Je me souviens qu'il est arrivé en complet de flanelle blanche, avec une fleur rouge à la boutonnière et des souliers noirs et pointus. Le personnage m'est un peu sorti de la mémoire, parce que ce qu'il fait ne me passionne pas. J'ai toujours pensé qu'il n'était pas intéressant de savoir qui avait tué. Quand les gens sont morts, il importe peu que ce soit pour une raison ou pour une autre et il me semble ridicule de faire tant d'histoires autour de leur décès...

— Ce monsieur est dans le voisinage parce qu'il y a eu un crime dans la région? demanda Midge.

— Grands dieux, non! Vous connaissez ces deux villas nouvelles qui sont si drôles, avec leurs poutres dans lesquelles on se cogne la tête, leur installation « moderne » et ces petits jardins qui ne ressemblent à rien? Il y a une actrice dans la première, je crois et il habite l'autre. Il paraît que les gens de Londres aiment ce genre de constructions. Il est vrai que c'est peut-être parce qu'ils ne vivent pas ici tout le temps, comme nous le faisons...

Lady Angkatell se tut quelques secondes, marcha un peu dans la pièce, puis reprit :

— Ma chère Midge, je vous remercie de toute l'aide que vous m'avez apportée!

— Je n'ai pas l'impression de vous avoir beaucoup aidée.

— Vous croyez?

Lady Angkatell paraissait très surprise.

— Quoi qu'il en soit, poursuivit-elle, vous allez

vous rendormir et rester au lit pour votre petit déjeuner. Et, à partir du moment où vous serez debout, vous pourrez être aussi mal polie que vous voudrez!

Midge, à son tour, s'étonna.

— Aussi mal polie que je voudrai? Pourquoi?

Comprenant, elle éclata de rire et ajouta :

— Vous êtes fine psychologue, Lucy! Je ne dis pas que je ne vous prendrai pas au mot!

Lady Angkatell sourit et s'en alla. Passant devant la porte ouverte de la salle de bain, elle aperçut une bouilloire posée sur le réchaud à gaz, ce qui lui donna une idée. Midge n'aurait pas son thé avant plusieurs heures. Elle allait lui en préparer un peu. Elle alluma le gaz sous la bouilloire, puis regagnant le couloir, s'en fut tourner le bouton de la porte de son époux. Mais Sir Henry Angkatell, administrateur avisé, connaissait sa Lucy. Il l'aimait bien, mais son sommeil du matin lui était cher et il tenait à ce qu'il ne fût point troublé. La porte était fermée.

Lady Angkatell retourna à sa chambre. Elle prendrait plus tard l'avis de son mari. Elle resta debout à la fenêtre pendant quelques instants, bâilla, puis se remit au lit. Deux minutes plus tard, elle dormait comme une enfant.

Dans la salle de bain, l'eau commençait à bouillir...

— Encore une bouilloire fichue! dit Simmons, la femme de chambre.

Gudgeon, le maître d'hôtel, hocha sa tête grisonnante, prit la bouilloire des mains de la soubrette et alla lui en chercher une autre à l'office, dans le bas d'un placard où il en tenait une demi-douzaine en réserve.

— En voici une autre, Miss Simmons. Madame ne s'apercevra même pas du changement.

— Des distractions comme ça elle en a souvent, Madame? demanda la femme de chambre.

Gudgeon poussa un soupir.

— Madame a un cœur d'or, répondit-il; mais elle est très négligente. Alors, dans la maison, je veille à ce que tout le possible soit fait pour épargner à Madame soucis et tracas.

CHAPITRE II

Henrietta Savernake roula dans ses paumes une petite boule de glaise, l'étira, puis, d'un geste sûr, la posa au bon endroit sur la tête de jeune fille qu'elle était en train de modeler.

Tout en travaillant, elle écoutait d'une oreille distraite les confidences de son modèle. D'une voix assez commune, Doris Saunders disait :

— Et je reste persuadée, Miss Savernake, que j'ai eu raison! « Vraiment, ai-je dit, ce sont là vos « intentions? »... Parce que je considère, Miss Savernake, qu'une fille se doit à elle-même de se faire respecter! Vous me comprenez?... « Je n'ai pas « l'habitude qu'on me dise des choses comme ça, « ai-je ajouté, et, le moins que je puisse dire, c'est « que vous avez des idées bien déplaisantes! »... J'ai horreur d'être désagréable, mais il y a des choses qu'on ne peut pas admettre! Ce n'est pas votre avis, Miss Savernake?

— Ça ne fait pas de doute!

Henrietta avait donné sa réplique avec une telle conviction dans la voix que Doris Saunders, si elle l'avait mieux connue, l'aurait soupçonnée de ne lui prêter qu'une oreille vaguement attentive.

« — Et, si votre femme dit des choses comme ça, « lui ai-je dit encore, moi, je ne peux pas l'en

« empêcher! »... Je ne sais pas comment ça se fait, Miss Savernake, mais partout où je vais, il m'arrive des histoires de ce genre-là et je vous assure que je n'y suis pour rien! Les hommes sont si vains! C'est votre opinion?

— Absolument!

Les yeux mi-clos, Henrietta examinait son œuvre. « Là, songeait-elle, ces deux plans qui viennent se rejoindre, c'est excellent!... Seulement, l'angle de la mâchoire, ce n'est pas ça! Il faut abattre ça et recommencer! »

Tout haut, elle ajouta de sa voix chaude et sympathique :

— Vous vous trouviez dans une situation terriblement difficile!

— Certes! reprit Doris Saunders. J'estime, Miss Savernake, que la jalousie est un sentiment vil et mesquin. Ce n'est qu'une forme de l'envie. On vous en veut parce que vous êtes jeune et jolie!

— C'est bien évident!

Henrietta, toute à cette mâchoire qu'elle refaisait, avait répondu presque sans y penser. Depuis des années, elle savait diviser son cerveau en compartiments pratiquement étanches. Elle pouvait jouer au bridge, suivre une conversation ou écrire une lettre sans que cette occupation absorbât son esprit. Pour le moment, elle ne songeait qu'à ce visage de Nausicaa qui naissait sous ses doigts et le bavardage jailli de l'adorable bouche quasi enfantine de Doris Saunders ne l'importunait pas. Sans effort, elle prononçait au moment voulu les quelques mots attendus d'elle et le monologue repartait. Elle avait l'habitude des modèles qui aimaient parler. Les professionnels restaient muets, mais les autres, souvent, se consolaient de leur immobilité forcée en se répandant sur eux-mêmes en longues confidences. Henrietta avait l'air d'écouter, elle répondait, mais son esprit était ailleurs, bien loin et elle suivait sa pensée. « C'est une petite bien banale, un peu commune même, songeait-elle. Mais elle a des yeux adorables! Qu'elle parle pendant que je m'occupe d'eux, ça ne me gêne pas! Seulement, il faudra qu'elle se taise tout à l'heure, quand nous passerons à la bouche! Dire qu'elle a des lèvres d'un dessin si délicat et qu'il ne sort d'elles que ces lamentables petites histoires de femme coquette! »

Doris Saunders poursuivait :

« — Madame, lui ai-je dit, je ne vois pas pour-« quoi votre mari ne me ferait pas un cadeau si « ça lui fait plaisir et je ne crois pas que cela « vous autorise à lancer de pareilles insinuations! »... C'était un très joli bracelet, Miss Savernake, un bijou vraiment délicieux. Il avait fait une folie en l'achetant, mais c'était très gentil de sa part et je n'allais certainement pas m'en dessaisir!

— Naturellement non! murmura Henrietta.

— Remarquez qu'il n'y avait rien entre nous et qu'on ne pouvait absolument rien nous reprocher!

— J'en suis bien sûre!

L'œuvre avançait. Henrietta, maintenant, travaillait dans la fièvre. Des taches rougeâtres maculaient un front sur lequel il lui arrivait de passer le revers d'une main pleine de glaise. Ses yeux, par instants, gardaient une fixité étrange. Cette fois, « ça y était »! Dans quelques heures, elle serait sortie de ce cauchemar dans lequel elle vivait depuis dix jours...

Nausicaa! Elle avait été Nausicaa, elle s'était levée avec Nausicaa, elle avait pris son petit déjeuner avec Nausicaa, et elle était sortie avec Nausicaa. Nerveuse, surexcitée, incapable de tenir en place, elle était allée par les rues, hantée par ce visage aveugle et magnifique qui l'obsédait, qu'elle devinait confusément, mais dont elle ne pouvait préciser les traits. Elle avait vu des modèles nombreux : tous, même les « types grecs », l'avaient déçue...

Ce qu'elle cherchait, c'était quelque chose qui lui serait comme le stimulant qui lui manquait encore pour qu'elle osât tenter de matérialiser ce visage qu'elle ne faisait qu'entrevoir, mais qui ne la laisserait en repos que lorsqu'elle l'aurait enfin modelé dans la glaise pour se délivrer de lui. Elle s'appliquait à le mieux distinguer, mais il se dérobait à elle et cette lutte l'épuisait. D'ailleurs, elle avait beaucoup marché et elle se sentait, physiquement aussi, très fatiguée. Elle était montée dans un autobus, presque machinalement et sans même savoir où il allait...

Et, soudain, ses yeux qui jusque-là regardaient sans voir, ses yeux s'étaient posés sur Nausicaa! C'était elle qui était assise en face d'elle! Une femme au visage d'enfant, avec une bouche ravissante et des yeux magnifiques, les yeux qu'elle cherchait, des yeux adorablement vides, des yeux d'aveugle!

La jeune femme s'était levée pour descendre de voiture. Henrietta l'avait suivie. Maintenant, elle était calme. La décevante poursuite avait pris fin. Sur le trottoir, elle avait abordé la jeune femme.

« Vous me pardonnerez de vous arrêter dans la rue! Je fais de la sculpture et votre visage est celui que je cherche depuis des jours et des jours! »

Elle s'était montrée aimable et charmante, comme elle savait l'être lorsqu'elle désirait quelque chose, et Doris Saunders, d'abord sceptique et un peu inquiète, avait été flattée.

— Je n'ai jamais posé. Mais, s'il ne s'agit que de la tête...

Elle avait hésité comme il était convenable, s'était discrètement renseignée sur la rétribution des séances de pose et finalement avait accepté.

— Puisque vous insistez, vous me paierez comme un modèle professionnel...

Et c'est ainsi que Nausicaa était venue s'installer sur la petite estrade où elle se trouvait en ce moment. Les échantillons de l'art d'Henrietta qu'elle avait vus dans l'atelier ne l'avaient pas précisément enthousiasmée, mais l'idée que ses traits charmants allaient être immortalisés l'enchantait et elle avait, au cours de la séance, découvert un autre motif de satisfaction : le plaisir de se raconter à quelqu'un qui semblait l'écouter avec autant de sympathie que d'attention.

Ses lunettes étaient sur une table, à côté d'elle. Elle les portait aussi peu que possible, par coquetterie, encore qu'elles lui eussent souvent été fort utiles dans la rue, puisqu'elle avait avoué à Henrietta qu'elle était si myope que, sans ses verres, elle voyait à peine à un mètre devant elle. Cette infirmité expliquait ce regard vide et adorable qui avait séduit le sculpteur.

Henrietta posa ses instruments et s'écria :

— Maintenant, annonça-t-elle, c'est fini! J'espère que vous n'êtes pas trop fatiguée?

— Rassurez-vous, Miss Savernake!... Mais c'est déjà complètement terminé?

Henrietta sourit.

— Non, pas complètement! J'aurai encore à travailler dessus, mais c'est fini en ce qui vous concerne! J'ai ce que je voulais. L'essentiel est fait...

La jeune femme descendit de la petite estrade avec précaution et mit ses lunettes. Son visage perdit du même coup son enfantine innocence et son charme indéfinissable. Il ne restait qu'une jolie fille, d'une beauté assez banale. Elle s'approcha du socle.

— Oh! s'écria-t-elle, déçue. Ça ne me ressemble pas beaucoup!

Henrietta lui expliqua que ce n'était pas un portrait et, de fait, il n'y avait entre l'œuvre et le modèle aucune ressemblance. Doris Saunders avait fourni quelque chose — la forme même de ses yeux, la ligne de ses pommettes —, mais ce visage n'était pas le sien, mais celui d'une jeune aveugle qu'un poète aurait pu chanter. Les lèvres s'entrouvraient comme celles de Doris, mais cette bouche n'était pas celle de Doris : elle était faite pour tenir un autre langage, véhiculant des pensées qui ne seraient jamais venues à l'esprit de Doris Saunders.

Les traits n'étaient pas nettement définis. C'était un rêve de Nausicaa plutôt que son image.

— J'espère, déclara Miss Saunders d'un ton qui laissait deviner qu'elle n'y comptait pas trop, j'espère que ce sera mieux quand ce sera tout à fait achevé. Vous êtes sûre que vous n'avez plus besoin de moi?

— Non, Miss Saunders, répondit Henrietta, qui aurait volontiers ajouté « heureusement ». Mais vous m'avez rendu un grand service et je vous en garde une profonde reconnaissance!

Son modèle parti, elle se fit du café. Elle était fatiguée, terriblement fatiguée. Mais heureuse, comme délivrée.

« Dieu merci! songeait-elle. Je suis redevenue un être humain! »

Tout de suite, sa pensée alla à John. Son cœur battit plus vite. Demain, au *Vallon*, elle le verrait...

Allongée sur son divan, elle but trois tasses de café noir, bien chaud. La vie lui revenait. Elle se sentait heureuse d'être redescendue sur terre, de ne plus être cette espèce de monstre qu'elle était en ces derniers jours, heureuse de ne plus se sentir habitée par un rêve obscur et poussée à travers les rues par quelque force mystérieuse qui la lançait dans une quête épuisante et irritante parce que son objet même demeurait imprécis. Maintenant, Dieu merci! ce supplice avait pris fin. Il ne restait plus qu'à travailler dur. Une chose qui ne lui faisait pas peur...

Posant sa tasse vide, elle se leva pour aller examiner sa Nausicaa. Elle la contempla longuement. Des rides inquiètes peu à peu se creusèrent sur son front.

Ce n'était pas ça!

Qu'est-ce qui clochait?

C'étaient ces yeux aveugles.

Des yeux aveugles, c'est plus beau que des yeux qui voient... Ils vous déchirent le cœur, justement parce qu'ils sont aveugles. Cela, l'avait-elle rendu ou non?

Elle l'avait rendu. Oui, indiscutablement. Mais il y avait aussi autre chose... Quelque chose qui se trouvait là et qu'elle n'avait pas voulu y mettre, à quoi elle n'avait certes pas songé... Qu'était-ce?... Tout était ce qu'elle avait voulu, mais ce quelque chose était sensible. C'était une indication seulement, mais nette...

Soudain, elle comprit. Ce visage laissait deviner une âme banale et vulgaire.

Elle n'avait pas écouté — vraiment écouté — les propos de son modèle. Pourtant, ils avaient inspiré ses doigts, qui les avaient imprégnés dans la glaise...

Et cela, elle le savait, elle ne serait jamais capable de le retirer!

Elle se détourna vivement. Peut-être était-ce là imagination pure? Mais oui, ce ne pouvait être que cela! Demain, elle verrait son œuvre avec d'autres yeux. Traversant l'atelier, elle alla s'arrêter devant *L'Adoratrice*, une statuette, taillée dans un bois d'un grain parfait qu'elle avait conservée pendant des années pour s'en servir un jour. Cela, c'était bien. Impossible de prétendre le contraire. C'était ce qu'elle avait fait de mieux depuis bien longtemps. C'était pour le Salon des Artistes Internationaux et c'était bien un envoi de qualité.

Tout y était : l'humilité, la force dans les muscles de la nuque, les épaules courbées, et, à peine levé, ce visage étrange, qu'elle avait voulu presque dépourvu de traits, puisque l'adoration abolit la personnalité. Oui, c'était bien ça! La soumission et cet élan qui passe l'idolâtrie...

Henrietta soupira. Pourquoi John était-il entré, à propos de cette statuette, dans cette colère qui l'avait stupéfaite et qui lui avait révélé sur son caractère à lui des choses qu'il ignorait vraisemblablement lui-même? D'un ton définitif, il avait dit : « Vous ne pouvez pas exposer ça! » Et, non moins catégorique, elle avait répondu : « Je l'exposerai! »

Lentement, elle revint à Nausicaa. Il n'y avait là rien qu'elle ne pourrait arranger. Un peu rassurée, elle enveloppa la glaise dans des linges humides. Elle la reprendrait lundi ou mardi. Rien ne pressait plus, maintenant. L'œuvre était virtuellement terminée. Elle ne demandait plus que du travail...

Devant elle, elle avait trois jours de bonheur. Avec Lucy, Henry, Midge... et John.

Elle bâilla, s'étira longuement en faisant jouer tous ses muscles et s'avoua qu'elle était vraiment très lasse. Après un bain bien chaud, elle se coucha. Etendue dans le noir, les yeux ouverts, elle regarda d'abord les étoiles, qu'elle apercevait par la verrière du plafond, puis un masque de verre, qui était l'une des premières choses qu'elle eût faites et qui se trouvait éclairé par une petite lumière qu'elle conservait allumée toute la nuit. Ce masque, il lui semblait maintenant bien conventionnel. « Heureusement, se dit-elle, on fait des progrès! »

Elle décida de dormir. Le café très fort qu'elle avait bu ne la tiendrait pas éveillée. Depuis bien longtemps, elle savait comment on appelle le sommeil. On choisit quelque pensée et, sans se concentrer, on se laisse aller, on rêve, on glisse doucement vers le néant...

Elle entendit, dehors, un bruit de moteur, puis des rires et des éclats de voix, qui s'incorporèrent à sa rêverie, déjà à demi inconsciente. La voiture, c'était un tigre... jaune et noir... avec des rayures... C'était la jungle... et, là-bas, dans le creux, il y avait un fleuve... un grand fleuve tropical... qui s'en allait vers la mer, vers le port d'où partaient les blancs paquebots... Des voix rauques criaient « au revoir »... et John était près d'elle, sur le pont... Ils s'en allaient, tous les deux, sur la mer toute bleue... Dans la salle à manger, il lui souriait par-dessus la table... C'était comme s'ils avaient dîné à la Maison Dorée...

Pauvre John!... Cette colère!... La voiture, les vitesses qu'on passe... Une course folle qui vous éloigne de Londres... Des dunes... Des bois... L'adoration... *Le Vallon*... Lucy... John... La maladie de Ridgeway... John chéri...

Elle dormait, heureuse.

Et, soudain, elle se sentit mal à l'aise. Elle avait comme un sentiment de culpabilité. C'était quelque chose qu'elle n'avait pas fait, un devoir qu'elle avait esquivé...

Nausicaa?

Lentement, comme à contrecœur, elle sortit de son lit, tourna le commutateur, puis alla libérer sa glaise des linges mouillés dont elle l'avait recouverte.

Elle respira profondément.

Ce n'était pas Nausicaa! C'était Doris Saunders!

Une angoisse l'étreignit! Une voix lui disait : « Tu peux très bien arranger ça! », cependant qu'une autre répliquait, impérieuse : « Tu sais parfaitement ce que tu as à faire! »

Cela, il fallait le faire tout de suite. Demain, elle le savait, le courage lui manquerait. C'était comme détruire sa propre chair et son propre sang! Ça fait mal! Terriblement mal! Et pourtant...

Elle prit une longue inspiration, puis appliquant ses deux mains sur le buste, elle l'arracha de l'armature et alla le jeter dans le seau à glaise. Longtemps, la respiration oppressée, contemplant ses mains sales, elle resta là, comme anéantie. Elle se sentait apaisée, mais comme vidée de sa propre substance.

« Nausicaa, songeait-elle, ne reviendra jamais plus. Elle est venue au monde, quelque chose l'a souillée et elle est morte! »

Une grande tristesse l'envahissait.

Ainsi, sans que nous le soupçonnions, des choses pouvaient se glisser en nous. Elle n'écoutait pas ce que lui disait Doris et, pourtant, les mesquines petites pensées de Doris s'étaient imposées à son esprit à elle et ses mains n'avaient pas obéi à son seul cerveau!

Maintenant, ce qui avait été Nausicaa, ou plutôt Doris, n'était plus que de la glaise, une matière brute qui bientôt prendrait quelque autre forme.

« Qui sait? se demandait-elle. La mort, c'est peut-être ça? Ce que nous appelons notre personnalité, notre moi, c'est peut-être simplement le reflet d'une pensée étrangère. D'une pensée de qui? De Dieu? N'était-ce pas là l'idée de Peer Gynt? « Où suis-je, moi, l'homme complet, l'homme véritable? Où suis-je, avec la marque de Dieu sur mon front? » Etait-ce là l'opinion de John? Il était si fatigué, l'autre soir, si découragé... La maladie de Ridgeway... Il n'y avait pas un livre pour vous dire qui était Ridgeway... C'était pourtant une chose qu'il faudrait savoir!... La maladie de Ridgeway... John... »

CHAPITRE III

John Christow, assis dans son cabinet de consultation, examinait son avant-dernière cliente de la matinée. Bienveillant, son regard l'encourageait tandis qu'elle parlait, détaillant avec soin les symptômes de sa « maladie ». De temps à autre, il approuvait d'un hochement de tête entendu. Il posait une question, avançait une suggestion et la dame était ravie. Le docteur Christow était un médecin merveilleux : il s'intéressait à ce qu'on lui disait, il vous comprenait et on se sentait mieux rien que de lui parler.

John prit une feuille de papier et commença à rédiger son ordonnance. Le mieux, songeait-il, est de lui prescrire un laxatif. Cette nouvelle spécialité américaine ferait parfaitement son affaire. Vendue dans une élégante pochette de cellophane, enrobée d'un beau revêtement rouge saumon, elle était, avec ça, coûteuse et difficile à se procurer. La « malade » ne la trouverait sans doute que dans une petite pharmacie de Wardour Street. C'était parfait! Elle se tiendrait sans doute tranquille pendant un mois ou deux et, d'ici là, il aurait le temps de penser à autre chose. Il ne pouvait rien pour elle. Elle n'avait pas de ressort et il n'y avait rien à faire. Ce n'était pas comme avec la vieille mère Crabtree...

La matinée avait été fastidieuse. Lucrative, mais sans intérêt. Christow se sentait fatigué. Fatigué de ces femmes, dont il ne pouvait guère alléger les souffrances illusoires. Il lui arrivait de douter de l'utilité de sa profession. Mais, alors, toujours il songeait à l'hôpital Saint-Christophe, à la longue rangée de lits de la salle Margaret Russel et au sourire édenté de Mrs. Crabtree.

Elle et lui, ils se comprenaient. Elle n'était pas comme cette chiffe molle qui occupait le lit voisin du sien. C'était une lutteuse, qui combattait à ses côtés et qui voulait vivre! On pouvait, d'ailleurs, se demander pourquoi. Elle habitait dans un taudis, avec un mari qui buvait et toute une kyrielle d'enfants insupportables, elle travaillait dur, frottant à longueur de jour les parquets d'innombrables bureaux, elle avait peu de joies et beaucoup de soucis, mais elle voulait vivre, elle aimait la vie, comme il l'aimait lui-même. Cette vie, la sienne, elle était loin d'être telle qu'il l'eût souhaitée, mais il l'aimait! C'était curieux, inexplicable, mais c'était un fait! Il aimait la vie. Pourquoi? Il se dit qu'il lui faudrait parler de ça avec Henrietta.

Il se leva pour reconduire sa cliente, qu'il quitta sur une ferme et chaleureuse poignée de main, accompagnée de paroles d'encouragement. Elle s'en alla ragaillardie, presque heureuse. Le docteur Christow s'intéressait tellement à ses malades!

John l'oublia, la porte à peine refermée. En fait, il ne s'était pour ainsi dire même pas avisé de son existence tandis qu'elle était devant lui. Il avait fait son métier. A peu près comme un automate. Et, pourtant, il avait dépensé de l'énergie. Il le constatait à cette lassitude dont il était pénétré. Dieu de Dieu, qu'il était fatigué!

Encore une malade à voir, et ce serait l'éclaircie radieuse du week-end! Il en savourait les joies par anticipation. Des feuilles jaunies, teintées de rouge et de brun, l'odeur douce et mouillée de l'automne, la route qui serpente à travers la forêt, Lucy, la plus étonnante et la plus charmante des créatures de Dieu, avec son esprit insaisissable et divers. Henry et Lucy étaient des hôtes parfaits, de toute l'Angleterre ceux chez qui il préférait séjourner. *Le Vallon* était un havre enchanteur. Dimanche il irait se promener dans la forêt avec Henrietta. Avec elle, il oublierait qu'il y a des malades sur terre. Dieu merci! Elle se portait bien.

« Il est vrai, se dit-il avec un sourire involontaire, que si sa santé l'inquiétait, elle ne me le dirait pas. »

Encore une malade à recevoir! Il aurait dû presser le bouton de sonnette placé sur son bureau, pour la faire introduire, mais, sans trop savoir pourquoi, il ne faisait pas le geste nécessaire. Il était déjà en retard. Au premier étage, dans la salle à manger, le couvert était mis. Gerda et les enfants l'attendaient. Il fallait expédier cette cliente et en finir. Pourtant il ne bougeait pas. Il était tellement, tellement fatigué!

Cette fatigue, il la ressentait depuis un certain temps déjà et c'était elle qu'il fallait rendre responsable de cette irritabilité qu'il déplorait, mais dont il ne pouvait se défendre. La pauvre Gerda devait passer sur bien des choses! Si seulement elle ne se montrait pas si passive, si résignée, toujours prête à admettre qu'elle avait tort, alors que, neuf fois sur dix, c'était lui qui était à blâmer! Il y avait des jours où tout ce qu'elle disait ou faisait l'exaspérait. C'était, surtout, il s'en rendait compte, les qualités de Gerda qui lui étaient insupportables. Sa patience, son empressement à lui faire plaisir, cette façon qu'elle avait d'aller au-devant de ses désirs, tout cela l'agaçait et le mettait de mauvaise humeur. Et jamais elle ne lui reprochait ses colères, jamais elle n'essayait de faire triompher son point de vue, jamais elle n'insistait pour aller contre ses volontés!

« Mais, songeait-il, n'est-ce pas justement à cause de ça que tu l'as épousée? De quoi te plains-tu? Après cet été à San Miguel... »

Oui, c'était vraiment très curieux! Ces qualités qui lui faisaient prendre Gerda en grippe, c'étaient celles-là mêmes qu'il eût voulu trouver chez Henrietta, qui l'inquiétait, elle, par cette attitude ferme et rigoureuse qu'elle adoptait à son égard et qui différait tellement de celle qu'elle avait vis-à-vis des autres.

— J'ai l'impression, lui avait-il dit un jour, que vous êtes la plus grande menteuse du monde.

— C'est possible! avait-elle répondu.

— Vous ne voulez dire aux gens que ce qui peut leur faire plaisir!

— Ça me paraît, en effet, très important.

— Plus important que de dire la vérité?

— Beaucoup plus!

— Alors, pourquoi diable ne vous décidez-vous jamais à me mentir un petit peu?

— Vous le voudriez?

— Oui.

— Je suis désolée, John, je ne pourrais pas!

— Vous savez pourtant bien ce que je voudrais vous entendre dire...

Il songea qu'il ne fallait pas qu'il se mît à penser à Henrietta. Il la verrait demain. Pour le moment, il fallait songer à son métier, presser ce bouton de sonnette et recevoir cette malade qui attendait. Encore une femme qui, comme la précédente, ne souffrait que d'indispositions vagues et à peu près imaginaires! Un dixième de maladie authentique et neuf dixièmes de neurasthénie. Enfin, si ça lui faisait plaisir de dépenser son argent pour se soigner! Ça faisait compensation pour Mrs. Crabtree et ses pareilles...

Cependant, il ne bougeait toujours pas. Il se sentait fatigué, si fatigué! Et, lui semblait-il, depuis très longtemps. Il avait l'impression qu'il y avait quelque chose qu'il désirait ardemment. Mais quoi?

Soudain, ce fut dans son esprit comme un trait de lumière : « Je veux aller chez moi! »

Cette pensée le stupéfia. D'où lui venait-elle et que signifiait-elle? Chez lui? Il n'avait jamais eu de chez-lui. Ses parents vivaient aux Indes. Il avait été élevé par les uns et les autres, ballotté — c'était le mot — d'un oncle à une tante ou à un cousin, passant ses vacances, tantôt chez l'un, tantôt chez l'autre, et son premier domicile permanent devait avoir été cette maison où il se trouvait en ce moment, sa maison de Harley Street. La considérait-il comme son chez-lui? Non, certainement pas!

Sa curiosité médicale éveillée, il se demandait ce que pouvait bien vouloir dire cette petite phrase qui, soudain, s'était imposée à lui : « Je veux aller chez moi! »

Pour mieux réfléchir, pour découvrir dans son subconscient l'image qui lui avait suggéré cette pensée, il ferma les paupières. Et, tout de suite, il revit avec les yeux de l'esprit un paysage méditerranéen qu'il connaissait bien. Il lui semblait sentir la chaleur lourde de l'été et retrouver sur sa peau la morsure froide de l'eau après le bain de soleil. San Miguel!

Cette découverte le laissait interdit. Il n'avait pas pensé à San Miguel depuis des années et il n'avait certainement pas envie d'y retourner! San Miguel

29

appartenait à un chapitre de sa vie qui était clos.

Cela remontait à treize ans. Quatorze, peut-être. Non, plutôt quinze! Et il avait fait de qu'il devait faire! Son jugement ne l'avait pas trompé. Veronica, il l'avait aimée à la folie, mais il avait bien fait de renoncer à elle! Elle l'aurait anéanti, corps et âme. C'était une égoïste, elle n'en faisait pas mystère, une femme qui avait obtenu presque tout ce qu'elle avait désiré. Elle avait jeté sur lui son dévolu, mais il lui avait échappé. En apparence, aux yeux du monde, il s'était assez mal conduit envers elle, mais en réalité, il avait simplement décidé de vivre sa vie, une chose qui, avec elle, ne lui eût pas été possible. Veronica entendait vivre sa vie à elle, avec John à ses côtés.

Elle s'était montrée abasourdie quand il avait refusé de la suivre à Hollywood.

— Si vous tenez tant à faire de la médecine, lui avait-elle déclaré d'un ton dédaigneux, vous pourrez prendre vos grades là-bas. Mais je trouve que ce serait bien inutile! Vous êtes assez riche pour vivre sans rien faire et je vais gagner, moi, énormément d'argent!

Il lui avait fait observer qu'il aimait son métier et, une nuance de respect dans la voix, il avait ajouté :

— Et puis, je vais travailler avec Radley!

Elle avait eu une moue de mépris.

— Ce vieux bonhomme ridicule?

S'emportant un peu, il avait répliqué :

— Ce vieux bonhomme ridicule a fait des travaux admirables sur la maladie de Pratt...

Elle l'avait interrompu. La maladie de Pratt n'intéressait personne, le climat de la Californie était un enchantement et il serait merveilleux de découvrir ensemble un monde nouveau!

— Seule, avait-elle dit, ça ne m'amusera pas! Il faut que vous veniez avec moi, John! Je ne saurais me passer de vous!

Il lui avait alors proposé de l'épouser : elle renoncerait à son contrat américain et ils iraient s'installer à Londres. La suggestion l'avait simplement amusée. Sûre de sa beauté et de son pouvoir, elle avait répondu qu'elle irait à Hollywood. Elle aimait John, ils se marieraient et il l'accompagnerait. Il avait compris qu'il ne lui restait plus qu'une chose à faire et il l'avait faite : il avait rompu.

Il avait souffert, mais il demeurait persuadé qu'il avait suivi la voie de la sagesse. Il était rentré à Londres, avait travaillé avec Radley et, un an plus tard, épousé Gerda, qui était aussi différente de Veronica qu'il était possible de l'être.

La porte s'ouvrit et sa secrétaire, Beryl Collier, pénétra dans le cabinet.

— Docteur, dit-elle, vous savez que vous avez encore une cliente à voir, Mrs. Forrester?

— Je sais.

— Je pensais que vous l'aviez oubliée...

Il la suivit des yeux tandis que, sans hâte, elle retournait vers la porte. C'était une fille pas jolie, plutôt laide même, mais qui faisait admirablement son travail. Il l'avait depuis six ans. Jamais elle n'avait commis une erreur, jamais elle ne s'était affolée, jamais il ne l'avait vue embarrassée. Elle était brune, avec un teint terreux et un menton résolu. A travers des lunettes aux verres épais, ses yeux gris clair posaient sur le patron et sur le reste de l'univers un regard calme et sans passion. Elle était telle qu'il l'avait voulue et choisie, ce qui ne l'empêchait pas, parfois, de la trouver insupportable. Au théâtre et dans les romans, les secrétaires, c'est une loi absolue, sont aveuglément dévouées à leur employeur. Avec Beryl, il en allait tout autrement. Pour elle, il n'était qu'un homme, avec toutes les imperfections humaines. Sur elle, son charme n'opérait pas. Elle restait insensible à la force de sa personnalité et il en venait parfois à se demander si elle avait pour lui quelque sympathie.

Un jour, il l'avait entendue parler au téléphone avec une amie.

— Non, disait-elle, je ne crois vraiment pas qu'il est beaucoup plus personnel qu'autrefois. Mais il est peut-être un peu plus distrait...

Il avait compris qu'il s'agissait de lui et la chose l'avait ennuyé pendant vingt-quatre heures.

Oui, comme l'approbation systématique qu'il rencontrait chez Gerda, le froid esprit critique de Beryl l'irritait. En fait, tout l'irritait, ou presque tout! Ce n'était pas normal! Surmenage? Peut-être. Mais non, ça, c'était l'excuse! Il y avait à cet énervement, à cette fatigue, une cause profonde qu'il lui fallait trouver.

— En tout cas, songeait-il, ça ne peut pas continuer comme ça! Il faut que je découvre ce que j'ai. Si seulement je pouvais m'en aller!

Encore cette même idée d'évasion!

— Je veux aller chez moi!

Mais, sapristi, il y était, chez lui! Le 404, Harley Street, c'était chez lui! Son chez-lui!

Et Mrs. Forrester était dans le salon d'attente. Une femme ennuyeuse, une femme qui avait trop d'argent et trop d'heures à consacrer à sa petite santé!

Quelqu'un, un jour, avait dit à Christow qu'il devait en avoir par-dessus la tête de ses riches clientes et de leurs maladies imaginaires et que ce devait lui être une satisfaction que de voir des pauvres, des gens qui ne se rendaient chez le médecin que lorsqu'ils avaient vraiment besoin de ses services. Il avait souri. On se faisait de drôles d'idées sur les Pauvres, P majuscule. La vieille Mrs. Pearstock visitait chaque semaine cinq hôpitaux différents, qu'elle quittait avec toutes sortes de médicaments, du liniment pour son dos, du sirop pour sa toux, des pilules digestives, etc. « Il y a quatorze ans, docteur, que je prends du sirop brun et c'est la seule chose qui m'ait soulagée. La semaine dernière, le nouveau docteur, le petit jeune, m'a fait une ordonnance pour un sirop, mais c'est un sirop blanc! Il ne peut pas me faire du bien! Ça se comprend tout seul, n'est-ce pas, docteur? Il y a quatorze ans que je prends du sirop brun et, si je n'en ai pas, si je n'ai pas aussi mes pilules brunes... » Il avait encore la voix dans l'oreille, une voix pleurarde, qui sortait d'un coffre solide, qui tenait bon, malgré tous les médicaments!

Elles étaient de la même espèce, Mrs. Pearstock, de Tottenham, et Mrs. Forrester, de Park Lane Court. On écoutait leurs lamentations et on griffonnait une ordonnance, sur une carte d'hôpital pour l'une, pour l'autre sur un beau papier glacé qui coûtait très cher!

Dieu! qu'il en avait assez de tout ça!

La mer toute bleue, l'odeur légère des mimosas, la chaleur lourde de l'été...

Quinze ans de cela; tout ça, c'était fini!... Bien fini, Dieu merci! Il avait eu le courage d'en finir.

« Du courage? lui souffla un petit démon invisible. Tu appelles ça du courage? »

Dame! Il avait fait ce qu'il fallait faire! Ça ne lui avait pas été facile et ça lui avait fait mal, mais il n'avait pas flanché! La cassure avait été nette, il était rentré en Angleterre et avait épousé Gerda.

Sa secrétaire n'était pas jolie et sa femme non plus? N'était-ce pas ce qu'il avait voulu? Les jolies femmes, il en était revenu. La beauté, il avait vu avec Veronica à quoi elle servait, ce qu'elle pouvait faire des hommes qui se rencontraient sur son chemin! Après Veronica, il avait voulu la sécurité. Le calme, le dévouement, la tranquillité, les choses qui rendent la vie supportable. Ce qu'il avait voulu, en fait, c'était Gerda! Quelqu'un qui n'aurait d'autres idées que les siennes, qui ne songerait pas à en avoir lui appartenant en propre, qui accepterait toutes ses décisions, sans même penser qu'elles pouvaient se discuter...

Mais qui donc avait dit que, la vraie tragédie de l'existence, c'était de posséder ce que l'on désirait?

Rageusement, il appuya sur le bouton de sonnette. Il allait recevoir Mrs. Forrester.

L'affaire lui prit un quart d'heure. De l'argent facilement gagné. Une fois encore, il avait écouté, posé des questions, rassuré, prononcé des paroles d'encouragement. Une fois encore, il avait rédigé une ordonnance recommandant une spécialité coûteuse. Et Mrs. Forrester, réconfortée, était sortie de son cabinet d'un pas plus ferme qu'à son arrivée, ayant pour un temps, grâce à lui, retrouvé le sentiment que la vie, après tout, valait peut-être d'être vécue...

John Christow se renversa dans son fauteuil. Maintenant, il était libre. Libre de monter à l'appartement, pour rejoindre Gerda et les enfants, libre d'oublier la maladie pendant toute la durée du week-end...

Mais il n'éprouvait pas la moindre envie de bouger. C'était une sensation étrange. Comme si sa volonté avait été lasse de commander...

Il était fatigué... fatigué... fatigué...

CHAPITRE IV

A l'étage au-dessus, dans la salle à manger, Gerda Christow considérait un gigot d'agneau en se demandant ce qu'elle devait faire. Fallait-il ou non le renvoyer à la cuisine pour qu'on le tînt au chaud?

Si John tardait encore un certain temps, la viande serait froide. Mais, d'un autre côté, s'il remontait bientôt — et la dernière cliente était partie —, il ne pourrait pas se mettre à table dès son entrée et, de cette voix qu'elle redoutait tant, celle qu'il avait quand il faisait effort pour ne pas s'emporter, il dirait : « On savait pourtant bien que j'allais venir! »... Si elle renvoyait le plat à la cuisine, la viande serait trop cuite, comme desséchée. John avait horreur de ça. Mais il détestait aussi qu'on l'obligeât à manger froid...

Gerda n'arrivait pas à prendre un parti et elle se sentait très malheureuse. Pour elle, l'univers entier se réduisait à ce gigot qui était en train de refroidir...

De l'autre côté de la table, Terence, douze ans, annonça que le borate brûlait avec une flamme verte et le chlorure de sodium avec une flamme jaune. Gerda tourna la tête vers le petit visage criblé de taches de rousseur. Elle n'avait aucune idée de ce dont son fils pouvait parler.

— Vous saviez ça, maman?

— Quoi donc, mon chéri?

— Ce que je viens de dire, à propos des sels!

Des yeux, Gerda chercha la salière. Elle était là. Le poivrier également. Un jour de la semaine dernière, Lewis les avait oubliés et John s'était plaint du service. Il y avait toujours quelque chose...

« Ce sont des expériences de chimie, expliquait Terence. Moi, je trouve ça rudement intéressant! »

Zena, neuf ans, soupira bruyamment.

— J'ai faim! Si on commençait, maman?

— Dans un instant, ma chérie. Il faut attendre papa.

— Mais, fit remarquer Terence, nous pourrions commencer. Papa ne nous en voudra pas. Il mange si vite!

Gerda ne répondit pas.

Découper? Oui, bien sûr! Mais elle ne se rappelait jamais dans quel sens il fallait attaquer le gigot. Si elle se trompait, John serait très mécontent. D'ailleurs, c'était désespérant, chaque fois, c'était la même chose : toujours, elle commettait l'erreur qu'elle avait voulu éviter. Avec ça, la sauce commençait à se figer!... Il fallait renvoyer ce plat à la cuisine. Oui, mais si John arrivait... Il ne pourrait plus être long maintenant...

Dans son cerveau, les idées tournaient en rond...

En bas, John Christow n'avait pas bougé. Ses doigts pianotaient distraitement sur le dessus de son bureau. Il avait conscience que le déjeuner était prêt et qu'on l'attendait dans la salle à manger, mais il ne pouvait trouver en lui la force qui l'eût mis debout.

San Miguel... la mer toute bleue... l'odeur des mimosas... le soleil... la poussière de l'été... l'amour... la souffrance...

« Non, non! murmura-t-il. Pour l'amour de Dieu, plus jamais ça! C'est fini, bien fini! »

Il se surprit à souhaiter n'avoir jamais connu Veronica, jamais épousé Gerda, jamais rencontré Henrietta...

Mrs. Crabtree, à elle seule, les valait toutes. Elle avait eu, la semaine dernière, un mauvais après-midi. Il était très content d'elle, elle supportait bien le traitement, et, tout d'un coup, les choses s'étaient gâtées et la réaction D.L., jusqu'alors positive, avait été négative. Couchée dans son lit, le visage exsangue, la respiration haletante, elle le regardait de ses petits yeux pleins de malice.

— Je vous sers de cobaye, hein, mon petit docteur? C'est encore une expérience?

Il lui avait souri.

— Nous voulons vous guérir.

Elle avait fait la grimace.

— Vous voulez surtout voir ce que valent vos nouveaux trucs!... Oh! ça ne me fait rien, vous savez! Vous pouvez y aller! Il faut bien que quelqu'un commence, n'est-ce pas?... Quand j'étais toute gosse, on m'a fait une permanente. C'était tout nouveau et, en ce temps-là, ce n'était pas une petite affaire! J'avais l'air d'une négresse et vous n'auriez pas passé un peigne dans mes cheveux!... Mais ça m'avait amusée!... Si ça vous amuse, vous pouvez continuer! Je tiendrai le coup!

Il lui prenait le pouls. Il eût voulu pouvoir lui communiquer un peu de sa propre vitalité.

« Vous ne vous sentez pas très bien, n'est-ce pas? avait-il dit.

— Ça, vous pouvez dire que vous ne vous trompez pas! avait-elle répondu. Ça n'a pas marché comme vous pensiez, hein? Ne vous en faites pas pour ça! Ce n'est pas une raison pour se décourager. J'en ai vu d'autres!

Il avait souri.

— Vous êtes admirable! Si seulement tous mes malades étaient comme vous!

— Ce qu'il y a, avait-elle repris, c'est que je veux guérir et que je guérirai! Maman a vécu jusqu'à quatre-vingt-huit ans et ma vieille grand-mère en avait quatre-vingt-dix quand elle a lâché la rampe. Dans ma famille, on vit vieux!

Il s'était retiré, malheureux et doutant de lui-même. Il s'était trompé quelque part. Trop sûr de lui, il avait tenu pour acquis que rien ne pouvait accrocher et l'expérience lui donnait tort...

C'était à ce moment-là, alors qu'il descendait les marches de l'hôpital, qu'il s'était senti soudain envahi par une immense lassitude. Il se découvrait dégoûté de la médecine et des recherches cliniques et sa pensée était allée vers Henrietta, non pas parce qu'elle était Henrietta, mais parce qu'elle était belle, fraîche, parce qu'elle respirait la santé et la joie de vivre, parce qu'un subtil parfum de fleurs des champs flottait autour de ses cheveux. Après avoir téléphoné chez lui pour dire qu'il était appelé en consultation hors de Londres, il s'était rendu chez Henrietta et, à peine dans l'atelier, l'avait prise dans ses bras et serrée contre lui, avec une ardeur nouvelle dans leurs relations. Elle l'avait regardé avec de grands yeux surpris et s'était dégagée d'un preste mouvement.

Tout en lui préparant du café, elle lui avait posé toutes sortes de questions, auxquelles tout d'abord il n'avait pas répondu. Qu'il fût venu de l'hôpital directement ou non, en quoi cela pouvait-il l'intéresser? S'il était chez elle, ce n'était pas pour l'entretenir de son travail, mais pour lui faire la cour et oublier avec l'hôpital, Mrs. Crabtree, la maladie de Ridgeway, son métier, toutes ces choses dont il était excédé.

Puis, un peu comme à regret au début, mais bientôt d'abondance, il s'était mis à parler. Allant et venant à travers la pièce, il faisait un véritable cours de médecine, insistant sur le détail à retenir, émettant des hypothèses, s'interrompant de temps à autre pour reprendre en termes plus accessibles une explication obscure.

— Vous comprenez, Henrietta, cette réaction, il faut qu'elle soit...

— Positive. Je sais! C'est la réaction D.L. Continuez!

— Où avez-vous découvert l'existence de la réaction D.L.?

— Dans un livre.

— Quel livre? »

Elle le lui avait apporté.

— Scobell?... Il ne vaut rien. Il se trompe du tout au tout. Si vous voulez vous documenter, il ne faut pas...

Elle l'avait interrompu.

— Je voulais seulement me renseigner sur le sens exact de certains mots dont vous vous servez, cela pour ne plus vous ennuyer avec des demandes d'explications. Continuez! Pour le moment, je vous suis très bien...

Assez sceptique, il avait poursuivi son exposé et, deux heures et demie durant, il avait parlé, analysant de nouveau toutes les données du problème, passant en revue toutes ses théories antérieures et en imaginant de nouvelles, qu'il examinait avec soin. Il se rendait à peine compte de la présence d'Henrietta et, pourtant, à plusieurs reprises, comme il hésitait, plus hardie que lui dans l'hypothèse, elle avait dit avant lui la phrase qu'il n'osait risquer. Le combat l'intéressait de nouveau, la confiance en soi lui revenait. Il ne s'était pas trompé. Dans l'ensemble, sa théorie était bonne et il y avait plus d'une façon de lutter contre la maladie...

A la fin, il s'était senti épuisé. Maintenant, tout était clair en son esprit. Le lendemain, il téléphonerait à Neill, lui dirait de combiner les deux solutions et, la préparation prête, on ferait l'essai. Certainement! Il n'allait tout de même pas se laisser battre!

A ce moment-là, il s'était assis sur un divan. Deux minutes plus tard, il s'était endormi d'un sommeil de plomb. Il ne s'était réveillé que le lendemain matin. Henrietta faisait le thé. Ils s'étaient souri.

— Voilà, avait-il dit, qui n'était pas dans le programme!

— Qu'est-ce que ça peut faire? avait-elle répondu.

Les yeux fixés sur la bibliothèque, il était revenu sur un point qui lui tenait au cœur.

— Si ces questions vous intéressent, Henrietta, je vous donnerai les livres à lire.

— Elles ne m'intéressent pas, John! C'est vous seul qui m'intéressez!

— En tout cas, il ne faut plus ouvrir Scobell! L'homme est un charlatan.

La réflexion l'avait fait rire, et il s'était demandé pourquoi, la sévérité du jugement qu'il portait sur son confrère n'ayant à son sens rien de risible.

C'était, d'ailleurs, chez Henrietta, une chose qui le surprenait toujours : elle pouvait rire de lui. Il n'avait jamais été habitué à ça. Inutile de parler de Veronica, qui n'avait jamais pensé qu'à elle-même. Gerda le prenait terriblement au sérieux. Henrietta, elle, rejetait sa tête en arrière et le regardait avec un petit sourire, à la fois tendre et moqueur, qui semblait dire : « Examinons un peu ce singulier personnage qui s'appelle John et qui est si drôle! »

Cette attitude, songeait-il, c'était à peu près celle qu'elle avait quand elle examinait ses œuvres. Il y avait en elle une sorte de détachement. Elle jugeait en toute liberté d'esprit. Il n'aimait pas ça. Il voulait qu'elle ne pensât qu'à lui.

« En somme, lui souffla le petit démon invisible, faisant sa réapparition, tu exiges d'elle exactement ce que tu reproches à Gerda! »

Il admit qu'il était complètement illogique et qu'il ne savait pas ce qu'il voulait. « *Je veux aller chez moi!* » Cette phrase était ridicule. D'ailleurs, elle ne voulait rien dire!

Heureusement, dans une heure ou deux, il quitterait Londres en voiture et il aurait enfin la possibilité d'oublier tous ces gens malades, dont l'haleine sure offensait ses narines. Il respirerait la bonne odeur des forêts à l'automne et le seul fait de se trouver dans une auto, filant à toute allure sur la grand-route, aurait sur ses nerfs un effet apaisant.

Il s'avisa soudain qu'il n'en irait pas du tout comme ça. Il s'était foulé le poignet récemment et ce serait donc Gerda qui conduirait. Gerda qui n'avait jamais pu apprendre à tenir un volant! Chaque fois qu'elle changeait de vitesse, il serrait les dents, se faisant violence pour ne rien dire, parce que des expériences antérieures lui avaient enseigné que ses observations ou ses conseils n'arrangeaient rien, au contraire. Curieux, que personne n'eût pu apprendre à Gerda à passer ses vitesses! Henrietta elle-même avait dû y renoncer.

Et, pourtant, Henrietta avait une patience qu'il ne possédait pas et elle adorait l'auto. Elle parlait de sa voiture avec enthousiasme, voire avec lyrisme, comme un poète du printemps ou des premiers flocons de neige.

— Dites que ce n'est pas une beauté, John! Elle

vole sur la route! Elle montera la côte de Bale en troisième, sans même s'en apercevoir! Ecoutez-moi le rythme de ce moteur!

Un jour, ces histoires d'auto l'avaient exaspéré.

— Vous ne croyez pas, Henrietta, s'était-il écrié, que vous pourriez peut-être, pour un instant, vous occuper un peu moins de votre voiture et un peu plus de moi?

Il regrettait toujours ces explosions de colère, dont il avait honte, mais il les évitait rarement, car elles se produisaient généralement au moment où il s'y attendait le moins. Un coup de tonnerre dans le ciel bleu...

La pire querelle qu'il eût eue avec Henrietta était arrivée comme ça, par surprise. A propos de sa sculpture. Il convenait qu'elle avait du talent. Beaucoup de talent. Mais, ce qu'elle faisait, il le détestait tout en l'admirant...

Un jour, Gerda lui avait dit :

— Henrietta m'a demandé de poser pour elle.

— Vous?

Le ton, il s'en rendait compte, n'avait rien de flatteur.

— Oui, avait-elle répondu. Je vais à l'atelier demain.

— Qu'est-ce qu'elle peut bien vouloir faire de vous?

Oui, bien sûr, la réflexion n'était pas très polie! Mais Gerda ne s'en était pas aperçue. Pour lui, il ne doutait pas qu'il s'agît là d'un de ces gestes aimables qui étaient bien dans la manière d'Henrietta. Gerda, très probablement, avait sans doute donné à entendre qu'elle aimerait avoir un buste d'elle...

Ce buste, un petit plâtre, Gerda l'avait rapporté à la maison une dizaine de jours plus tard. Elle était radieuse. C'était une petite chose assez jolie, d'un métier sûr, comme tout ce que faisait Henrietta, une Gerda idéalisée dont Gerda était très contente.

— Je trouve ça charmant, avait-elle déclaré.

— C'est Henrietta qui a fait ça?... J'ai peine à le croire!

— Evidemment, John, c'est très différent de ce qu'elle fait d'ordinaire, mais c'est très bien!

Il n'avait pas insisté, son intention n'étant nullement de gâcher le plaisir de Gerda, mais, à la première occasion, il avait exprimé son sentiment à Henrietta.

— Pourquoi diable avez-vous fait ce buste ridicule de Gerda? Il est indigne de vous. Généralement, pourtant, vous faites de bonnes choses!

— Celle-là n'est pas si mauvaise! avait-elle répliqué. Gerda n'en est pas mécontente.

— Elle est ravie. Seulement, vous savez comme moi qu'elle ne fait pas de différence entre une photo en couleur et une aquarelle!

— Ce n'est pas de la mauvaise sculpture, John! C'est un petit buste sans prétentions...

— Vous n'avez pas l'habitude de perdre votre temps avec des œuvrettes de ce genre...

Laissant sa phrase inachevée, il était tombé en arrêt devant une statue de bois, d'environ un mètre cinquante de haut.

— Oh! oh! qu'est-ce que c'est que ça?

— C'est pour le Salon des Artistes Internationaux. Du bois de poirier. *L'Adoratrice.*

Leurs regards se rencontrèrent. Tout de suite, sa colère avait éclaté.

— Ainsi, s'était-il écrié, c'est pour ça que vous aviez besoin de Gerda? Comment avez-vous osé?

— Je me demandais si vous reconnaîtriez...

— Si je reconnaîtrais Gerda?... Comment faire autrement? Elle est là-dedans, tenez!

Son doigt se posait sur la nuque fortement musclée.

— Oui, avait dit Henrietta. C'est le cou et les épaules que je voulais... Et puis, cette façon de se pencher en avant... La soumission... Et puis, le regard... C'est admirable!

42

— Admirable?... Henrietta, je ne veux pas de ça! Il faut laisser Gerda tranquille!

— Gerda?... Mais elle n'en saura rien! Personne non plus, d'ailleurs. Gerda ne se reconnaîtra jamais là-dedans et elle ne peut pas se reconnaître. Ce n'est pas Gerda! Ce n'est personne!

— Je l'ai bien reconnue, moi!

— Vous, c'est différent! Vous voyez des choses que les autres ne voient pas!

— La question n'est pas là! Je ne supporterai pas ça!... Mais, Henrietta, vous ne vous rendez donc pas compte que c'était une chose à ne pas faire?

— Vraiment?

— Vous ne le sentez pas? Vous qui êtes si fine!

— Vous ne comprenez pas, John, et je ne pense pas pouvoir vous le faire comprendre!... Vous ne pouvez pas savoir ce que c'est que d'avoir, pendant des jours et des jours, envie de quelque chose... La ligne de ce cou, ce groupe de muscles, cette lourdeur de la mâchoire, je les voyais chez Gerda... Chaque fois que je la rencontrais, c'était la même torture... Tout cela, j'en avais envie... Alors, à la fin, je l'ai pris!

— Sans scrupule!

— Je crois que c'est exact! Mais, quand vous avez envie de quelque chose à ce point-là, un moment vient où vous ne pouvez plus ne pas le prendre!

— Quant aux autres, tant pis pour eux! Il vous est parfaitement égal que Gerda...

— Ne dites pas de bêtises, John! J'ai fait le buste de Gerda et il lui a fait grand plaisir. Est-ce que vous croyez, sincèrement, qu'elle se reconnaîtra là-dedans?

John longuement, avait regardé la statuette. Sa colère était tombée, et c'était avec un intérêt grandissant qu'il avait considéré l'œuvre d'Henrietta, cette étrange figure de femme qui dédiait son adoration à quelque divinité invisible, sur laquelle elle fixait un regard aveugle, un regard d'admiration éperdue, un regard de fanatique...

— Vous savez, avait-il dit enfin, qu'il y a quelque chose d'inquiétant, de terrifiant même, dans cette œuvre?

— Oui.

— Cette femme, que regarde-t-elle? Qui y a-t-il devant elle?

Henrietta avait hésité, puis, d'une voix au timbre légèrement altéré, elle avait dit :

— Je ne sais pas, John. Mais je pense que ce pourrait être vous!

CHAPITRE V

Dans la salle à manger, le jeune Terry énonçait une autre vérité scientifique :

— Les sels de plomb sont plus solubles dans l'eau froide que dans l'eau chaude.

Il attendit les réactions maternelles. A la vérité, sans grand espoir. Le jeune Terence estimait depuis longtemps que les parents étaient des personnages très décevants. Il reprit :

— Vous saviez ça, maman?

— Non, mon chéri. Je ne sais rien du tout en chimie.

— Avec un livre, vous pourriez apprendre!

C'était une pensée d'une sagesse profonde, mais Gerda ne songea pas à s'en aviser. Elle se sentait accablée par une fatalité qui l'écrasait. Elle s'était levée malheureuse, en se disant que ce jour qu'elle redoutait tant était venu et que, dans quelques heures, il lui faudrait quitter Londres pour aller passer le week-end chez les Angkatell. Pour elle, les séjours au *Vallon* étaient un cauchemar. Là-bas, elle était perdue. Lucy, avec ses phrases qui n'en finissaient pas et avec toutes ses gentillesses, était, de toutes les personnes qu'on rencontrait là-bas, celle qui lui faisait le plus peur, mais les autres ne valaient guère mieux. Pour Gerda, un week-end au *Vallon* représentait deux jours de martyre, qu'elle endurait pour l'amour de John.

Car John, ce matin, au réveil, avait proclamé sa joie de partir en termes non équivoques.

— Quel plaisir de penser que, tout à l'heure, nous serons hors de Londres! Ça vous fera du bien, Gerda! Vous avez besoin de campagne, vous aussi!

Elle avait souri, sans en avoir envie, et répondu d'un ton qui pouvait paraître sincère qu'elle était enchantée d'aller au *Vallon*, puis ses yeux avaient fait tristement le tour de la chambre à coucher. Son regard s'était attardé sur la coiffeuse en acajou, avec son miroir qui ne voulait jamais rester à l'inclinaison convenable, sur le tapis dont elle aimait la joyeuse couleur bleue, sur les gravures représentant des sites de la région des Lacs, sur toutes ces choses familières qu'elle ne reverrait plus avant lundi.

Demain, une femme de chambre pénétrerait dans la pièce étrangère où elle s'éveillerait, poserait sur la table de chevet le plateau du petit déjeuner, ouvrirait les rideaux, puis, chose qui avait le don d'exaspérer Gerda, plierait les vêtements posés sur les chaises. Elle endurerait tout cela et, pour se consoler, elle se répéterait tout bas : « Plus qu'un jour! » comme autrefois, en classe, quand elle comptait les jours...

Elle n'était pas très heureuse à la maison, mais elle l'était encore moins en classe. Toutes ses compagnes étaient plus vives qu'elle, plus adroites. Elles n'étaient pas méchantes, mais elles n'avaient pas de patience. Elle croyait les entendre encore : « Allons,

Gerda, dépêche-toi!... — Passe-moi ça, maladroite, tu n'en sortiras pas!... — Ne laisse pas faire ça à Gerda, il lui faudra un siècle!... — Gerda ne comprend jamais rien! » Comment ne se rendaient-elles pas compte, toutes, que c'était le bon moyen de la rendre encore plus lente et encore plus stupide? Et c'était bien ainsi que les choses avaient évolué jusqu'au jour où, presque par accident, elle avait trouvé la porte de sortie, où elle avait pris le parti, quand on la bousculait, d'exagérer encore sa sottise. Quand on lui disait :

« Mais, enfin, Gerda, il faut que tu sois idiote pour ne pas comprendre ça! » elle ouvrait des yeux ronds, comme effarés, mais au fond d'elle-même elle avait le sentiment de sa supériorité. Car elle n'était pas aussi bête que les autres se l'imaginaient. Souvent, alors qu'elle prétendait ne pas comprendre, elle avait fort bien compris. Le jeu, d'abord, l'amusa. Elle éprouvait un plaisir à se dire qu'elle savait beaucoup plus de choses que les autres ne se le figuraient et qu'elle aurait pu faire bien des choses dont on la croyait absolument incapable.

Car cette attitude, elle l'avait découvert par la suite, présentait cet avantage que, bien souvent, les gens faisaient les choses à votre place, ce qui vous épargnait bien du souci. A la longue, l'habitude prise, on ne vous demandait même plus de rien faire, on faisait les choses pour vous et les autres, ceux qui n'étaient pas au courant, ne savaient même pas que vous n'auriez pas pu les faire correctement. On se retrouvait ainsi mis avec eux sur un pied d'égalité...

Evidemment, il n'en allait pas ainsi avec les Angkatell, qui étaient des êtres tellement supérieurs qu'ils en paraissaient presque appartenir à une humanité différente. Elle les détestait. Seulement, John aimait aller chez eux et ses séjours au *Vallon* lui faisaient du bien. Il revenait à la maison reposé, détendu, moins irritable aussi...

Cher John! Il était admirable. C'était l'avis de tout

le monde. C'était un bon médecin, très gentil avec ses malades et qui se tuait au travail, s'occupant non pas seulement de sa clientèle, mais aussi de tous ces pauvres gens qui étaient à l'hôpital. John était désintéressé. Un bon médecin et un noble caractère.

Dès le début, elle s'était rendu compte que John était quelqu'un et qu'il deviendrait un « patron ». Il l'avait choisie, elle, alors qu'il aurait pu faire un mariage beaucoup plus brillant. Elle n'était pas très jolie, pas très intelligente, tout cela lui avait été égal. « Ne vous tracassez pas! lui avait-il dit. Je serai là et c'est moi qui m'occuperai de vous! » Sans doute, c'était le devoir de tout homme qui prenait femme. Il n'en restait pas moins merveilleux qu'il l'eût élue, elle!

Certes, il lui avait dit aussi qu'il entendait n'en faire qu'à sa tête, mais elle n'y voyait, quant à elle, aucun inconvénient. Jamais elle ne l'avait heurté, toujours elle s'était appliquée à lui céder sur tout. Même en ces derniers temps, alors qu'il était devenu si nerveux, si difficile. Rien ne paraissait lui faire plaisir et rien de ce qu'elle faisait n'était bien. On ne pouvait pas lui en vouloir. Il avait tant à faire, ses malades lui donnaient tant de soucis...

Et ce gigot, mon Dieu! Elle aurait dû le renvoyer à la cuisine. John n'arrivait toujours pas. Pourquoi était-il écrit qu'elle ne pouvait jamais prendre la bonne décision? De nouveau, elle se retrouvait très malheureuse. Le gigot! Cet horrible week-end chez les Angkatell. A une douleur qui la prenait aux tempes, elle s'aperçut qu'elle avait mal à la tête. Une migraine! Il ne lui manquait plus que ça! John ne pouvait pas souffrir qu'elle eût la migraine. Il refusait toujours de lui donner quelque chose pour la soigner. Pourtant, ça lui aurait été facile. Mais non, il ne voulait pas! Il disait : « N'y comptez pas! Je ne veux pas que vous vous empoisonniez avec des drogues. Allez plutôt faire une bonne promenade! »

Le gigot! Le regard fixe, elle le contemplait. Elle

ne songeait plus qu'à cela. Le gigot... le gigot... le gigot...

Des larmes lui vinrent aux paupières. Pourquoi fallait-il toujours qu'elle se trompât? Pourquoi ne pouvait-elle jamais rien faire de bien?

Terence, lui aussi, regardait le plat qui refroidissait. « Je me demande bien, songeait-il, pourquoi nous ne commençons pas! Les grandes personnes sont stupides. Elles n'ont pas de bon sens! » Tout haut, d'une voix prudente, il dit :

— Nicholson cadet et moi, nous allons fabriquer de la nitroglycérine dans la serre de son père, à Streatham.

— Vraiment, mon chéri? Ce sera très gentil!

Elle pensait au gigot. Il était encore temps. Si elle appelait Lewis pour lui dire de l'emporter...

Terence regardait sa mère avec un certain étonnement. Il avait obscurément le sentiment que la fabrication de la nitroglycérine n'était pas de ces occupations que les parents se doivent d'encourager et, avec un sens aigu de l'opportunité, il avait choisi son moment pour enlever par surprise une approbation dont il ferait état, le cas échéant. Si, par malchance, les choses tournaient mal, si les propriétés de la nitroglycérine s'affirmaient de façon trop manifeste, il aurait la ressource de se défendre en disant que sa mère était prévenue. Son facile succès, cependant, le laissait déçu. « Maman elle-même, songeait-il, devrait savoir ce que c'est que la nitroglycérine! » Il poussa un soupir. Il avait l'impression d'être seul au monde. Son père n'avait pas le temps de l'écouter. Sa mère ne faisait pas attention à ce qu'il disait et Zena n'était qu'une gosse. Il se proposait de faire d'intéressantes expériences de chimie. Qui s'en souciait? Personne!

Bang! Gerda sursauta. La porte du cabinet venait de se fermer et John montait l'escalier.

Il entra dans la pièce en coup de vent. L'atmosphère changea. On le sentait débordant d'énergie et de vitalité. Il semblait d'excellente humeur.

— Dieu de Dieu! s'écria-t-il en s'asseyant. Ce que tous ces malades peuvent me faire horreur!

— Oh! John! Ne dites pas des choses comme ça! Les enfants pourraient croire que vous parlez sérieusement.

La voix de Gerda était chargée de reproche.

— Mais je parle sérieusement! répliqua John Christow. Il ne devrait pas y avoir de malades!

Pour le bénéfice de son fils, Gerda s'empressa de déclarer que son père plaisantait.

— Je ne crois pas! dit gravement Terence.

— Si vous aviez horreur des malades, reprit Gerda en souriant, vous ne seriez pas médecin!

John Christow posa près de lui la pierre sur laquelle il venait d'aiguiser le couteau à découper.

— Comme tous mes confrères, répliqua-t-il, c'est justement parce que je déteste la maladie que je suis médecin!

Sur un autre ton, il ajouta :

— Mais cette viande est froide? Pourquoi diable n'a-t-on pas tenu ce gigot au chaud?

— Je pensais que vous alliez arriver d'un instant à l'autre. Alors...

D'un doigt irrité, John Christow pressa le bouton de la sonnette de l'office. Lewis accourut.

— Enlevez ça, dit-il, et demandez à la cuisinière de le faire réchauffer!

— Bien, monsieur!

Il y avait, dans le ton, un soupçon d'impertinence. Les mots étaient parfaitement innocents, mais Lewis les prononçait de telle sorte qu'il était facile de deviner ce qu'elle pensait d'une maîtresse de maison capable de rester assise à table devant un gigot en train de refroidir.

— Je suis navrée, reprit Gerda. C'est ma faute. D'abord je pensais que vous alliez venir tout de suite. Seulement, ensuite, je me suis dit que, si je le renvoyais à la cuisine...

Il l'interrompit avec une certaine brusquerie.

— Qu'est-ce que ça peut faire? Ça n'a pas tellement d'importance. À quoi bon insister là-dessus? La voiture est là?

— Je crois. Collie l'a commandée.

— Alors, nous partirons tout de suite après déjeuner.

Il songeait à l'itinéraire : Albert Bridge, Clapham Common, le raccourci par le Crystal Palace, Croydon, Purley Way. Là, au lieu de suivre la grand-route, on prendrait à droite, on sortirait de la banlieue et, Commerton traversé, on filerait dans la campagne. Des arbres des deux côtés de la route, la bonne odeur de l'automne...

Lucy et Henry... Henrietta...

Henrietta, il ne l'avait pas vue depuis quatre jours. A leur dernière rencontre, il avait été assez fâché contre elle. Une fois encore, elle avait eu cet étrange regard qu'il ne pouvait décrire, ce regard dont on ne pouvait dire qu'il était inattentif ou lointain, mais qui semblait se poser sur quelque chose qui n'était pas là, ce regard, en tout cas — et c'était le point important — qui ne s'occupait pas de lui!

« Je sais, songea-t-il, c'est une artiste et elle a du talent! Mais elle pourrait l'oublier de temps en temps et penser à moi, rien qu'à moi! »

Il se montrait injuste et il le savait. Henrietta parlait fort peu de ses travaux. Beaucoup moins, il devait en convenir, que certains peintres qu'il connaissait. C'était seulement par rare exception, lorsque quelque vision intérieure l'absorbait tout entière, qu'elle semblait ne pas s'intéresser à lui. Il en convenait, mais la chose ne lui en était pas moins insupportable.

Une fois, d'une voix dure et sévère, il lui avait demandé si elle serait capable de tout quitter s'il l'en priait.

Surprise, elle avait dit :

— Tout quoi?

— Tout ceci!

Il se reprochait cette question stupide, qui était bien celle qu'il n'eût jamais dû poser, mais il n'en avait pas moins, d'un large geste circulaire, désigné tout ce qui se trouvait dans l'atelier. En même temps, il songeait : « Elle doit répondre : « Bien sûr! » Ce ne sera pas la vérité, je le sais, mais j'ai besoin de ce mensonge pour ma tranquillité! Quelle dise : « Bien sûr! » et il m'est bien égal qu'elle le pense ou qu'elle ne le pense pas! »

Elle était restée longtemps silencieuse, ses yeux avaient pris une expression absente et, le sourcil légèrement froncé, elle avait répondu :

— Je crois... Si c'était nécessaire!

— Nécessaire? Qu'entendez-vous par là?

— Je ne saurais pas le dire au juste, John! Nécessaire comme peut l'être une amputation...

— Oui! En somme, vous considéreriez ça comme une opération chirurgicale!

— Vous êtes fâché? Quelle réponse vouliez-vous donc?

— Vous le savez bien! Un mot aurait suffi : « Oui! »... Pourquoi ne l'avez-vous pas dit? Vous dites un tas de choses pour faire plaisir aux gens et il y en a beaucoup que vous ne pensez pas! Ces mensonges-là, pourquoi me les refusez-vous? Pourquoi?

— Je ne sais pas, John!... Je ne peux pas, voilà tout! Je ne peux pas...

Pendant quelques instants, il s'était promené de long en large dans l'atelier, puis il avait dit :

— Vous me rendrez fou, Henrietta! Je n'ai jamais l'impression que j'ai sur vous la moindre influence.

— Pourquoi voudriez-vous en avoir?

— Je ne sais pas, mais je le voudrais! Je veux venir le premier!

— Vous venez le premier, John!

— Non. Si je mourais, la première chose que vous

feriez, les joues encore brûlantes de larmes, ce serait de vous mettre à modeler une femme en deuil ou quelque effigie de la Douleur!

D'une voix lente, elle avait dit :

— C'est peut-être vrai!... Oui, vous avez sans doute raison!... Mais c'est terrible!

Et elle était restée là, près de lui, muette, avec dans les yeux un reflet d'épouvante.

Le pudding était brûlé. Gerda s'empressa de s'en excuser.

— Je suis navrée, chéri! Je ne sais pas comment cela a pu se produire. C'est ma faute! Donnez-moi le dessus...

John ne répondit pas. Si le pudding était brûlé, c'était parce qu'il était resté dans son cabinet un quart d'heure de plus qu'il n'était nécessaire, parce qu'il s'était abandonné à cette rêverie ridicule, au cours de laquelle il avait évoqué l'image d'Henrietta, celle de Mrs. Crabtree et de nostalgiques souvenirs de San Miguel. La faute était sienne, uniquement, et il était stupide encore de s'entêter à manger un morceau calciné. Pourquoi cette obstination à jouer les martyrs? D'autre part, pourquoi Terence considérait-il son père avec des yeux ronds? Et pourquoi fallait-il que Zena reniflât tout le temps? Pourquoi étaient-ils, tous, si horripilants?

Sa colère, finalement, fondit sur Zena.

— Tu ne pourrais pas te moucher, non?

Gerda intervint.

— Je crois, chéri, qu'elle a un petit rhume de cerveau.

— Mais non! Vous vous imaginez toujours qu'ils ont quelque chose. Elle n'a pas le rhume!

Gerda soupira. Elle n'avait jamais pu comprendre comment son mari, un médecin, un homme qui passait sa vie à soigner les maux des étrangers, pouvait être indifférent à la santé des siens. Il ne voulait pas admettre qu'on fût malade dans sa famille!

Zena prit un petit air important pour déclarer

qu'elle avait éternué huit fois avant le déjeuner.

John se leva.

— Nous avons fini?... Alors, nous partons!... Vous êtes prête, Gerda?

— J'en ai pour une minute, John! Deux ou trois petites choses à emballer...

Il lui fit remarquer qu'elle aurait pu finir ses valises avant le déjeuner et quitta la salle à manger de très mauvaise humeur. Gerda se hâta vers sa chambre à coucher. Elle allait se presser, évidemment. Ce qui n'arrangerait rien. Au contraire! Mais pourquoi diable n'était-elle pas prête? A quoi avait-elle employé sa matinée? Sa mallette, à lui, était depuis longtemps dans le vestibule. Pourquoi diable...?

Zena, un jeu de cartes passablement graisseux à la main, venait trouver son père.

— Papa, voulez-vous que je vous tire les cartes? Je sais très bien. J'ai dit la bonne aventure à maman, à Terry, à Lewis, à Jane et à la cuisinière...

— Allons-y!

John se demandait si Gerda se ferait attendre longtemps. Il lui tardait de sortir de cette maison qui lui était odieuse et de s'éloigner de cette ville pleine de malades et de gens qui reniflaient. Il voulait voir des arbres, respirer l'odeur des feuilles mortes, retrouver la grâce quasi aérienne de Lucy Angkatell, cette femme étonnante dont on était tenté de dire qu'elle n'avait pas d'enveloppe charnelle.

Zena étalait ses cartes sur la table.

— Ici, au milieu, papa, c'est vous, le roi de cœur. La personne à qui on fait les cartes est toujours le roi de cœur. Je place les autres cartes, face en dessous, deux à gauche, deux à droite, une en haut — c'est elle qui a du pouvoir sur vous — et une en bas, celle sur laquelle c'est vous qui avez du pouvoir. Pour finir, j'en mets une sur vous...

Elle prit une profonde inspiration et poursuivit :

— Maintenant, nous les retournons. A votre droite, la première, c'est la reine de carreau.

« Henrietta, » songea-t-il, amusé par l'air solennel de l'enfant.

— A côté d'elle, il y a le valet de trèfle. C'est un jeune homme... Très calme, très tranquille. Sur votre gauche, vous avez le huit de pique... Ça, c'est un ennemi ignoré. Est-ce que vous avez un ennemi ignoré, papa?

— Pas que je sache! répondit-il avec un sourire.

— A côté, c'est la dame de pique... Une vieille dame.

— Lady Angkatell! dit-il.

— Voyons maintenant celle qui est au-dessus de vous, celle qui a du pouvoir sur vous... La dame de cœur!

Il pensa : « Veronica! », s'avisant tout aussitôt que c'était grotesque. Veronica n'était plus rien pour lui.

— Et voici celle qui est au-dessous de vous, celle sur qui vous avez du pouvoir... La dame de trèfle!

Gerda entrait dans la pièce et annonçait qu'elle était prête. Zena protesta :

— Une toute petite minute, maman! Je suis en train de tirer les cartes à papa... Il ne nous reste plus qu'une carte. Papa, la plus importante, celle qui vous couvre!

De ses petits doigts, pas très propres, elle la retourna.

— Oh! s'écria-t-elle avec un haut-le-corps. L'as de pique!... Généralement, c'est une mort! Mais...

John se levait.

— Ne cherche pas! Ta maman va écraser quelqu'un en sortant de Londres! Allons-nous-en, Gerda! Au revoir, tous deux! Tâchez d'être sages!

CHAPITRE VI

Midge Hardcastle, le samedi matin, descendit vers onze heures. Elle avait pris son petit déjeuner au lit, avait lu un peu, puis s'était rendormie. Elle adorait paresser ainsi. Il était d'ailleurs temps qu'elle prît des vacances. Aucun doute, Mrs. Alfrège finissait par vous fatiguer les nerfs!

Dehors, il y avait du soleil. Elle sortit. Assis dans un fauteuil de jardin, Sir Henry Angkatell lisait le *Times*. Il leva la tête pour sourire à Midge, qu'il aimait bien.

— Vous êtes déjà debout, Midge?

— Je suis très en retard.

— Du tout. Vous n'avez pas manqué le déjeuner! Elle alla s'asseoir près de lui.

— Ça fait plaisir d'être ici! déclara-t-elle avec un soupir.

— Vous avez l'air fatiguée...

— Non, je me porte très bien! Et puis, je suis si heureuse d'être quelque part où je ne verrai pas de grosses dames essayant d'entrer dans des robes de plusieurs tailles trop petites pour elles!

— Elles doivent être odieuses, en effet!

Sir Henry consulta sa montre et reprit :

— Edward arrive par le train de midi quinze.

— Ah! oui?

Après un silence, elle ajouta :

— Il y a bien longtemps que je ne l'ai vu.

— Il n'a pas changé, dit Sir Henry. Il ne bouge presque pas d'Ainswick.

Ainswick! Midge éprouva au cœur comme un petit pincement. Les belles journées qu'elle avait passées à Ainswick! Des séjours auxquels elle pensait pendant des mois : « Je vais aller à Ainswick! » La nuit, éveillée dans son lit, cette phrase, combien de fois l'avait-elle répétée? Et puis, le jour arrivait enfin! Le train, le grand express de Londres, s'arrêtait dans une gare minuscule. Il ne fallait pas oublier de prévenir le chef de train. Sinon, l'arrêt n'avait pas lieu. La Daimler attendait. La grille de la propriété franchie, on suivait une immense allée au milieu des bois, on prenait un dernier tournant et la maison apparaissait, une grande maison blanche et accueillante. Souvent, l'oncle Geoffrey était en haut du perron, avec toujours son vieux veston de tweed. « Maintenant, les petits, disait-il, amusez-vous! » Ils suivaient son conseil, tous. Henrietta, qui venait d'Irlande, Edward, qui en ce temps-là était à Eton, elle-même, enfin, qui arrivait d'une grande et triste cité industrielle du nord du pays. Ainswick, pour eux, c'était le paradis sur terre!

Mais, pour Midge, Ainswick, avant tout, c'était Edward, Edward, grand, gentil, un peu timide parfois, toujours aimable. Bien sûr, il ne faisait guère attention à elle. A cause d'Henrietta...

Il était toujours très discret, très réservé. Il avait l'air d'un invité comme les autres. A tel point qu'elle avait été stupéfaite quand Tremblet, le premier jardinier, lui avait dit qu'un jour la propriété reviendrait à Mr. Edward.

— Mais pourquoi, Tremblet? Il n'est pas le fils de l'oncle Geoffrey!

— Il est l'héritier, Miss Midge! Mr. Geoffrey n'a qu'un enfant et c'est Miss Lucy, mais elle ne peut pas hériter du domaine, parce qu'il doit aller à un héritier mâle. Bien sûr, elle a épousé Mr. Henry, mais c'est seulement un cousin issu de germain. Mr. Edward est plus proche...

Aujourd'hui, Edward vivait à Ainswick. Seul. Midge se demandait si Lucy regrettait Ainswick. Elle en doutait. Lucy était indifférente à tant de choses! Pourtant, Ainswick avait été sa maison et son cousin Edward avait plus de vingt ans de moins qu'elle. Son père à elle, le vieux Geoffrey Angkatell, avait été un personnage dans le comté. Il avait laissé une fortune considérable, dont elle avait hérité la plus grande partie, de sorte qu'Edward, par comparaison, était relativement pauvre. Quand il avait fait face aux dépenses du domaine, il ne lui restait pas grand-chose.

Ses goûts, il est vrai, étaient simples. A la mort de l'oncle Geoffrey, il avait renoncé à la diplomatie pour venir vivre sur ses terres. Il aimait les livres, recherchait les premières éditions et, de temps à autre, écrivait pour d'obscures revues de petits articles d'une ironie un peu hésitante. Par trois fois, il avait demandé sa main à Henrietta Savernake, sa cousine.

Midge réfléchissait à tout cela, sans parvenir à déterminer si elle était ou non contente de revoir Edward. Ce n'était pas comme si elle en avait pris son parti! Il y a des choses à quoi on ne se résigne jamais. Edward vivait à Ainswick, très retiré. Mais, pour elle, c'était comme s'il eût vécu à Londres. Si loin qu'elle se souvenait, elle l'avait toujours aimé...

La voix de Sir Henry la rappela à la réalité.

— Comment avez-vous trouvé Lucy?

— En forme magnifique! Elle est telle que je l'ai toujours connue. Elle ne change pas!

— Non.

Sir Henry tira en silence quelques bouffées de sa pipe.

— Savez-vous, Midge, reprit-il, que, quelquefois, Lucy m'inquiète?

— Elle vous inquiète? Pourquoi?

Sir Henry hocha lentement la tête.

— Elle ne se rend pas compte qu'il y a des choses qu'il ne faut pas faire!

Midge n'en coyait pas ses oreilles. Il poursuivit, souriant :

— Bien sûr, elle sait s'en tirer! Elle s'en tire toujours! Mais cela n'empêche rien! Au palais du Gouvernement, par exemple, elle bousculait toutes les traditions! Elle a volontairement ignoré, pour de grands dîners, certaines règles de préséance — et ça, Midge, c'est le pire des crimes! —, installé côte à côte à table des ennemis mortels et mis la conversation sur le problème des races de couleur! Le repas aurait dû finir en bagarre et ma disgrâce s'ensuivre. Elle s'en est sortie, et le mieux du monde! Toujours par ses procédés ordinaires : des sourires et un petit air innocent et navré! Avec les domestiques, c'est la même chose! Elle les fait tourner en bourriques et ils l'adorent!

Midge écoutait, pensive.

— Oui, dit-elle, je vois ce que vous voulez dire. Des choses qu'on n'accepterait de personne, on les trouve très bien quand il s'agit d'elle. Pourquoi? Charme? Magnétisme? Je me le demande...

Sir Henry, d'un léger haussement d'épaules, exprima son sentiment.

— C'était déjà comme ça quand elle était jeune fille! Ce qui m'inquiète, c'est qu'il y a des moments où il semble qu'elle ne se rende pas compte qu'il y a des limites à ne pas franchir!

Riant, il ajouta :

— Au point que je crois vraiment, ma chère Midge, que Lucy ne redouterait pas d'être accusée d'un crime! Elle aurait l'absolue conviction qu'elle se tirerait de cette affaire-là comme des autres!

Henrietta sortit sa Delage du garage et prit la route, après une courte conversation d'ordre technique avec son ami Albert, le mécanicien chargé de veiller sur la santé de sa voiture.

Elle souriait, savourant ce plaisir dont elle ne se lassait pas : faire de l'auto en solitaire. Elle adorait conduire et c'était une de ses joies que de découvrir de nouveaux itinéraires, plus courts ou plus pratiques, dans cette ville de Londres qu'elle connaissait aussi bien que n'importe quel chauffeur de taxi.

Naviguant habilement à travers le dédale des rues des faubourgs, elle filait vers le sud-ouest et, à midi et demi, abordait la longue côte de Shovel Down. Au sommet, elle arrêta sa voiture. Il y avait là un point de vue qu'elle aimait. Elle laissa errer son regard sur le paysage. Elle admirait la splendeur de la forêt sous les rayons encore chauds du soleil d'automne. Les feuilles, jaune d'or, commençaient à tourner au brun rouge...

« J'aime l'automne! songea-t-elle. C'est une saison tellement plus riche, tellement plus colorée que le printemps! »

Elle s'avisa soudain qu'elle était en train de vivre une minute de bonheur intense. Jamais la nature ne lui avait paru plus jolie, plus adorable, jamais elle n'avait pris tant de plaisir à la sentir autour d'elle.

Remettant en marche, elle murmura :

— Jamais plus je ne serai aussi heureuse que je le suis en ce moment, jamais plus!

Lady Angkatell accueillit Henrietta à son arrivée.

— Je suis ravie de vous voir, Henrietta! lui dit-elle. Lorsque vous aurez conduit votre coursier à l'écurie et que vous l'aurez pansé, le déjeuner sera servi!

Midge, sautant sur le marchepied de la Delage, accompagna Henrietta au garage. Henrietta attira son attention sur la phrase que venait de prononcer Lady Angkatell.

— Jamais remarque n'a été plus juste! dit-elle. Je me flatte, vous le savez, de ne pas être possédée de cet amour du cheval qui fut cher à tous mes ancêtres irlandais. Quand on a été élevée parmi des gens qui ne parlaient que de chevaux, on est très fière de ne pas tomber dans le même travers. Lucy m'a rappelé que je traite ma voiture tout à fait comme je traiterais mon cheval... et elle a rigoureusement raison!

— Je connais ça! répondit Midge. Lucy, quelquefois, vous coupe bras et jambes. Ce matin, elle m'a fait savoir que, durant mon séjour ici, je pourrais être aussi mal polie que je le voudrais!

Henrietta réfléchit quelques secondes.

— Bien sûr! s'écria-t-elle ensuite. A cause du magasin!

— Vous avez deviné! Passer ses journées à faire des politesses à des femmes mal élevées, leur sourire, les appeler « Madame », leur passer des robes et encaisser bien gentiment tout ce qu'elles ont le front de vous dire, vous pouvez croire que ça vous donne envie de jurer! Les gens estiment qu'il est plus humiliant d'être domestique que de travailler dans une boutique, où l'on passe pour être libre et indépendant. Eh bien, ils se trompent! Une demoiselle de magasin doit avaler bien d'autres couleuvres qu'un serviteur en place dans une bonne maison!

— Je vous plains, ma chérie, et je suis navrée que vous ayez la fierté de vous entêter à vouloir gagner votre vie!

— En tout cas, Lucy est un ange et je vous certifie bien qu'au cours de ce week-end je ne ménagerai personne!

Henrietta descendit de voiture.

— Qui y a-t-il? demanda-t-elle.

— On attend les Christow, répondit Midge.

Après un court silence, elle ajouta :

— Edward vient d'arriver.

— Edward?... Bravo!... Il y a une éternité que je ne l'ai vu!... Qui encore?

— David Angkatell. Lucy compte beaucoup sur vous en ce qui le concerne. Vous devrez l'empêcher de se ronger les ongles.

— Ça ne me ressemble guère! s'écria Henrietta. J'ai horreur de m'occuper de ce qui ne me regarde pas, et je respecte les petites manies des gens.

— D'autre part, reprit Midge, on compte sur vous pour être gentille avec Gerda.

— Ce que je détesterais Lucy, si j'étais Gerda!

— Enfin, demain, à déjeuner, nous aurons un monsieur dont c'est le métier de découvrir des assassins! C'est un voisin.

Edward Angkatell s'avançait à la rencontre des deux jeunes femmes. Il était grand et mince.

Henrietta lui retrouva avec joie son sourire d'autrefois. Dans le même moment, elle s'apercevait qu'elle était bien plus heureuse de le revoir qu'elle ne l'aurait supposé. Elle avait oublié qu'elle avait pour Edward une telle affection.

Après le déjeuner, Edward et Henrietta allèrent faire une petite promenade.

Ils prirent, sur le derrière de la maison, un sentier qui serpentait capricieusement à travers les arbres. Henrietta songea aux bois d'Ainswick, si semblables à ceux-ci, et, bientôt, ils évoquaient de vieux souvenirs :

— Vous rappelez-vous, demanda-t-elle, notre écureuil? Celui qui s'était cassé la patte et que nous avons gardé pour le soigner?

— Bien sûr! Il avait un nom ridicule... Qu'est-ce que c'était donc?

— Cholmondeley-Marjoribanks!

— C'est bien cela!

Ils rirent ensemble.

— Et Mrs. Bondy, la vieille gouvernante, nous prédisait qu'il se sauverait par la cheminée!

— Ça nous rendait furieux!

— Et, de fait, c'est bien par là qu'il est parti un jour!

— Par sa faute à elle! affirma Henrietta avec conviction. S'il est parti, c'est parce qu'elle lui avait mis cette idée-là dans la tête!

Il y eut un silence. Elle demanda :

— Ainswick a-t-il beaucoup changé? Pour moi, je l'imagine toujours tel que je l'ai connu...

— Pourquoi ne venez-vous pas vous rendre compte

par vous-même? Il y a bien longtemps qu'on ne vous a vue là-bas!

— Je le sais.

Pourquoi n'était-elle pas retournée à Ainswick? Elle n'aurait su le dire. On est accaparé par ses occupations, par des relations nouvelles.

— Vous savez, reprit-il, que vous serez toujours la bienvenue à Ainswick.

— Vous êtes gentil!

— Je suis content que vous l'aimiez.

— Ainswick est le plus bel endroit du monde!

Elle se revoyait aux beaux jours d'Ainswick. Une grande fille aux jambes trop longues, avec des cheveux bruns en désordre, une gamine insouciante, qui n'avait aucune idée des vilaines choses que la vie lui réservait... Avoir été si heureuse, sans seulement s'en douter!... Ah! pouvoir retourner en arrière!

Brusquement, elle demanda :

— Ygdrasil est toujours là?

— La foudre est tombée dessus.

— Oh! non, pas sur Ygdrasil!

Elle était désolée. Ygdrasil, c'était le nom qu'elle avait donné au grand chêne. Si les dieux avaient pu abattre Ygdrasil, rien n'était à l'abri des coups du Destin. Mieux valait ne pas retourner en arrière!

— Vous vous souvenez, dit-il, de notre signe spécial, le signe d'Ygdrasil?

— Cet arbre qui n'a jamais ressemblé à un arbre et que je dessinais sur des bouts de papier? Bien sûr! Et je continue à le gribouiller partout! Donnez-moi un crayon!

Il lui tendit son porte-mine et un carnet et, tout en riant, elle crayonna sur un feuillet l'arbre ridicule :

— Oui, dit-il, c'est bien Ygdrasil!

Ils arrivaient vers le haut du sentier. Henrietta s'assit sur une souche. Il prit place à son côté.

— Vous ne trouvez pas, fit-elle, que, cette propriété, c'est un peu Ainswick en plus petit? Je me suis souvent demandé si ce n'est pas pour ça que Lucy et Henry se sont fixés ici.

— C'est possible!

— On ne sait jamais ce qu'il se passe dans la tête de Lucy...

Changeant de sujet, elle lui demanda ce qu'il avait fait depuis leur lointaine dernière rencontre.

— Mon Dieu! répondit-il, rien.

Elle sourit.

— C'est peu!

— Je n'ai jamais été très heureux quand j'ai voulu faire quelque chose!

Il avait dit cela d'un ton si bizarre qu'elle le regarda. Il souriait et, de nouveau, elle comprit qu'elle avait vraiment pour lui beaucoup d'affection.

— Peut-être est-ce la sagesse! dit-elle.

— De quoi faire?

— De ne rien faire.

— C'est vous qui dites ça? Vous, qui avez si bien réussi?

Elle protesta :

— Moi?... Vous trouvez que j'ai réussi? Vous voulez rire!

— Pas du tout! Vous êtes une artiste et vous pouvez, vous devez être fière de vous!

— Je sais! fit-elle. Bien des gens me disent ça... Ils ne comprennent pas et, vous non plus, Edward, vous ne comprenez pas! On ne se met pas à la sculpture pour réussir. On sculpte parce qu'on ne peut pas faire autrement, parce que le besoin de sculpter est en vous, parce qu'un démon vous habite qui vous harcelera jusqu'à ce que vous lui ayez donné satisfaction, jusqu'à ce que vous vous soyez délivré de l'œuvre que vous portez! Après, on est tranquille pour un temps... Et puis, ça recommence!

— Vous ne souhaiteriez pas une existence calme et paisible?

— Il m'arrive, Edward, de me dire que c'est la chose que je désire le plus au monde!

— Cette existence, Henrietta, vous pourriez la trouver à Ainswick! Vous pourriez être heureuse là-bas! Même... s'il vous fallait vous accommoder de ma présence. Qu'en pensez-vous, Henrietta? Ainswick vous attend... et c'est votre « chez vous » depuis toujours!

Lentement, elle tourna la tête vers lui.

— Edward, dit-elle très bas, vous savez que j'ai pour vous une grande, une très grande affection. C'est pourquoi il m'est très dur de continuer à dire non.

— Ainsi, c'est non?

— J'en ai beaucoup de peine, mais c'est non!

— Vous m'aviez déjà dit non autrefois, mais, cette fois, j'espérais que la réponse aurait changé. Enfin, Henrietta, cet après-midi, vous avez été heureuse! Vous ne pouvez pas le nier?

— J'ai été très heureuse?

— Nous avons été heureux, l'un et l'autre. Nous avons parlé d'Ainswick, nous avons pensé à Ainswick... Vous ne voyez donc pas ce que cela signifie, Henrietta?

— C'est vous, Edward, qui ne voyez pas ce que cela signifie! Cet après-midi, nous l'avons vécu dans le passé.

— Je ne dirai pas de mal du passé.

— Moi non plus, mais on ne peut pas retourner en arrière. Tout est possible, Edward, excepté ça! On ne peut pas retourner en arrière!

Après un long moment de silence, il reprit, d'une voix étrangement calme :

— La vérité, Henrietta, c'est que vous ne voulez pas m'épouser, à cause de John Christow.

Comme elle se taisait, il poursuivit :

— C'est bien ça, n'est-ce pas? Si John Christow n'existait pas, vous ne feriez pas d'objection à devenir ma femme?

Elle répliqua d'un ton âpre et dur :

— Je ne saurais imaginer un monde dans lequel

John Christow n'existerait pas! Voilà ce qu'il faut que vous compreniez!

— S'il en est ainsi, pourquoi ne divorce-t-il pas pour vous épouser?

— John n'a jamais songé à divorcer, et, le ferait-il, je ne sais pas du tout si j'aurais envie de me marier avec lui. Il ne s'agit pas... Il ne s'agit pas du tout de ce que vous croyez!

Un silence suivit.

— John Christow! murmura-t-il pensivement. Il y a trop de John Christow en ce monde!

— Ne croyez pas ça! fit-elle vivement. Il y a très peu de gens comme John!

— Si c'est vrai, répliqua-t-il, c'est tant mieux. C'est du moins mon avis!

Se levant, il ajouta :

— Je crois que nous ferions bien de rentrer.

CHAPITRE VII

Quand Lewis eut refermé la porte de la maison de Harley Street, Gerda, assise au volant de la voiture, eut le sentiment qu'elle partait pour l'exil. Cette porte close, cela voulait dire qu'elle était chassée de chez elle. Cet horrible week-end était sur elle et elle s'en allait sans avoir fait quantité de choses qu'elle eût dû faire. Avait-elle fermé le robinet dans la salle de bain? Où avait-elle mis la note de la blanchisserie, qu'elle était sûre d'avoir rangée quelque part, sans pouvoir se rappeler où? Les enfants, et Terence en particulier, obéiraient-ils à « Mademoiselle », qui, comme toutes les gouvernantes françaises, manquait d'autorité.

Elle appuya sur le démarreur. Sans succès. Elle récidiva. Toujours en vain.

— Je crois, Gerda, lui dit John, que la voiture partirait plus facilement si vous mettiez le contact!

— Que je suis bête!

Vivement, elle glissa un coup d'œil vers John. Elle craignait que sa sottise ne l'eût mis de mauvaise humeur. A son grand soulagement, elle constata qu'il souriait.

« Ce doit être, songea-t-elle avec un bon sens chez elle exceptionnel, tellement il est heureux d'aller chez les Angkatell! »

Comme la voiture démarrait — un peu brutalement, peut-être —, Gerda, revenant sur la conversation du déjeuner, exprima l'avis que son mari avait eu tort de dire à table qu'il avait horreur des gens malades.

— Je comprends très bien qu'il s'agit d'une plaisanterie, expliqua-t-elle, mais il n'en va pas de même des enfants. Terry, surtout, a tendance à prendre tout ce que l'on dit au pied de la lettre.

— Je trouve, au contraire, répondit-il, qu'il a parfois des réactions d'homme. Alors que Zena manque terriblement de simplicité...

Gerda rit doucement. John, elle le comprenait, s'amusait à la taquiner. Elle maintint son point de vue.

— Je crois, John, qu'il est bon que les enfants se rendent compte des qualités de dévouement et d'abnégation que sa profession exige du médecin.

Dans le même temps, un grave problème se posait à elle. Le signal lumineux vers lequel elle avançait était au vert depuis un certain temps déjà. Elle était sûre qu'il passerait au rouge avant qu'elle ne l'atteignît. Elle se mit à ralentir. Le signal restait au vert. Oubliant qu'il avait pris la résolution de ne faire aucune observation à Gerda sur sa façon de conduire, John ne put s'empêcher de lui demander pourquoi elle mettait la voiture au pas.

— Je croyais, dit-elle, que le signal allait changer.

Elle pressa du pied sur l'accélérateur, la voiture fit un saut en avant et s'immobilisa, moteur calé, au milieu du croisement, comme le feu se mettait au rouge. L'agent qui réglait la circulation au carrefour donna un coup de sifflet rageur.

— Vous êtes vraiment, ma chère Gerda, le plus mauvais chauffeur que je connaisse!

La remarque était faite d'un ton amusé.

— Ce sont les signaux lumineux qui m'ennuient, expliqua-t-elle. On ne sait jamais quand ils vont changer!

Il regarda Gerda du coin de l'œil. Elle avait l'air très malheureuse. Il se dit qu'un rien la tourmentait et se demanda comment elle pouvait vivre dans cette anxiété perpétuelle dont les causes se renouvelaient sans cesse.

Gerda, cependant, revenait à son idée.

— Je me suis toujours efforcée de convaincre les enfants que le médecin exerce une sorte de sacerdoce et qu'il passe son temps à se dévouer pour soulager les souffrances des autres. Sa vie est d'une telle noblesse et je suis si fière de vous, de la façon dont vous vous dépensez, sans jamais vous ménager, sans...

Il lui coupa la parole.

— Il ne vous est jamais venu à l'idée que j'aime mon métier, qu'il représente pour moi un plaisir, et non un sacrifice? Vous ne vous rendez donc pas compte qu'il est intéressant?

Il posait la question sans espérer de réponse. Il savait bien que c'était là une chose qu'elle ne comprendrait jamais. Lui eût-il parlé de Mrs. Crabtree et de la salle Margaret Russel, elle n'aurait vu en lui qu'une manière d'ange bienfaisant qui se penchait sur les détresses des Pauvres, avec un P majuscule. S'il lui avait dit qu'il essayait de trouver « un traitement du cancer », la chose l'aurait impressionnée, pour des raisons d'ordre purement sentimental. Mais inutile d'attendre d'elle qu'elle comprît l'espèce de fascination exercée sur lui par les complications mêmes de cette maladie de Ridgeway, dont il aurait eu d'ailleurs bien de la peine à lui expliquer en quoi elle consistait, les médecins eux-mêmes ne le sachant pas très exactement. Terence, par contre, tout enfant qu'il était, ne serait peut-être pas resté indifférent à la maladie de Ridgeway. Il avait aimé la façon dont, à table, son fils l'avait regardé avant de dire qu'il ne pensait pas que son père plaisantait quand il déclarait qu'il avait horreur des malades. Il avait fallu se montrer sévère, ces derniers jours, avec Terence, parce qu'il avait cassé la cafetière Cona en voulant fabriquer de l'ammoniaque. Drôle de gosse! Pourquoi diable s'était-il mis en tête de faire de l'ammoniaque? Entreprise qui, dans un sens, était d'ailleurs assez sympathique...

Gerda se félicitait du silence de John. Elle conduisait beaucoup mieux quand on ne lui parlait pas. D'autre part, John, absorbé dans ses pensées, avait moins de chance de remarquer le bruit épouvantable dont s'accompagnaient parfois certaines de ses manœuvres. Il lui arrivait de passer très correctement ses vitesses, mais jamais quand John se trouvait dans la voiture. Quand il était là, elle s'appliquait trop dans sa volonté de ne pas commettre de faute, elle s'énervait, ses gestes étaient trop rapides ou trop lents et, finalement, la mécanique protestait en d'horribles grincements.

Cependant, dans l'ensemble, les choses n'allaient pas trop mal. John sortit de sa rêverie comme la voiture arrivait en haut de la côte de Shovel Down.

— C'est merveilleux! s'écria-t-il. Alors qu'on pourrait être à Londres, se trouver au milieu de ces bois! Pensez, Gerda, qu'à cette heure-ci nous serions en train de prendre le thé dans votre petit salon! Et il y fait si sombre que nous aurions sans doute été obligés, comme souvent, d'allumer l'électricité!

Gerda revit par la pensée son cher petit salon, qui lui manquerait tant durant cet odieux week-end, mais elle fut « héroïque ».

— La campagne est splendide! dit-elle.

La voiture s'engageait dans la descente. Le but approchait. Elle eût voulu conduire encore pendant des heures et des heures, quitte à encourir par instants la colère de John, mais l'impossible miracle ne s'était pas produit : on arrivait...

Elle aperçut Henrietta, assise sur un mur, en conversation avec Midge et un homme grand et mince. Elle se sentit un peu réconfortée : Henrietta la rassurait. Elle savait qu'elle pouvait compter sur elle pour voler à son secours dans les circonstances difficiles.

John ne la vit pas avec moins de joie. Vêtue de ce costume de tweed vert qu'il aimait et qui lui allait tellement mieux que les robes de ville qu'elle portait à Londres, Henrietta donnait à son court voyage la conclusion même qu'il avait souhaitée. Ils échangèrent un bref sourire de reconnaissance, par lequel ils s'exprimaient l'un à l'autre le plaisir qu'ils avaient à se retrouver. John n'avait pas envie de lui parler tout de suite, mais il était heureux qu'elle fût là à son arrivée, comme si elle l'avait attendu, heureux qu'elle fût là pour donner du prix à ce week-end, qui sans elle aurait été vide et morne.

Lady Angkatell sortit de la maison pour accueillir les Christow à leur descente de voiture. Sa conscience la poussa à faire à Gerda plus d'amabilités qu'à aucun de ses autres hôtes.

— Quel plaisir j'ai à vous voir, ma chère Gerda! s'écria-t-elle. Il y a si longtemps! Et John avec vous!

Elle donnait par là à entendre que Gerda était l'invitée attendue et que John n'était venu que pour l'accompagner. Gentillesses excessives qui passaient le but : elles mirent Gerda mal à l'aise avant même qu'elle n'eût abandonné son volant.

Lucy poursuivit :

— Vous connaissez Edward?... Edward Angkatell?

John salua Edward d'un mouvement de tête et dit :

— Non, je ne crois pas.

Avec ses blonds cheveux et ses yeux bleus, John faisait songer à quelque Viking débarquant sur une terre à conquérir. Sa forte personnalité dominait la scène. Les autres, à l'exception de celle de Lucy, s'estompaient. A côté de lui, Edward n'était plus qu'une silhouette incolore et fade.

Henrietta proposa à Gerda d'aller faire un tour au potager.

— Lucy, lui dit-elle en chemin, insistera pour vous montrer le jardin d'agrément, avec ses rocailles, mais j'ai un faible pour le potager. On y est tranquille, on peut s'asseoir sur les planches à concombres, personne ne vient vous déranger et, quelquefois, on découvre quelque chose à manger!

Elles ne trouvèrent que des petits pois tardifs, nourriture qu'Henrietta parut apprécier, mais qui ne tenta pas Gerda. Heureuse d'être loin de Lucy, qui lui semblait plus redoutable que jamais, Gerda parla bientôt avec une certaine animation, répondant de bonne grâce aux questions que lui posait Henrietta, à qui d'ailleurs elle n'apprenait rien. Dix minutes plus tard, elle respirait plus librement et commençait à se dire que ce week-end ne serait peut-être pas, après tout, aussi terrible qu'elle se l'était imaginé.

Elles restèrent un bon moment assises dans un endroit exposé aux rayons du soleil, qui déjà déclinait. On se serait cru en été. Gerda expliqua que Zena prenait maintenant des leçons de danse et qu'elle venait de lui commander une robe, qu'elle décrivit longuement. Elle promit ensuite à Henrietta de lui montrer comment elle pourrait se confectionner elle-même un très joli sac à main, comme celui qu'elle venait de terminer. Henrietta, comparant

70

mentalement Gerda à ces chatons qu'il suffit de caresser pour qu'ils se mettent à ronronner, songeait qu'il était très facile de faire plaisir à Gerda, qui gagnait beaucoup lorsqu'elle se sentait en confiance. Elles se turent un instant. Le visage de Gerda prit une expression préoccupée, ses épaules s'affaissèrent. Elle avait l'air soudain très malheureuse.

— Si cela vous déplaisait tellement, pourquoi êtes-vous venue?

La question fit sursauter Gerda.

— Mais, répondit-elle très vite, ça ne me déplaît pas du tout! Pourquoi pensez-vous?... Au contraire, je trouve qu'il est très agréable de sortir de Londres et Lady Angkatell est si gentille!

— Lucy? Gentille? Ce n'est pas mon avis!

Gerda un peu choquée, répliqua :

— Mais elle est très gentille! Avec moi, elle l'est toujours!

— Lucy est une femme très bien élevée qui sait se montrer très agréable, mais elle est plutôt cruelle. Cela, à mon sens, parce qu'elle n'est pas tout à fait humaine : elle ne pense pas et ne sent pas comme les gens ordinaires. Quant à vous, vous avez horreur d'être ici et vous le savez bien! C'est pourquoi je vous demande pourquoi vous y êtes...

— Mon Dieu! John aime venir...

— John, je n'en doute pas! Mais vous pourriez le laisser venir tout seul!...

— Ça ne lui plairait pas! Sans moi, son plaisir ne serait pas complet. John pense toujours aux autres et il considère que ça me fait du bien d'aller à la campagne.

— La campagne est une chose excellente, mais elle se passe fort bien des Angkatell!

— Je ne veux pas, Henrietta, que vous me croyiez ingrate...

— Mais, ma chère Gerda, pourquoi nous aimeriez-vous? J'ai toujours estimé que les Angkatell formaient une famille insupportable. Nous aimons nous trouver ensemble, mais nous parlons une langue qui n'appartient qu'à nous et je comprends fort bien que les étrangers nous détestent!

Se levant, elle ajouta :

— Il doit être l'heure du thé. Rentrons!

Elles se mirent en route vers la maison. Henrietta guignait Gerda du coin de l'œil. « Il est toujours intéressant, songeait-elle, de voir ce que pouvait être au juste le visage des martyrs chrétiens descendant dans le cirque! »

Comme elles sortaient du potager, elles entendirent des coups de feu.

— Tiens! dit Henrietta. Est-ce que le massacre des Angkatell serait commencé?

En fait, il s'agissait seulement d'une discussion sur les armes à feu entre Sir Henry et Edward, discussion appuyée de démonstrations, Henry Angkatell, qui avait la passion des revolvers, étant allé chercher quelques spécimens dans sa collection. Les deux hommes tiraient sur des petites cibles en carton.

— Henrietta, voyons si vous sauriez abattre un cambrioleur!

La jeune femme prit l'arme des mains de Sir Henry, qui lui montra comment la tenir et comment viser. Elle tira.

— Vous l'auriez manqué! dit Sir Henry.

— A vous, Gerda!

— Oh! je ne saurai jamais!

— Mais si, chère madame, c'est tellement simple!

Gerda tira en fermant les yeux. Le projectile passa très loin de la cible. Les essais de Midge, qui suivirent, ne furent pas plus brillants.

— C'est plus difficile qu'on ne suppose, conclut-elle, mais c'est amusant!

Lucy sortait de la maison, accompagnée d'un jeune homme à la pomme d'Adam très proéminente. Tandis que David Angkatell serrait la main de Sir Henry, elle prit le revolver et le rechargea. Ses trois balles allèrent se loger au centre de la cible. Midge applaudit.

— Bravo, Lucy! Je ne savais pas que vous tiriez si magnifiquement.

— Lucy tue son homme à chaque coup! dit gravement Sir Henry.

Evoquant des souvenirs, il ajouta :

— Son adresse nous a été utile au moins une fois. C'était sur la rive asiatique du Bosphore. Des bandits nous avaient attaqués et j'en avais deux sur le dos qui cherchaient à me couper la gorge.

— Lucy est intervenue? demanda Midge.

— Elle a tiré dans le tas! Je ne savais même pas qu'elle avait un revolver. Elle a touché le premier de mes agresseurs à la jambe et le second à l'épaule. Je peux dire que je l'ai échappé belle, car je ne sais pas comment je n'ai pas été blessé, moi aussi!

Lady Angkatell sourit à son mari.

— Il faut quelquefois prendre des risques, dit-elle d'une voix douce. Et, dans ces cas-là, il faut se décider très vite et sans trop réfléchir!

— C'est là, ma chère amie, un sentiment très noble! déclara Sir Henry. Seulement, ce qui m'a toujours quelque peu chagriné, c'est que, ce jour-là, le risque que vous avez pris, c'était moi!

CHAPITRE VIII

Après le thé, tandis que Lady Angkattel annonçait qu'il lui fallait absolument montrer le jardin à Gerda, John invitait Henrietta à faire une petite promenade.

Avec Edward, on flânait. Avec John, il en allait tout autrement et Henrietta avait peine à se maintenir à son côté. Quand ils arrivèrent en haut de la côte de Shovel Down, elle était hors d'haleine.

— Mais, John, s'écria-t-elle, nous ne disputons pas un marathon!

Riant, il ralentit le pas.

— Je marche trop vite?

— Je peux suivre, mais rien ne nous presse! Nous n'avons pas un train à prendre. Pourquoi cette farouche dépense d'énergie? Est-ce que vous essaieriez de vous fuir?

Il s'arrêta net.

— Pourquoi dites-vous cela?

Elle le rassura.

— J'ai dit ça comme ça, sans intention particulière.

D'un pas moins rapide, il se remit en route.

— En fait, dit-il, je suis fatigué, très fatigué!

Il y avait de la lassitude dans sa voix.

— Comment va la mère Crabtree? demanda-t-elle.

— Il est encore bien tôt pour rien affirmer, répondit-il, mais je crois que nous sommes dans la bonne voie.

Pressant un peu le pas, il poursuivit :

— Si j'ai vu juste, toutes sortes d'idées vont être à reviser. Il nous faudra notamment reconsidérer toute la question de la sécrétion des hormones...

— Vous voulez dire que la maladie de Ridgeway deviendra curable, que les gens ne mourront plus?

— Oui, entre autres choses. Sur le plan scientifique, les possibilités nouvelles seront innombrables!

Henrietta ne put s'empêcher de remarquer que les médecins étaient de drôles de gens. « Entre autres choses! »

Après une profonde inspiration, il reprit :

— Que je suis content d'être ici!... Ça fait du bien de s'emplir les poumons de bon air pur... et de vous voir!

Il lui sourit gentiment et ajouta :

— Et ce séjour fera également du bien à Gerda!

— Bien sûr! dit-elle. Gerda adore venir au *Vallon*, il n'y a pas d'autre mot!

— C'est mon avis. Au fait, dites-moi! Est-ce que j'ai déjà rencontré Edward Angkatell?

— Mais oui, deux fois! répondit-elle d'un ton sec.

— Je ne m'en souvenais pas. Il est tellement inconsistant, tellement falot...

— Edward est un homme charmant et je l'aime beaucoup!

— Soit! Mais ne perdons pas notre temps à parler de lui... Tous ces gens-là ne comptent pas!

Baissant la voix, elle dit :

— Quelquefois, John, vous me faites peur!

— Je vous fais peur, moi? Que voulez-vous dire? Il la regardait, stupéfait.

— Vous êtes tellement... tellement aveugle, John!

— Aveugle?

— Oui! Vous ne comprenez pas, vous ne voyez rien, vous ne sentez rien! Les sentiments et les pensées des autres vous échappent.

— J'aurais dit exactement le contraire.

— Entendons-nous! Ce que vous regardez, vous le voyez, oui! Mais c'est tout! Vous êtes comme un projecteur. Vous dirigez une puissante lumière sur le point qui vous intéresse, mais tout ce qui se trouve derrière ou sur les côtés reste plongé dans l'ombre!

— Ma chère Henrietta, qu'est-ce que tout cela signifie?

— C'est dangereux, John! Vous tenez pour acquis que tout le monde vous aime, que tout le monde vous veut du bien. Des gens comme Lucy, par exemple!

Il posa sur elle un regard surpris.

— Lucy ne m'aime pas?... J'ai toujours eu beaucoup d'affection pour elle!

— D'où vous avez conclu qu'elle en avait pour vous, ce dont je suis, moi, loin d'être convaincue.

Il en va de même de Gerda, d'Edward, de Midge, et d'Henry. Comment savez-vous ce que sont au vrai leurs sentiments à votre endroit?

— Et ceux d'Henrietta?... Au moins, de vous, je suis sûr!

Il lui avait pris la main. Elle la retira.

— Vous ne pouvez être sûr de personne en ce monde, John!

— Henrietta, répondit-il d'une voix grave, c'est là une chose que je ne croirai jamais! Je suis sûr de vous comme je suis sûr de moi. C'est-à-dire...

Il s'interrompit brusquement.

— Qu'alliez-vous dire, John?

— Savez-vous la phrase, la phrase idiote, qui m'est venue à l'esprit aujourd'hui? Je me suis surpris à murmurer : « Je veux aller chez moi! » J'ai dit ça, je l'ai répété... et je n'ai pas la moindre idée de ce que je voulais dire par là!

Lentement, elle dit :

— Vous deviez penser à quelque chose.

Il répliqua vivement :

— Non, Henrietta! Je ne pensais à rien, à rien du tout!

Au dîner, Henrietta était placée à côté de David. Du bout de la table, Lucy, par une discrète télégraphie optique, lui rappelait, non par ses ordres — elle ne commandait jamais —, mais ses prières. Sir Henry faisait de son mieux pour distraire Gerda et y réussissait fort bien. John suivait avec amusement la conversation de Lucy, fidèle reflet d'une pensée alerte aux détours imprévus. Midge, enfin, bavardait de façon assez décousue avec Edward, dont l'esprit semblait ailleurs.

David parcourait l'assistance des yeux, tout en émiettant son pain d'une main nerveuse. Le jeune homme, qui n'avait jamais auparavant rencontré ni Sir Henry, ni Lady Angkatell, était venu au *Vallon* très à contrecœur. Rien dans l'Empire britannique n'avait son approbation et il était déterminé à ne rien trouver bien de ce qu'il verrait chez Sir Henry. Edward, qu'il connaissait, lui apparaissait comme un dilettante, espèce qu'il tenait pour méprisable. Il examinait les quatre autres invités d'un œil sans indulgence, tout en se répétant que la famille était une institution odieuse, comme d'ailleurs ces dîners où l'on était forcé de parler, ce qu'il détestait. Midge et Henrietta ne comptaient pas, non plus que Mrs. Christow. Elles n'avaient rien dans la boîte crânienne. Quant à ce docteur Christow, c'était un de ces charlatans de Harley Street, un de ces médecins distingués dont la réputation s'établissait dans les salons. Tous ces gens-là étaient des fantoches sans importance. David déplora de ne pouvoir leur apprendre en quelle piètre estime il les tenait. Quand il se fut redit cela par trois fois, il commença à se sentir plus à l'aise. Il regrettait toujours d'être là, mais laissait son morceau de pain tranquille.

Henrietta, encore qu'elle s'appliquât loyalement à tenir ses promesses, n'obtenait que de médiocres résultats. Les brèves réponses de David étaient désobligeantes à l'extrême. Elle décida donc de recourir à une méthode qu'elle avait déjà, dans des cas analogues, employée pour délier la langue à des jeunes gens peu loquaces. Sachant que David se piquait de certaines connaissances musicales, elle porta de propos délibéré un jugement définitif et parfaitement injustifiable sur un compositeur d'avant-garde. Le plan réussit. David, redressant la tête, se tourna vers elle, la regarda bien dans les yeux et lui déclara d'une voix ferme qu'elle ne connaissait pas le premier mot de la question. Il était lancé et ce n'était là que l'amorce d'une docte conférence qui se prolongea jusqu'à la fin du repas, écoutée par Henrietta avec toute l'humilité qui sied aux profanes. Lucy Angkatell souriait.

— Vous avez admirablement manœuvré! dit-elle à Henrietta, comme on passait au salon. Que faut-il proposer maintenant? Un bridge, un rami ou des jeux innocents?

— J'ai l'impression que David considérerait comme une insulte qu'on lui demandât de jouer aux devinettes!

— Vous devez avoir raison. Alors, ce sera le bridge! Je suis convaincue qu'il trouvera cela plus digne de lui et que ce lui sera une excellente occasion de se persuader un peu plus du sentiment de sa supériorité.

On fit deux tables. Henrietta, associée à Gerda, jouait contre John et Edward. Elle aurait souhaité une autre répartition des joueurs, qui eût écarté Gerda, non pas seulement de Lucy, mais aussi de John. Seulement, son avis n'avait pas prévalu. John avait insisté pour jouer avec Gerda.

Henrietta trouva bientôt que pesait sur la soirée une certaine gêne, dont la cause lui échappait. En tout cas, elle espérait bien, si les cartes s'y prêtaient un peu, faire gagner Gerda, qui, hors de la présence de son mari, était une joueuse de classe moyenne, un peu nerveuse et assez incapable d'apprécier la valeur réelle de sa main. John, un peu trop confiant parfois, jouait bien et Edward vraiment très bien.

La soirée s'avançait et la table d'Henrietta en était toujours au même robre, cependant que la marque s'allongeait aussi bien « au-dessus » qu' « au-dessous ». Une certaine tension dominait le jeu, dont Gerda était seule à ne point s'aviser. Pour elle, par rare exception, la partie l'amusait. Des décisions délicates s'étaient trouvées facilitées par l'intervention d'Henrietta qui, surestimant sa propre main, avait finalement joué à sa place. Parfois, impuissant à contenir plus longtemps ses critiques qui, bien plus qu'il ne l'imaginait, dépouillaient Gerda de toute confiance en soi, John avait risqué quelques observations sur le jeu de sa femme. « Pourquoi diable avez-vous tenu à jouer ces trèfles, Gerda? » Toujours, Henrietta avait immédiatement répliqué : « Elle a bien fait, John! C'était la seule chose à faire! »

Finalement, attirant le carnet vers elle, elle dit, avec un soupir :

— Manche et robre, Gerda! Nous avons gagné, mais je ne crois pas que cela va nous rapporter gros!

— Il ne manquerait plus que ça! s'écria John.

Elle leva la tête. Elle connaissait ce ton sarcastique. Leurs yeux se croisèrent et ce fut elle qui baissa les siens.

Les comptes faits, elle se leva. John vint la rejoindre auprès de la cheminée. Il souriait.

— A l'ordinaire, dit-il, vous ne regardez pas dans le jeu de vos voisins!

Elle ne se troubla pas et répondit d'une voix très calme :

— Je l'ai peut-être fait de façon un peu voyante. C'est très mal, n'est-ce pas, de tenir absolument à gagner?

Il corrigea.

— Dites que vous entendiez faire gagner Gerda et que, dans votre volonté de lui faire plaisir, vous n'avez pas hésité à tricher!

— Vous dites les choses avec une certaine brutalité, mais, comme toujours, vous avez raison!

— J'ajoute, reprit-il, que mon partenaire m'a semblé joindre ses efforts aux vôtres.

Ainsi, songea-t-elle, il s'en était aperçu. Jusqu'alors, elle n'en était pas bien sûre elle-même. Edward avait manœuvré avec une telle adresse qu'il était impossible de rien affirmer : c'était une annonce qu'il n'avait pas poussée comme il aurait pu, une main, jouée comme il se devait, mais qui, avec une autre tactique, aurait donné un meilleur résultat. Cette attitude d'Edward tracassait Henrietta. Il avait l'esprit trop sportif pour avoir cherché à faire gagner ses adversaires. S'il avait tenu à perdre, c'était pour empêcher John Christow de gagner, pour le priver d'un succès, si mince fût-il.

Elle en était là de ses réflexions quand, soudain, par la porte-fenêtre qu'on avait laissée entrouverte parce que la soirée était tiède, Veronica Cray fit dans la pièce une entrée sensationnelle, qui faisait songer à une entrée en scène. Elle s'était arrêtée sur le seuil et, dans l'encadrement de la porte, sa silhouette se découpait sur un fond de nuit étoilée. Souriante, elle s'immobilisa là un court instant, comme pour s'assurer, avant de parler, de l'attention de tous.

— Lady Angkatell, dit-elle ensuite, vous voudrez bien me pardonner cette brutale intrusion! Je suis votre voisine, j'habite *Les Pigeonniers*, cette villa ridicule que vous devez connaître, et il m'arrive une épouvantable catastrophe!

Son sourire s'élargit et, sur le même ton amusé, elle ajouta :

— Je n'ai pas une allumette! Il n'y en a pas une dans la maison... et nous sommes samedi soir! C'est stupide, je le sais bien, mais que faire? Je viens donc demander assistance aux seuls voisins que j'aie dans un rayon de plusieurs kilomètres.

Pendant un instant, nul ne parla. La chose n'avait rien de surprenant : Veronica était jolie à vous couper le souffle. On admirait les vagues gracieuses de ses cheveux blond cendré, le dessin charmant de la bouche, les superbes renards argentés qu'elle avait jetés sur ses épaules et le drapé harmonieux de sa robe de velours blanc. Le silence se prolongeant, elle reprit :

— Et, naturellement, je fume comme une cheminée! Mon briquet, bien entendu, ne fonctionne pas et, pour mon petit déjeuner de demain, je suis tributaire de mon réchaud à gaz. C'est idiot!

Elle écartait les deux bras dans un geste désolé. Lucy alla vers elle.

— Vous avez bien fait de venir et...

La phrase n'alla pas plus loin. Veronica, une expression de stupeur joyeuse sur le visage, incrédule encore, dévisageait John Christow et s'écriait :

— Mais, je ne me trompe pas, c'est John! John Christow! Ça, c'est extraordinaire!

Elle s'avança vers lui, les mains tendues.

— Je ne vous ai pas vu depuis des années et des années, et je vous retrouve ici!

Elle lui avait pris les mains. Tournant la tête à demi vers Lady Angkatell, elle ajouta :

— Je suis stupéfaite et ravie. John est un vieil ami à moi. C'est même le premier homme que j'ai aimé! J'étais folle de lui!

Elle riait. Son premier amour! Ce souvenir ridicule l'amusait.

— Mais oui, John, dit-elle encore, je vous trouvais « formidable »!

Sir Henry, avec sa courtoisie ordinaire, demandait à Veronica ce qu'elle voulait boire, cependant que Lady Angkatell priait Midge de donner à Gudgeon l'ordre d'apporter quelques-unes des boîtes d'allumettes que la cuisinière tenait en réserve. Veronica, son verre à la main, souriait à la ronde.

— Veronica, dit John, je vous présente ma femme.

— Je suis enchantée de vous connaître, madame!

Gerda, troublée, balbutia une phrase analogue qui s'entendit à peine. Gudgeon arrivait, portant sur un plateau d'argent six boîtes d'allumettes. Sur un signe de Lucy, il alla s'arrêter devant Veronica. La comédienne protesta :

— Mais j'en aurai beaucoup trop!

Lady Angkatell eut un geste d'indifférence royal.

— Il est tellement ennuyeux de n'avoir qu'une boîte d'allumettes! Prenez, je vous en prie! Elles ne nous manqueront pas.

Aimable, Sir Henry demanda à Veronica si elle se plaisait aux *Pigeonniers*.

— Je m'y trouve fort bien! répondit-elle. La campagne est charmante et il est merveilleux d'être si près de Londres et tellement isolé!

Elle posa son verre, ramena ses renards sur ses épaules et, souriant, poursuivit :

— Je vous remercie infiniment. Vous avez été tellement gentils!

La phrase s'adressait à Sir Henry, à Lady Angkatell et, pour quelque raison inconnue, à Edward aussi, sembla-t-il. Elle continua :

— Il ne me reste plus qu'à emporter mon butin à la maison. Je vous demanderai, John, de bien vouloir me reconduire, car j'ai tellement envie de savoir ce que vous avez fait pendant toutes ces longues années durant lesquelles je ne vous ai point vu!

Elle s'excusa encore du dérangement qu'elle avait causé, remercia de nouveau Lady Angkatell et sortit, escortée de John. Sir Henry, debout près de la porte-fenêtre, les regarda s'éloigner.

— Belle nuit! fit-il, revenant dans la pièce.

Lady Angkatell étouffait un bâillement.

— J'ai sommeil, dit-elle. Je vais monter me coucher. Il faudra, Henry, que nous allions voir un de ses films. Après cette très belle représentation, je suis convaincue que c'est une excellente comédienne.

Quelques instants plus tard, Midge, après avoir souhaité bonne nuit à Lucy, lui demanda pourquoi elle avait parlé de « très belle représentation ».

Lady Angkatell s'étonna.

— Vous ne croyez pas qu'il s'agissait d'une scène habilement jouée?

— Vous pensez, Lucy, qu'il y avait peut-être aux *Pigeonniers* plus d'allumettes qu'elle ne le prétendait?

— Dites, ma chérie, que j'en suis sûre! Il y en a là-bas, j'en suis persuadée, des douzaines de boîtes. Mais soyons charitables et convenons qu'elle joue très bien la comédie!

Dans le couloir, des portes se fermaient, des bonsoirs s'échangeaient. Sir Henry, avant de gagner sa chambre, s'assura que la porte-fenêtre du salon était laissée ouverte pour que John pût rentrer.

Henrietta souhaita bonne nuit à Gerda, déclara qu'elle tombait de sommeil et ajouta en riant :

— J'adore voir les actrices au naturel. Elles connaissent l'art d'entrer et celui de sortir.

Veronica Cray, marchant d'un pas vif, suivait l'étroit sentier qui traversait la châtaigneraie. John venait derrière elle. Sortant du bois, ils arrivèrent près de la piscine, non loin de laquelle s'élevait un petit pavillon, où les Angkatell venaient volontiers s'asseoir pour profiter du soleil par les jours de grand vent.

Veronica s'arrêta et se retourna pour regarder John Christow. Puis, désignant de la main la piscine, sur l'eau de laquelle flottaient des bancs de feuilles mortes, elle dit :

— Assez différent de la Méditerranée, n'est-ce pas, John?

Il ne répondit pas. Il savait maintenant ce qu'il avait attendu si longtemps. Il venait de comprendre que, durant ces quinze années de séparation, Veronica ne l'avait pas quitté. La mer toute bleue, l'odeur légère des mimosas, la chaleur lourde de l'été, c'était elle. Son souvenir, il l'ignorait, il ne le voyait pas, mais toujours il l'avait conservé dans les replis de sa mémoire. Il avait vingt-quatre ans, il était éperdument amoureux...

Et, cette fois, il ne s'enfuirait pas!

CHAPITRE IX

Sortant de la châtaigneraie, John Christow s'engagea sur la pente gazonnée qui descendait vers la maison. A la lumière de la lune, il consulta la montre qu'il portait au poignet : elle marquait trois heures. Il y avait de l'anxiété sur son visage. Il poussa un soupir. Il n'était plus, si peu que ce fût, un gamin de vingt-quatre ans amoureux d'une jolie fille, mais un homme dans la force de l'âge, qui raisonnait avec clarté, lucidité et bon sens.

Il avait fait une bêtise, c'était sûr, mais il ne la regrettait pas. Car, maintenant, il s'en rendait compte, il avait repris le plein contrôle de lui-même. Pendant des années, il avait, sans trop le savoir, traîné comme un boulet rivé à sa cheville. Il s'en était débarrassé. Maintenant, il était libre.

Il était libre et il était lui-même, John Christow, et il savait que pour John Christow, le distingué spécialiste de Harley Street, Veronica Cray ne représentait rien. Exactement rien! Si l'image de Veronica ne l'avait pas quitté dans le passé, c'était parce qu'il souffrait confusément de cette fuite qui avait mis fin à leurs relations. Cette dérobade avait pour lui quelque chose d'humiliant. Ce soir, comme sortie d'un rêve, Veronica était revenue. Ce rêve, il l'avait accepté. Maintenant, il était délivré de lui pour toujours. Il redescendait sur la terre...

Seulement, il était trois heures du matin, et il se pouvait que son absence eût gâché bien des choses. Qu'est-ce que Gerda allait penser?

Pour Henrietta, c'était moins grave. Elle comprendrait tout de suite. Mais Gerda, à qui il se sentait incapable de rien expliquer? Les risques ne l'avaient jamais effrayé. Il en prenait avec ses malades, quand il lui arrivait d'essayer sur eux des traitements nouveaux, avec ses capitaux aussi, lorsqu'il faisait des placements. Mais ces risques étaient toujours raisonnés et raisonnables. Aujourd'hui...

Si Gerda devinait ou seulement soupçonnait quelque chose...

Mais était-ce vraisemblable? Quand il affirmait, elle disait comme lui, même contre l'évidence. Oui, mais dans le cas présent...

Qu'avait-on pu lire sur ses traits quand, derrière Veronica triomphante, il avait quitté le salon? Avait-il l'air d'un gosse ébloui, fasciné par une créature adorable, ou d'un monsieur accomplissant un geste de simple politesse? Il n'aurait su le dire, mais il était inquiet. Cette folie qu'il avait commise allait-elle compromettre la belle ordonnance de sa vie? Il se posait la question avec irritation, ne trouvant un peu de réconfort que dans l'idée même que c'était bien une folie. Personne ne voudrait croire qu'il avait été si bête!

La maison dormait. Calme. Trop calme peut-être...

Comme il approchait, il entendit — ou crut entendre — le bruit d'une porte qui se fermait doucement. Il se demanda s'il avait été suivi. Quelqu'un aurait pu l'épier, alors qu'il était près de la piscine, et, quand il avait pris le chemin du retour, pour revenir par un autre sentier, qui débouchait sur le côté de la maison, près d'une des portes du jardin. Etait-ce le bruit de cette porte, se fermant, qu'il avait entendu?

Vivement, il leva les yeux vers les fenêtres du premier étage. Ce rideau ne venait-il pas de bouger, comme si on l'avait laissé retomber après avoir regardé au-dehors? C'était la chambre d'Henrietta. Une angoisse l'étreignit.

— Non! murmura-t-il. Pas Henrietta! Je ne veux pas perdre Henrietta!

Un instant, il songea à jeter une petite poignée de gravier dans ses vitres pour l'appeler, afin de lui dire tout de suite ces choses qu'il venait d'apprendre sur lui-même et qu'il voulait lui révéler à supposer qu'elle ne les connût point déjà.

« Mon amour, lui aurait-il dit, je prends un nouveau départ et c'est une nouvelle vie qui commence aujourd'hui pour moi! Tout ce qui jusqu'à présent m'empêchait de vivre vraiment n'existe plus! Vous aviez raison, cet après-midi, quand vous me demandiez si je me fuyais. Je n'ai fait que ça pendant des années. Parce que je ne savais pas si j'avais été fort ou faible en m'éloignant de Veronica, j'avais peur de moi-même, peur de la vie, peur de vous! »

Oui, il allait réveiller Henrietta et lui demander de venir se promener avec lui. Ils monteraient dans les bois jusqu'à un point élevé, d'où ils assisteraient ensemble au lever du soleil. Un frisson l'amena à se ressaisir.

« Tu deviens fou! se dit-il. Qu'est-ce qu'il te prend? Tu crois que tu n'as pas fait assez d'imbécillités pour une seule nuit? Tu auras déjà bien de la chance si tu t'en tires! Inutile de compliquer encore les choses en gagnant ton lit à l'heure du laitier! Qu'est-ce que tu raconterais à Gerda? »

Au fait, les Angkatell, qu'allaient-ils penser de l'aventure? Il se posa la question et se sentit très vite rassuré. Les Angkatell n'avaient d'autre opinion que celle de Lucy, qui tenait pour parfaitement raisonnable tout ce qui sortait du banal. Malheureusement, Gerda n'était pas une Angkatell. Il lui faudrait s'expliquer avec elle et le plus tôt serait le mieux...

Et si c'était elle qui l'avait suivi?

L'idée le retint. Il savait bien que « ce ne sont pas là des choses qui se font ». Mais, en sa qualité de médecin, il savait aussi que des personnes fort honorables, sensibles et même délicates, ne se font pas faute, le cas échéant, d'écouter aux portes, d'ouvrir des lettres qui ne leur sont pas destinées et d'espionner bassement, non pas que ces façons d'agir leur paraissent correctes, mais simplement parce que l'on ne raisonne plus quand le désespoir vous pousse.

Si Gerda savait...

Non, l'hypothèse était invraisemblable. Gerda s'était couchée et endormie. Elle n'avait pas d'imagination. Elle n'en avait jamais eu. Elle n'allait pas commencer!

Il rentra dans la maison par la porte-fenêtre, demeurée entrouverte à son intention, monta l'escalier à pas de loup et ouvrit sa porte avec précaution. La chambre était plongée dans l'obscurité. Gerda dormait paisiblement. Elle se retourna au léger bruit qu'il fit et, d'une voix ensommeillée, demanda :

— C'est vous, John?

— Oui.

— Vous rentrez bien tard! Quelle heure est-il?

— Je n'en ai pas la moindre idée! Je suis désolé de vous avoir réveillée. Cette femme a absolument tenu à m'offrir un verre de whisky!

Sa voix disait clairement qu'il s'agissait d'une corvée qu'il eût voulu éviter. Gerda fit : « Ah! », souhaita bonne nuit à son mari et se rendormit.

Tout s'était passé le mieux du monde! Comme toujours, il avait eu de la chance. Comme toujours... Une seconde, ces deux petits mots l'assombrirent. Toujours, sa chance avait bien tenu! Bien souvent, il lui était arrivé de se demander avec inquiétude ce qu'il adviendrait si les choses ne se passaient pas comme il l'escomptait, et, toujours, les événements avaient bien tourné pour lui! Un jour, c'était fatal, la chance changerait...

Il se déshabilla rapidement et se coucha. Il songea à Zena et à ses cartes. « Celle-ci, en haut, c'est celle qui a du pouvoir sur vous! » Veronica! Et c'était parfaitement vrai! Elle avait « du pouvoir » sur lui...

« Seulement, ma petite, songea-t-il, ça c'était hier! Maintenant, c'est fini! Je suis délivré! »

CHAPITRE X

Il était dix heures, le lendemain matin, quand John descendit pour son petit déjeuner. Gerda avait pris le sien dans son lit, ce qui, depuis, l'avait quelque peu tracassée : elle avait peur d'avoir « causé du dérangement ». John, qui s'était levé très calme et fort bien disposé à l'égard de Gerda, l'avait rassurée. Les gens qui, comme les Angkatell, conservaient encore la possibilité d'entretenir maître d'hôtel et domestiques ne voyaient aucun inconvénient, au contraire, à ce que leur personnel eût quelque chose à faire.

Lady Angkatell, qu'il trouva dehors, en tenue de jardinage et soignant ses plates-bandes, lui apprit que Sir Henry et Edward étaient à la chasse. Il bavardait avec elle quand Gudgeon vint lui présenter une lettre sur un plateau.

— On vient d'apporter ceci pour vous, monsieur!

John fronça le sourcil en reconnaissant sur l'enveloppe l'écriture de Veronica. Il prit la lettre et alla l'ouvrir dans la bibliothèque. Le message était bref.

Passez chez moi ce matin. Il faut absolument que je vous voie.

VERONICA.

Le ton impérieux était bien dans la manière de Veronica. John, après un court moment d'hésitation, décida de se rendre immédiatement chez elle. Il prit le sentier qui s'ouvrait juste devant la fenêtre de la bibliothèque, passa près de la piscine — qu'il lui eût

88

été difficile d'éviter, car elle était presque au centre de la propriété et quatre sentiers y menaient — et arriva bientôt aux *Pigeonniers*.

Veronica l'attendait. De sa fenêtre, elle l'invita à entrer dans la prétentieuse petite villa où elle le reçut dans un salon tout blanc. Un feu de bois brûlait dans la cheminée.

L'examinant à la lumière du jour, il vit mieux que la veille, en quoi elle différait aujourd'hui de la jeune femme qu'il avait connue quinze années plus tôt. A dire vrai, elle lui paraissait maintenant plus jolie encore qu'elle n'était alors. Elle savait mieux mettre en valeur cette beauté qui lui était chère et à laquelle elle consacrait tant de soins. Ses cheveux, qui n'étaient plus blond d'or, mais d'un délicat blond cendré, et l'arc des sourcils, modifié, donnaient à la physionomie une expression plus grave, celle que se devait d'avoir le visage d'une actrice qui se flattait d'être « une intellectuelle », possédant, avec des diplômes universitaires, des idées arrêtées sur Shakespeare, Strindberg et quelques autres.

— Je vous ai prié de venir, dit-elle, parce que nous avons à parler. Il faut que nous prenions quelques dispositions. Pour notre avenir...

Il prit une cigarette dans le coffret qu'elle lui présentait, l'alluma et répondit en riant :

— La question est de savoir si nous avons un avenir!

— Que voulez-vous dire, John? Bien sûr, que nous avons un avenir! Nous avons perdu quinze ans. Inutile de gâcher quelques années encore!

Il s'assit.

— Je suis navré, Veronica, mais j'ai bien peur que vous n'ayez pas de la situation une vue bien exacte. Je suis très heureux de vous avoir revue. Seulement, vous avez votre vie, j'ai la mienne et nous sommes engagés sur des voies divergentes.

— Ce que vous dites là ne tient pas debout! s'écria-t-elle. Je vous aime, vous m'aimez, nous nous sommes toujours aimés. Autrefois, vous étiez terriblement têtu, mais cela n'a plus d'importance aujourd'hui et nos chemins ne sont pas si différents que vous l'imaginez. Je n'ai pas l'intention de retourner aux Etats-Unis. Quand j'aurai terminé le film que je tourne en ce moment, je jouerai sur une grande scène de Londres... Un rôle magnifique dans une pièce qu'Elderton a écrite spécialement pour moi. Ce sera un énorme succès.

— J'en suis persuadé.

— Et vous pourrez, vous, continuer à faire de la médecine.

Aimable, avec toutefois dans le ton une certaine condescendance, elle ajouta :

— Il paraît que vous êtes très connu!

— Ma chère enfant, dit-il, je suis surtout marié et père de famille.

— Mariée, répliqua-t-elle, je le suis aussi, pour le moment. Avec un bon avocat, ces choses-là s'arrangent très bien! J'ai toujours eu dans l'idée que je vous épouserais un jour. Pourquoi je vous aime comme ça, chéri, je n'en sais rien, mais c'est un fait!

Un sourire charmant appuyait cette constatation.

— Je suis désolé, Veronica, reprit-il, mais aucun avocat n'arrangera pour moi quoi que ce soit. Nos vies n'ont plus rien de commun.

— Même après la nuit dernière?

— Vous n'êtes pas une enfant, Veronica! Vous avez eu deux maris déjà et je ne sais combien d'amoureux. Notre aventure de la nuit dernière, que signifie-t-elle exactement? Rien du tout... et vous le savez bien!

Elle souriait encore, avec une indulgence amusée.

— Oh! John! Si vous aviez pu vous voir hier, dans ce salon plein de fumée! Vous ressembliez tellement au John de San Miguel!

Il soupira et rectifia :

— J'étais le John de San Miguel. Essayez de me comprendre, Veronica! Hier soir, devant moi, vous avez surgi du passé. Je suis resté dans ce passé. Mais, aujourd'hui, c'est autre chose. Je suis un homme qui a quinze ans de plus, un homme que vous ne connaissez même pas et dont j'oserai dire que vous ne l'aimeriez guère si vous le connaissiez!

— Ainsi, vous me préférez votre femme et vos enfants?

Dans son invraisemblable égoïsme, elle était sincèrement stupéfaite.

— Si étrange que cela puisse paraître, répondit-il, je suis obligé de dire oui.

— Ce n'est pas vrai, John! Vous m'aimez!

— Je suis navré, Veronica.

Incrédule encore, elle insista :

— Vous ne m'aimez pas?

— Je serai franc, déclara-t-il. Vous êtes, Veronica, une femme d'une beauté extraordinaire, mais je ne vous aime pas.

Pendant un instant, elle resta d'une immobilité de statue. Quand elle parla, sa voix était comme chargée de haine.

— Comment s'appelle-t-elle?

— Qui?

— La femme qui était près de la cheminée, hier soir?

« Henrietta! » se dit-il. Tout en se demandant comment elle avait pu deviner, il mentit.

— Je suppose que vous voulez parler de Midge Hardcastle?

— Midge?... Non, Midge, c'est bien la petite brune? Ce n'est pas de celle-là que je parle et ce n'est pas non plus de votre femme! Je parle de cette créature arrogante qui était adossée au manteau de la cheminée. C'est à elle que vous me sacrifiez! Ne jouez pas à la vertu et ne me racontez pas que vous ne pensez qu'à votre femme et à vos enfants, alors que c'est à une autre que vous songez!

Se levant, elle vint vers lui.

— Mais vous ne comprenez donc pas, John, que,

depuis mon retour en Angleterre, depuis dix-huit mois, je ne cesse de penser à vous? Pourquoi vous imaginez-vous que je suis venue m'enterrer dans ce trou perdu, sinon parce que j'ai découvert que vous veniez souvent passer le week-end chez les Angkatell?

— Alors, ce n'est pas le hasard qui vous a amenée chez eux hier soir?

— Vous m'appartenez, John! Vous m'avez toujours appartenu!

— Je n'appartiens à personne, Veronica! Les années ne vous ont donc pas appris que personne ne peut s'emparer de qui que ce soit et le posséder corps et âme? Je vous ai aimée quand j'étais jeune. Je vous ai offert de partager ma vie. Vous n'avez pas voulu!

— Parce que ma carrière était autrement importante que la vôtre. N'importe qui peut faire un médecin!

S'emportant un peu, il répliqua :

— Croyez-vous vraiment être aussi étonnante que vous vous le figurez?

— Vous voulez dire que je ne suis pas encore en haut de l'échelle? C'est possible! Mais j'y arriverai!

John Christow la regarda. Il s'apercevait d'un seul coup qu'elle ne l'intéressait plus du tout.

— Eh bien, dit-il, je n'en crois rien! Il vous manque quelque chose, Veronica! Vous voulez tout avoir, tout saisir... Mais il n'y a en vous aucun sentiment altruiste. Vous ne pensez qu'à vous... et c'est pourquoi vous ne monterez jamais tout en haut!

Elle répondit d'une voix calme :

— Je vous ferai regretter ça!

Il se leva et alla vers la porte.

— Je ne voulais pas vous blesser, Veronica. Vous êtes une femme adorable, et je vous ai beaucoup aimée. Ne pourrions-nous pas nous en tenir là?

— Au revoir, John! Non, nous ne nous en tiendrons pas là, vous vous en apercevrez! Je crois... je crois que je vous hais plus que je ne me croyais capable de haïr!

Il haussa les épaules.

— J'en suis désolé. Adieu!

John reprit lentement le chemin du *Vallon*. Il y avait près de la piscine un banc sur lequel il s'assit pour réfléchir. Il s'était montré très dur avec Veronica, mais il ne regrettait rien. Il la jugeait sans passion. C'était une créature bien peu sympathique. Ce qu'il avait fait de mieux dans son existence, c'était de la fuir à temps. Dieu seul savait ce qu'il serait devenu s'il était demeuré avec elle!

Il avait toujours ce curieux sentiment qu'il commençait une vie nouvelle. Il s'était arraché à l'étreinte du passé. Il s'avouait qu'il avait dû être d'un commerce difficile depuis un an ou deux et il se promettait d'être à l'avenir plus aimable que cette pauvre Gerda, si anxieuse d'aller au-devant de ses moindres désirs. De même, il essaierait d'être moins tyrannique avec Henrietta. Sans doute, elle ne se laissait pas impressionner et n'en faisait jamais qu'à sa tête. Mais il éviterait ces colères durant lesquelles elle restait silencieuse et le regard lointain.

Un bruit léger, presque imperceptible, lui fit lever la tête. On tiraillait dans le haut des bois et, plus près, la forêt vivait de tous ses bruits familiers. Mais celui qu'il venait d'entendre était différent des autres. Il n'était pas à sa place. C'était comme un déclic...

Brusquement, il eut la conscience très nette du danger. Depuis combien de temps était-il là? Une demi-heure, une heure peut-être? Quelqu'un devait l'épier. Et, ce déclic, ce ne pouvait être...

Il se retourna vivement, mais pas assez vite cependant. Il ouvrit de grands yeux stupéfaits, mais n'eut pas le temps d'articuler un son : le coup était parti. Il s'écroula au bord de la piscine. Sur son côté gauche, une tache brune s'agrandit bientôt.

Un filet de sang coulait sur le ciment...

CHAPITRE XI

Hercule Poirot chassa de l'index une particule de poussière qui souillait le revers de son veston. Il avait soigné sa mise pour ce déjeuner et le résultat ne le mécontentait pas.

Il savait fort bien quels vêtements il convenait de mettre, en Angleterre, pour un dimanche à la campagne, mais il s'était systématiquement écarté des canons de l'élégance britannique. Il s'en tenait à ses conceptions personnelles. Il n'était pas un quelconque gentleman anglais, il était Hercule Poirot.

Il en faisait volontiers l'aveu, il n'aimait pas vraiment la campagne. La petite villa où l'on va passer le week-end, ses amis lui en avaient tant vanté les délices que, se laissant convaincre, il avait fini par acheter *Resthaven*, mais la maison ne lui plaisait que par sa forme, qui faisait songer à un cube. Les paysages des environs ne l'intéressaient pas, en dépit de leur réputation de beauté fermement établie. La nature manquait trop de symétrie pour qu'il pût l'apprécier. Les arbres, eux non plus, ne lui plaisaient guère, surtout à l'automne, avec leur dégoûtante habitude de perdre leurs feuilles. Il tolérait les peupliers, un labyrinthe bien construit l'amusait, mais un bois où hêtres et chênes avaient poussé au hasard lui semblait ridicule. Il n'admettait la forêt que vue de la route, en automobile, par un bel après-midi. On s'écriait : « Quelle charmante perspective! » et on rentrait à l'hôtel, qu'on avait pris soin de choisir bon.

Pour lui, ce qu'il y avait de mieux à *Resthaven*, c'était le potager, avec ses planches bien entretenues par Victor, le jardinier belge, dont la femme, Françoise, cuisinait avec amour pour son patron, un gourmet qui savait goûter la bonne chère.

Hercule Poirot sortit de chez lui, baissa les yeux sur ses souliers noirs pour s'assurer encore une fois du brillant éclatant de leur bout verni, rectifia l'inclinaison de son chapeau de feutre, puis jeta un coup d'œil sur la route. Comme toujours, la villa voisine le fit grincer des dents. *Les Pigeonniers* et *Resthaven* avaient été construits par deux architectes rivaux, dont les entreprises ultérieures avaient pris fin sur une intervention énergique de la Société nationale pour la préservation des sites. Les deux maisons représentaient deux écoles : moderne, sévère et un peu triste, *Resthaven* était une boîte couverte d'un toit, alors que sa voisine combinait quatre ou cinq styles anciens en un ahurissant assemblage.

Hercule Poirot s'interrogea sur la façon dont il approcherait *Le Vallon*. Deux chemins s'offraient à lui. Le premier, un sentier passant par les bois, était sensiblement plus court, mais ne permettait pas d'entrer dans la propriété par la grille principale. Soucieux d'étiquette, Poirot opta pour la route. Pour sa première visite aux Angkatell, il eût été malséant d'utiliser un raccourci. Ses hôtes étaient gens occupant une situation sociale enviable et l'invitation le flattait.

— Je suis un peu snob! murmura-t-il.

Il avait gardé un bon souvenir de sa rencontre à Bagdad avec les Angkatell. Lady Angkatell, en particulier, lui avait beaucoup plu. Une originale, certes, mais une femme charmante.

Il avait bien calculé son horaire et il était une heure moins une quand, un peu fatigué et content d'être arrivé — il avait horreur de la marche —, il sonna à la grille d'entrée. Gudgeon, imposant et un peu solennel, vint ouvrir. Poirot le trouva parfait. La réception, toutefois, ne fut pas tout à fait celle qu'il avait espérée.

— Madame attend Monsieur, avait dit Gudgeon, dans le petit pavillon, près de la piscine. Si Monsieur veut avoir la bonté de me suivre...

Hercule Poirot n'avait jamais compris cette manie des Anglais de toujours être dehors. Admissible à la rigueur durant les chaleurs de l'été, elle devenait ridicule dans les derniers jours de septembre. La température était douce, certes, mais avec un fond d'humidité. La sagesse eût été de se tenir bien au chaud dans une pièce, confortablement, avec peut-être un peu de feu dans la cheminée. Au lieu de cela...

Les Angkatell avaient l'habitude d'inviter leurs hôtes pour une heure. Quand il faisait beau, on servait les cocktails dans le pavillon, au bord de la piscine. A une heure et demie, on se mettait à table.

Hercule Poirot cheminait derrière la haute silhouette de Gudgeon. Ils avaient traversé une grande pelouse, puis un jardin semé de rocailles, et suivaient un sentier serpentant par la châtaigneraie quand le détective entendit un petit cri qui l'intrigua, parce qu'il lui sembla impossible, sur le moment, de le cataloguer. Simple cri de surprise ou cri d'horreur? Il n'aurait su le dire. En tout cas, cri étrange et inattendu.

La lisière du bois atteinte, Gudgeon s'effaça en s'inclinant pour faire passer Poirot. En même temps, il se raclait la gorge pour annoncer l'invité sur le ton convenable. Il se redressa, mais les mots lui restèrent dans la gorge et seuls quelques sons qui ne ressemblaient à rien sortirent de sa bouche. Poirot, dont le regard venait de découvrir la piscine, exprima ses sentiments du moment par une grimace significative.

Vraiment, c'était trop! Il attendait autre chose des Angkatell. Un chemin interminable, une maison vide et, maintenant, ça! Ces Anglais avaient de l'humour une bien singulière conception s'ils s'imaginaient qu'il trouverait ça drôle! Ils lui donnaient seulement l'envie de s'en retourner. La mort ne l'avait jamais amusé et il ne goûtait pas du tout la macabre comédie que ces gens avaient montée à son intention.

Car il ne s'agissait pas d'autre chose. Un cadavre, dont l'attitude semblait avoir été soigneusement étudiée, gisait au bord de la piscine. On avait peint sur le ciment une tache rouge qui s'allongeait en petites rigoles jusqu'à la surface de l'eau. Près de la « victime », un homme à cheveux blonds, une femme se tenait debout, un revolver à la main. Elle avait le regard égaré et stupide.

Les acteurs, manifestement arrivés par des sentiers différents, étaient à une certaine distance. Il y avait une grande jeune femme qui portait un panier plein de têtes de dahlias, un homme en costume de chasse, le fusil à la bretelle, et enfin, un panier d'œufs au bras, Lady Angkatell. Tout cela avait quelque chose de calculé et d'artificiel.

Poirot poussa un léger soupir. Enfin, qu'attendait-on de lui? Ces gens espéraient-ils qu'il allait faire semblant de croire à ce « crime? » » Devait-il se précipiter pour examiner le « cadavre » ou bien, avec un sourire aimable, aller féliciter Lady Angkatell de cette mise en scène réussie? La vérité était que tout cela lui apparaissait comme parfaitement grotesque. N'était-ce pas la reine Victoria qui, un jour, avait dit : « Cela ne nous amuse pas! » Il aurait volontiers repris le propos à son compte.

Lady Angkatell s'était approchée du « cadavre ». Poirot se mit en route, suivi de Gudgeon, qui respirait bruyamment. « Celui-là, songea Poirot, n'est pas dans le secret! » Il arriva près du corps en même temps que les deux autres « acteurs » et ce fut pour constater avec une émotion bien légitime, qu'il ne s'agissait pas d'une comédie, mais d'un drame authentique. Cette tache rouge, ce n'était pas de la peinture, mais du sang, et cet homme, sur lequel son regard s'abaissait, s'il n'était pas mort, ne valait guère mieux. Il avait été abattu d'un coup de feu et il n'y avait pas longtemps.

Poirot regarda la femme qui avait un revolver à la main. Son visage ne reflétait rien. L'air hébété, elle restait là. « Comme une idiote! » songea Poirot. La chose ne l'étonnait pas outre mesure. Leur crime accompli, la passion ne les soulevant plus, certains assassins perdent toutes réactions.

L'attention du détective se reporta sur l'homme qui agonisait. Il ouvrit les yeux et Poirot crut deviner qu'il avait encore parfaitement conscience de ce qui se passait autour de lui. Il allait même plus loin : ce mourant était le seul personnage vivant de cette scène étrange. Les autres étaient d'inexistantes silhouettes. Il était seul à exister vraiment.

John Christow ouvrit la bouche et parla :

— Henrietta...

Ses paupières battirent, sa tête roula sur le côté. Il était mort.

Poirot guetta les réactions individuelles de chacun. Il enregistrait.

Lady Angkatell, débarrassée de son panier à œufs par le fidèle Gudgeon, le remercia d'une voix très naturelle, puis, après une courte hésitation, dit :

— Gerda...

La femme qui tenait le revolver sortit de son immobilité pour la première fois. Elle regarda tout le monde et murmura, comme stupéfaite :

— John est mort!

La grande jeune femme qui portait le panier de dahlias l'invita, d'un ton plein d'autorité, à lui remettre son arme. Poirot n'eut pas le temps de protester, ni celui d'intervenir. Elle avait déjà le revolver dans la main quand il parla.

— Vous n'auriez pas dû faire ça! dit-il.

Le son de sa voix la fit sursauter. Elle ouvrit les doigts et l'arme tomba dans l'eau. Elle eut une exclamation consternée.

— Que je suis maladroite! s'écria-t-elle ensuite. Je suis navrée!

Poirot la considéra un instant sans mot dire. Elle soutint son regard avec tranquillité et il eut l'impression que les soupçons qui venaient de lui traverser l'esprit étaient injustifiés.

— Il faut autant que possible ne toucher à rien, dit-il. Tout doit rester en l'état jusqu'à l'arrivée de la police.

Il y eut un moment de gêne.

— C'est vrai! murmura Lady Angkatell avec un évident dégoût. Il va falloir appeler la police.

Très calme, l'homme en costume de chasse déclara qu'en effet il lui semblait impossible de ne pas le faire. Cependant, provenant du sentier conduisant à la maison, arrivaient des bruits de voix et des rires. Sir Henry et Midge Hardcastle apparurent bientôt à la lisière du bois. Ils s'arrêtèrent en apercevant le groupe réuni au bord de la piscine.

— Que se passe-t-il? demanda Sir Henry d'une voix surprise.

Lady Angkatell répondit :

— C'est Gerda qui... Je veux dire... C'est John qui a...

Gerda finit pour elle la phrase commencée :

— John a été tué. Il est mort.

Le ton était étrange. On eût dit qu'elle n'avait pas encore compris. Des regards se détournèrent.

— Ma chérie, dit Lady Angkatell, je crois que vous feriez bien de rentrer et de vous étendre un peu. D'ailleurs, nous n'avons rien à faire ici. Henry et M. Poirot pourraient rester en attendant l'arrivée de la police.

— Je crois, en effet, répondit Sir Henry, que c'est là ce qu'il y a de mieux à faire.

Se tournant vers Gudgeon, il ajouta :

— Voudriez-vous, Gudgeon, téléphoner au commissariat de police? Expliquez de quoi il s'agit et, quand ces messieurs arriveront, amenez-les directement ici!

— Bien, monsieur!

Un peu pâle encore, Gudgeon restait le maître d'hôtel parfait et il y avait dans le ton toute la déférence souhaitable. Son panier d'œufs au bras, il s'en alla par le sentier menant à la maison. Soutenue par Henrietta, qui avait glissé son bras sous le sien, Gerda s'éloignait à pas lents.

— Maintenant, Lucy, dit Sir Henry, j'aimerais bien savoir exactement ce qui s'est passé!

Elle écarta les bras dans un geste d'ignorance que Poirot trouva plein de grâce.

— Mon cher ami, déclara-t-elle, je le sais à peine! J'étais au poulailler quand j'ai entendu une détonation, qui m'a semblé toute proche, mais à laquelle je n'ai pas prêté attention. Peu après, j'ai pris le sentier pour venir ici et j'ai trouvé John, gisant où vous le voyez, et Gerda, debout à côté de lui, un revolver à la main. Henrietta et Edward, qui venaient par des sentiers différents, sont arrivés presque au même moment...

Hercule Poirot s'éclaircit la gorge et demanda :

— Qui sont ce John et cette Gerda?... Si toutefois je puis me permettre cette question...

Lady Angkatell se tourna vivement vers lui.

— Pardonnez-moi. J'ai oublié les présentations... Il est vrai que lorsqu'on assassine les gens... John était John Christow, le docteur Christow, et Gerda, sa femme, Gerda Christow.

— Et la jeune femme qui est partie avec Mrs. Christow?

— Ma cousine, Henrietta Savernake.

L'homme qui était à la gauche de Poirot, l'homme en costume de chasse, eut un petit mouvement qui n'échappa pas au détective. Henrietta, c'était le prénom qu'avait prononcé le mourant. Il l'avait dit d'une façon curieuse, qui rappelait à Poirot quelque chose qu'il ne pouvait pas préciser. Qu'était-ce donc? Il ne cherchait pas. Ça lui reviendrait.

Résolue à s'acquitter complètement de ses devoirs, Lady Angkatell poursuivait :

— Je vous présente enfin Edward Angkatell, notre cousin, lui aussi, et Miss Hardcastle.

Poirot salua avec une petite inclinaison du buste qui parut à Midge, si comique qu'elle eut grand-peine à ne point éclater de rire.

— Sur quoi, ma chère, dit Sir Henry, je crois que vous pourriez maintenant, comme vous en aviez l'intention, rentrer à la maison. Nous resterons, M. Poirot et moi, et nous pourrons causer...

Lady Angkatell semblait songeuse.

— J'espère, reprit-elle, que Gerda est allée s'étendre. Etait-ce le conseil à lui donner? Je n'en ai pas imaginé d'autre. Je ne connais pas de précédent et je ne sais pas ce qu'on dit à une femme qui vient de tuer son mari!

Nul ne paraissant en mesure de la renseigner sur ce point délicat, elle s'éloigna, emmenant Midge et Edward... Poirot se trouva seul avec son hôte, qui, ne sachant trop comment commencer la conversation, se contenta d'affirmer que Christow était « un type très bien ».

Poirot regarda le cadavre. Maintenant encore, ce mort lui paraissait plus vivant que tous les vivants qu'il avait vus depuis une heure. Curieuse impression, qu'il ne s'expliquait pas.

— Une tragédie de ce genre est chose bien triste! dit-il poliment.

— C'est juste! répondit Sir Henry. Pour moi, je manque d'habitude et je crois bien que c'est la première fois que je vois un meurtre de si près. J'espère que jusqu'à présent nous n'avons pas commis d'erreur?

— Vous avez fait ce qu'il fallait faire, déclara Poirot. Vous avez prévenu la police et, jusqu'à son arrivée, nous ne pouvons que demeurer ici pour que nul ne puisse toucher au cadavre ou faire disparaître les preuves du crime.

Tout en prononçant ces derniers mots, Hercule Poirot regardait le revolver tombé dans la piscine. Cette preuve-là n'avait pas disparu, mais on s'était arrangé pour qu'elle ne fût plus intacte. La chose s'était passée devant lui, Hercule Poirot, et il n'avait rien pu empêcher. Mais non, c'était un accident...

— Est-il indispensable que nous restions ici? demanda Sir Henry. Il me semble qu'il fait frisquet. Ne croyez-vous pas que nous pourrions entrer dans le pavillon?

Poirot, qui avait senti tout à l'heure un léger frisson, acquiesça avec empressement et les deux hommes contournèrent la piscine pour gagner le petit bâtiment qui se trouvait sur la rive d'en face. C'était une construction légère, très gentiment meublée, avec de grands canapés et des tapis aux vives couleurs. Un plateau, chargé d'un flacon de xérès et de quelques verres, était posé sur une table de fer.

— Je vous offrirais bien de boire quelque chose, dit Sir Henry, mais peut-être vaut-il mieux ne rien toucher avant l'arrivée de la police. Je ne pense pas qu'il y ait ici quoi que ce soit d'intéressant pour elle, mais on ne sait jamais! Je m'aperçois que Gudgeon n'avait pas encore apporté les cocktails. Sans doute attendait-il à la maison pour vous recevoir...

Ils s'installèrent dans des fauteuils d'osier, près de la porte, afin de pouvoir surveiller le sentier venant de la maison. Ils ne parlaient pas. Les circonstances ne favorisaient pas les propos à bâtons rompus.

Poirot regardait autour de lui. Rien d'anormal ne retenait son attention. Une magnifique cape de renards argentés avait été jetée d'une main négligente sur le dos d'un fauteuil. Il se demanda à qui elle pouvait appartenir. Son luxe agressif semblait indiquer que ce n'était pas à l'une quelconque des personnes qu'il avait vues jusqu'à présent au *Vallon*. Cette cape, il ne pouvait l'imaginer, par exemple, sur les épaules de Lady Angkatell. Elle était à une femme qui avait de l'argent, mais surtout à une femme qui tenait à ne pas passer inaperçue.

Tirant son étui à cigarettes de sa poche, Sir Henry le présenta, ouvert à Poirot.

— Je suppose, dit-il, que nous pouvons fumer.

Poirot, avant d'allumer sa cigarette, huma l'atmosphère. Un parfum léger, un parfum français de très grand luxe, flottait dans l'air. Il était à peine perceptible, mais il l'identifiait fort bien et il ne lui semblait pas pouvoir l'associer à aucun des hôtes du *Vallon*.

Se penchant en avant pour prendre du feu au briquet de Sir Henry, Poirot aperçut, posées sur une petite table près d'un des canapés, quelques boîtes d'allumettes. Il les compta : il y en avait six.

Le détail lui parut extrêmement curieux.

CHAPITRE XII

— Deux heures et demie! dit Lady Angkatell.

Elle était assise au salon, avec Midge et Edward. A côté, dans le cabinet de son mari, Hercule Poirot, Sir Henry et l'inspecteur Grange tenaient une conférence. A travers la porte close, on entendait parfois le bruit de leurs voix.

Lady Angkatell reprit :

— Vous savez, Midge, que je persiste à penser qu'il faudrait prendre des dispositions pour le déjeuner. S'asseoir à table, comme si rien ne s'était passé, j'admets qu'on pourrait croire qu'il faut être sans cœur pour en être capable. Mais nous ne devons pas oublier que nous avons prié M. Poirot à déjeuner, qu'il doit avoir faim et que la mort de ce pauvre John ne saurait l'affecter, lui, comme elle nous affecte, nous. Je n'ai personnellement aucune envie de manger, mais j'imagine que Henry et Edward, qui ont chassé toute la matinée, doivent se sentir de l'appétit.

— En tout cas, ma chère Lucy, dit Edward, soyez sans inquiétude à mon sujet!

— Vous êtes toujours la discrétion même, Edward!... Enfin, il y a David! J'ai remarqué, hier soir, qu'il dévorait. Les intellectuels sont souvent de solides fourchettes. Au fait, où est-il, David?

— Il est monté dans sa chambre dès qu'il a appris la nouvelle, répondit Midge.

— Oui?... Eh bien, c'est une preuve de tact de sa part! Il doit, d'ailleurs, se sentir extrêmement gêné. On a beau dire, un meurtre, c'est quelque chose de très ennuyeux. Les domestiques n'ont plus la tête à ce qu'ils font et tout va de travers. A déjeuner, nous devions avoir du canard. Heureusement, ça se mange très bien froid!... Avez-vous idée de ce qu'il faut faire pour Gerda? J'ai envie de lui faire monter quelque chose. Un peu de potage, peut-être...

Midge écoutait, en se disant que Lucy était vraiment une créature inhumaine. A la réflexion, pourtant, elle s'avisa que ce jugement était peut-être erroné. En fait, n'était-elle pas très humaine au contraire? Les pires catastrophes ne changeaient rien à l'ordre des choses et l'attitude de Lucy n'étonnait que parce qu'elle ne se refusait pas à faire honnêtement état de ces petits détails triviaux que les autres affectaient d'ignorer, mais auxquels ils songeaient bel et bien. Car on pensait aux domestiques, on se préoccupait des repas et on avait faim, comme tous les autres jours. Elle s'en apercevait en ce moment même. Elle avait faim. Ce qui était d'autant plus surprenant qu'elle se sentait le cœur un peu barbouillé. Une chose qui la tracassait aussi, c'était de ne pas savoir quelle conduite elle devait tenir à l'égard de cette malheureuse femme que tout le monde, hier encore, appelait « cette pauvre Gerda » et qui risquait fort, un jour prochain, de comparaître devant un tribunal pour répondre d'une accusation de meurtre.

« Ces choses-là, pensa-t-elle, arrivent aux autres. Pas à nous! »

Son regard se posa sur Edward. Oui, elle avait raison, il y avait des gens à qui ces choses-là ne pouvaient arriver. Des gens comme Edward, qu'on n'imaginait pas se laissant aller à un acte de violence. Elle se sentit un peu réconfortée. Il était si calme, si aimable, si prévenant...

Gudgeon entra dans la pièce, s'inclina devant Lady Angkatell et annonça à mi-voix que des sandwiches étaient préparés dans la salle à manger. Il y avait aussi du café. Lady Angkatell le remercia et dit, dès qu'il fut sorti :

— Gudgeon est vraiment merveilleux et je ne sais ce que je deviendrais sans lui! Il sait toujours ce qu'il convient de faire. De beaux sandwiches, c'est aussi bien qu'un repas et nous pourrons les manger sans crainte d'être accusés de manquer de cœur!

Elle s'aperçut avec surprise que de grosses larmes coulaient sur les joues de Midge.

— Pauvre chérie! murmura-t-elle. Ces émotions sont trop fortes pour vous!

Edward alla s'asseoir auprès de Midge sur le divan. Il lui passa le bras autour du cou.

— Ne pleurez pas, petite Midge!

Elle enfouit son visage au creux de son épaule et se mit à sangloter. Elle se souvenait de ce jour de Pâques, à Ainswick, où Edward avait été si gentil pour elle. Son petit lapin était mort...

— Est-ce qu'on ne pourrait pas lui trouver une goutte de cognac? demanda Edward.

— Si. Il y en a dans le buffet de la salle à manger. Il me semble...

Elle se tut à l'entrée d'Henrietta. Midge s'écarta d'Edward, qui n'avait pas bougé. L'attitude d'Henrietta parut bizarre à la jeune fille. Elle avait visiblement détourné les yeux de son cousin et il semblait y avoir chez elle un parti pris d'hostilité.

— Ah! Henrietta, vous voici! s'écria Lady Angkatell. Je me demandais ce que vous étiez devenue. La police est à côté, avec Henry et M. Poirot. Qu'est-ce que vous avez donné à Gerda? Du cognac ou un peu de thé avec un cachet d'aspirine?

— Je lui ai donné un peu de cognac... et une bouillotte.

— Parfait! C'est ce qu'on recommande aujourd'hui, dans les cours d'infirmières, pour les personnes qui ont reçu un choc!... Je parle de la bouillotte, bien entendu. Car, pour le cognac, il y a maintenant une réaction contre les stimulants. Question de mode, je pense! Quand j'étais jeune fille, à Ainswick, on prescrivait le cognac pour les chocs nerveux. A vrai dire, pour Gerda, il ne doit pas y avoir eu choc. Je ne sais ce que l'on éprouve quand on a tué son mari, c'est assez difficile à imaginer, mais je doute que ce soit un choc. L'élément de surprise nécessaire doit manquer...

— Mais, dit Henrietta d'une voix glacée, pourquoi êtes-vous tous si sûrs que c'est Gerda qui a tué John?

Il y eut un silence pénible que Lady Angkatell rompit.

— Il me semble que c'est évident. Quelle autre hypothèse pourrait-on envisager?

— N'est-il pas possible, répliqua Henrietta, que Gerda ait trouvé John blessé et qu'elle ait ramassé le revolver, juste avant notre arrivée?

Un nouveau silence suivit.

— C'est là ce que prétend Gerda? demanda Lady Angkatell.

— Oui.

Le mot, fortement articulé, claqua comme un coup de feu. Lucy leva des sourcils étonnés, puis jugeant inutile d'argumenter, dit sans transition :

— Il y a des sandwiches et du café à la salle à manger. Si vous...

Elle se tut brusquement. Par la porte restée ouverte, Gerda Christow entrait dans le salon. Tout de suite, à mots précipités, elle s'excusa :

— Je... je ne pouvais rester allongée plus longtemps. Je suis tellement... bouleversée!

Lady Angkatell s'était levée.

— Il faut vous asseoir, Gerda. Ne restez pas debout!

Elle écarta Midge du divan, installa Gerda à sa place et lui disposa un coussin derrière le dos.

— Pauvre chérie!

Elle disait les mots convenables, mais il était clair qu'elle ne leur accordait aucun sens précis. Edward était à la fenêtre et regardait dehors. Gerda repoussa les mèches de cheveux qui lui tombaient sur le front et dit d'une voix sans timbre :

— Je commence seulement à me rendre compte. Jusqu'à présent, je n'ai pas eu le sentiment que tout cela était vrai... maintenant encore, je ne peux pas croire que John... que John soit mort! Comment est-il possible qu'on l'ait tué? Et qui peut l'avoir tué?

Lady Angkatell poussa un profond soupir et tourna vivement la tête. La porte du cabinet de travail de son mari venait de s'ouvrir et Sir Henry pénétrait dans la pièce, accompagné d'un personnage pourvu de larges épaules et de grosses moustaches, qu'il présenta à sa femme comme étant l'inspecteur Grange. Après avoir salué Lady Angkatell, le policier lui demanda s'il lui serait possible de s'entretenir un instant avec Mrs. Christow. Lucy, d'un mouvement du menton, lui désigna Gerda, toujours assise sur le divan.

Grange alla vers elle.

— Mrs. Christow?

— Oui. Je suis Mrs. Christow.

— Je ne voudrais pas, madame, vous importuner, mais je désirerais vous poser quelques questions. Naturellement, cet entretien peut, si vous le préférez, n'avoir lieu qu'en présence de votre avocat...

Sir Henry coupa la parole au policier.

— C'est quelquefois plus sage, Gerda! Il...

Elle ne le laissa pas poursuivre.

— Un avocat? Pourquoi un avocat? Que voulez-vous qu'il sache de la mort de John?

L'inspecteur Grange toussota. Sir Henry était sur le point de parler, mais Henrietta le devança.

— L'inspecteur, dit-elle, désire seulement savoir ce qui s'est passé ce matin.

Gerda leva les yeux vers le policier.

— J'ai l'impression de vivre un horrible rêve. Il me semble que tout cela n'est pas vrai. Je... je n'ai même pas été capable de pleurer. C'est comme si j'étais devenue insensible...

— C'est le choc! dit Grange d'une voix douce.

— Oui... C'est sans doute ça!... Mais c'est arrivé subitement... Je venais de la maison, je suivais le sentier qui mène à la piscine...

— Il était quelle heure, Mrs. Christow?

— Il allait être une heure. Il était une heure moins deux, à peu près. Je le sais, parce que j'ai regardé la pendule avant de partir. Et, en arrivant là-bas, j'ai trouvé John... étendu par terre... avec une flaque de sang à côté de lui, sur le ciment...

— Avez-vous entendu le bruit d'une détonation?

— Oui... Non... Je ne sais pas! Je savais que Sir Henry et Mr. Angkatell étaient à la chasse... Je n'ai vu que John...

— Et puis, Mrs. Christow?

— John... Le sang... Le revolver... J'ai ramassé le revolver...

— Pourquoi?

— Je vous demande pardon?

— Pourquoi avez-vous ramassé le revolver, Mrs. Christow?

— Je... je ne sais pas!

— Vous n'auriez pas dû, Mrs. Christow.

— Non?

Ses yeux inexpressifs interrogeaient le policier. Elle poursuivit :

— En tout cas, je l'ai fait! Je l'ai tenu dans mes mains!

Elle les regardait, comme si l'arme se trouvait encore entre ses doigts. Relevant la tête, elle reprit d'une voix angoissée :

— Mais qui pourrait avoir tué John? Personne ne peut avoir eu envie de le tuer! C'était... c'était le meilleur des hommes! Il était si gentil, si bon! Il ne pensait qu'aux autres! Tout le monde l'aimait, inspecteur! C'était un médecin merveilleux... Le plus tendre et le meilleur des époux! Ce ne peut être qu'un accident! Ce n'est pas possible! Demandez à qui vous voudrez, inspecteur! Personne ne peut avoir eu envie de tuer John!

L'inspecteur Grange ferma son carnet.

— Je vous remercie, Mrs. Christow, dit-il d'un ton très professionnel. Ce sera tout pour le moment.

Hercule Poirot et l'inspecteur Grange, débouchant de la châtaigneraie, arrivaient à la piscine. Le corps, photographié sous tous les angles et examiné par le médecin légiste, était déjà en route vers le dépôt mortuaire. Le paysage avait repris son aspect innocent.

Un homme en caleçon de bain s'avança vers l'inspecteur.

— Le revolver, monsieur.

L'arme était encore mouillée. Grange la prit entre deux doigts.

— Inutile d'espérer y trouver des empreintes! dit-il. Heureusement, dans le cas présent, c'est sans importance. Quand vous êtes arrivé, monsieur Poirot, Mrs. Christow tenait bien ce revolver à la main?

— Oui.

— La première chose à faire, reprit Grange, c'est d'identifier l'arme. Je pense que Sir Henry le fera sans difficulté. Elle doit l'avoir prise dans son cabinet.

Promenant sur la piscine un regard circulaire, il poursuivit :

— Maintenant, précisons bien tout ça! Ce sentier qui descend va à la ferme et c'est par là qu'est venue Lady Angkatell. Les deux autres, Mr. Edward Angkatell et Miss Savernake, arrivaient des bois qui sont là au-dessus, mais ils n'étaient pas ensemble. Il suivait, lui, le sentier de gauche, et elle se trouvait, elle, dans celui de droite, qui aboutit au jardin d'agrément qui est au-dessus de la maison. Quand vous les avez aperçus, monsieur Poirot, ils étaient bien, l'un et l'autre, à l'autre bout de la piscine?

— Oui.

— Quant à ce sentier, là en face, près du pavillon, c'est celui qui mène au chemin de Podder. Allons voir par là!

Tout en marchant, Grange parlait. C'était un homme qui avait vu beaucoup de choses, qui ne s'emballait pas, placide et plutôt pessimiste.

— Je n'ai jamais beaucoup aimé les affaires de ce genre-là. J'en ai déjà eu une l'an dernier, près d'Ashridge. Il s'agissait d'un officier en retraite. Il avait fait une belle carrière et sa femme était une dame de soixante-cinq ans, un peu vieux jeu, très calme, très tranquille, avec des cheveux gris, pas vilains du tout, ma foi! De belles boucles. Elle adorait le jardinage. Un jour, elle est allée dans la chambre de son mari, elle a pris son revolver d'ordonnance, elle est descendue au potager et elle l'a abattu. Aussi simplement que ça! Naturellement, il y avait là-dessous toute une histoire qu'il a fallu tirer au clair et elle a essayé de nous faire croire que le crime avait été commis par un vagabond. Nous avons fait semblant de marcher, et, pendant un moment, elle a pu s'imaginer que l'affaire était classée. Mais nous savions parfaitement de quoi il retournait!

— Voulez-vous dire, demanda Poirot, que vous êtes dès à présent convaincu que Mrs. Christow a tué son mari?

Grange regarda le détective d'un air surpris.

— Ce n'est pas votre avis?

— Les choses pourraient s'être passées comme elle le prétend! dit lentement Poirot.

L'inspecteur haussa les épaules.

— Elles pourraient, bien sûr! Mais son histoire ne me paraît pas très solide et ils pensent qu'elle l'a tué. Ils savent quelque chose que nous ignorons. Quand vous êtes arrivé, vous vous êtes bien douté de qui avait fait le coup?

Poirot, pour mieux se souvenir, ferma les yeux à demi. Il suit le sentier... Gudgeon s'efface sur le côté pour le laisser passer... Gerda Christow est debout, près du corps... Elle a l'air hébété et tient le revolver à la main... Oui, comme vient de le suggérer Grange, il a bien cru qu'elle venait de tuer... Plus exactement, il a pensé que c'était ce qu'on voulait qu'il crût... Oui, mais il se figurait qu'il s'agissait d'une mise en scène! C'était tout autre chose...

Gerda Christow avait-elle l'air d'une femme qui vient de tuer son mari? Hercule Poirot se posa mentalement la question, pour découvrir avec quelque étonnement que jamais, au cours de sa carrière, il ne s'était trouvé en présence d'une femme qui venait de tuer son mari. Il lui fallait imaginer. Le visage d'une meurtrière, que reflétait dans l'instant suivant l'écroulement de sa victime? Le triomphe, la stupeur, l'incrédulité, l'horreur... ou rien du tout?

Tout dépendait des circonstances. Autant de crimes, autant de cas particuliers...

Grange avait continué de parler. Poirot attendait la fin de sa phrase et demanda :

— Mrs. Christow pourra-t-elle rentrer à Londres?

— Oui, répondit l'inspecteur. Difficile de l'en empêcher. Elle a deux gosses là-bas. Seulement, nous la surveillerons de près. Sans qu'elle le sache, bien entendu. Elle est certainement convaincue qu'elle s'en tirera on ne peut mieux! Elle a, d'ailleurs, l'air passablement bête...

Poirot se demandait si Gerda Christow se rendait compte qu'elle était soupçonnée. Aussi bien par la police que par ses amis. Elle lui avait donné l'impression d'une femme aux réactions assez lentes, qui n'avait pas encore compris ce qui s'était passé et que la mort de son mari laissait stupide et anéantie.

Ils étaient arrivés au point où le sentier rejoignait la route. Bientôt, Poirot s'arrêterait devant chez lui.

— C'est votre villa? dit Grange. Félicitations! Elle est gentille. Il me reste, monsieur Poirot, à vous remercier de votre collaboration. Je ne manquerai pas de venir vous voir pour vous tenir au courant des progrès de l'enquête...

Les yeux sur la maison voisine, il ajouta :

— Est-ce que ce n'est pas là qu'habite notre nouvelle grande vedette?

— Miss Veronica Cray?... Si, il me semble! Elle passe ses week-ends ici...

— Je l'ai vue dans *La Dame aux Tigres*. Elle est bien, mais un peu trop sophistiquée pour mon goût. Parlez-moi plutôt de Deanna Durbin ou de Heddy Lamarr!

Une minute plus tard, ayant pris congé de Poirot, l'inspecteur Grange se remettait en route vers *Le Vallon*.

— Ce revolver, Sir Henry, vous le reconnaissez?

Sir Henry regarda l'arme que l'inspecteur venait

de poser sur son bureau. Avançant la main, il dit :

— On peut toucher?

— Oui, répondit Grange. Il a séjourné au fond de l'eau et les empreintes qui pouvaient se trouver dessus ont disparu. Il est bien dommage, il faut en convenir, que Miss Savernake l'ait laissé glisser entre ses doigts.

— Sans doute!... Mais elle était très émue et, en de tels moments, les femmes ne sont pas toujours très sûres de leurs gestes...

L'inspecteur Grange en convint. Il fit toutefois observer que Miss Savernake n'avait pas l'air d'être une femme exagérément nerveuse. Sir Henry, cependant, examinait l'arme avec attention, relevait le numéro et consultait une liste portée dans un petit calepin.

— Oui, décida-t-il, ce revolver provient de ma collection.

— Quand l'avez-vous vu pour la dernière fois?

— Hier après-midi. Nous avons tiré à la cible dans le jardin et c'est un des revolvers que nous avons utilisés.

— Qui s'en est servi à cette occasion?

— Tout le monde, je pense.

— Et, notamment, Mrs. Christow?

— Oui.

— Quand vous avez eu fini de tirer, qu'avez-vous fait de l'arme?

— Je l'ai rangée à sa place habituelle. Là-dedans...

Il alla ouvrir le tiroir supérieur d'un gros secrétaire. Il était à demi rempli de revolvers et de pistolets automatiques.

— Vous avez là, Sir Henry, une jolie collection!

— C'est une manie que j'ai depuis bien des années!

Songeur, le policier regardait l'ancien gouverneur des îles Hollowene. Un bel homme, distingué, sous les ordres duquel il eût eu plaisir à servir. Il devait être un supérieur autrement agréable que le commissaire principal du Wealdshire, un despote capricieux dont Grange ne pensait pas grand bien. S'arrachant à ses réflexions, l'inspecteur revint à son enquête.

— Naturellement, Sir Henry, quand vous l'avez rangé, le revolver n'était pas chargé?

— Certainement pas!

— Et où conservez-vous vos munitions?

— Ici.

Sir Henry prit une clef dans un casier et ouvrit l'un des tiroirs inférieurs du secrétaire.

— En somme, songeait Grange, c'est tout ce qu'il y a de plus simple. Gerda Christow savait où se trouvaient armes et munitions et elle n'a eu qu'à se servir. Quand les femmes sont jalouses, elles sont capables de tout. Car, le mobile, c'est évidemment la jalousie. Cela apparaîtra clair comme le jour quand l'enquête terminée ici, j'irai rôder du côté de Harley Street.

Sir Henry refermait le tiroir.

— Je vous remercie, Sir Henry! dit Grange. Je vous tiendrai au courant...

CHAPITRE XIII

Le canard fut servi froid au dîner, et suivi d'une crème au caramel, qui, à en croire Lady Angkatell, prouvait la délicatesse des sentiments de Mrs. Medway, la cuisinière.

— En effet, expliqua-t-elle, elle sait que nous n'aimons pas beaucoup la crème au caramel et elle a compris qu'il eût été malséant de nous faire manger, le jour de la mort d'un ami, des choses dont nous sommes friands. La crème au caramel n'a pratiquement pas de goût et on en laisse toujours dans son assiette...

Elle soupira et poursuivit :

— J'espère que j'ai bien fait de permettre à Gerda de rentrer chez elle.

Gerda était repartie pour Londres, avec Sir Henry qui avait insisté pour la reconduire.

— Naturellement, reprit-elle, elle reviendra pour l'enquête, mais elle tenait, et je la comprends, à annoncer elle-même la triste nouvelle aux enfants. Leur gouvernante l'aurait vue demain dans les journaux et, nerveuse comme toutes les Françaises, elle aurait probablement piqué une crise de nerfs... J'imagine que Gerda s'organisera très bien et qu'elle appellera auprès d'elle quelqu'un de sa famille. Sans doute ses sœurs. Elle en a certainement. Trois ou quatre, je suppose, qui doivent vivre du côté de Tunbridge Wells...

— Vous dites des choses extraordinaires, Lucy! s'écria Midge.

— Mon Dieu! ma chérie, disons Torquay, si vous préférez!... Non, pourtant, pas Torquay! Elles auraient au moins soixante-cinq ans si elles habitaient Torquay. Elles seraient plutôt à Eastbourne...

Lady Angkatell considéra sa dernière cuillerée de crème au caramel et, un peu à regret, la laissa dans son assiette. David, qui n'aimait que les sucreries, se demandait si le plat serait présenté de nouveau.

Mais Lady Angkatell se levait.

— Je pense, dit-elle, que ce soir tout le monde a envie de se coucher tôt. Il s'est passé tant de choses aujourd'hui! On ne se rend pas compte, quand on en lit la relation dans les journaux, que des événements de ce genre sont épuisants. Je suis aussi fatiguée que si j'avais fait vingt kilomètres! Pourtant, je n'ai rien fait, je suis restée assise tout le temps et je n'ai même pas lu. On aurait l'air de manquer de cœur si on lisait dans des circonstances pareilles. Ce qui ne me paraît pas tout à fait exact. A mon sens, il n'y aurait pas eu de mal, par exemple, à lire l'éditorial de l'*Observer*. C'est un journal grave. Je n'en dirais pas autant d'une feuille qui ne s'occupe que de faits divers, comme les *News of the world*. Qu'en pensez-vous, David?

David répondit sans grâce qu'il ne lisait jamais les *News of the world*.

— Moi, je les lis! répliqua Lady Angkatell. C'est un journal que nous prétendons n'acheter que pour les domestiques, mais Gudgeon est très intelligent et il ne l'emporte jamais à l'office avant que nous n'ayons pris le thé. Il est bourré d'articles intéressants... et vous ne sauriez imaginer le nombre de pauvres femmes qui se suicident au gaz!

— Je me demande, dit Edward Angkatell avec un sourire, comment elles feront quand le gaz aura été totalement évincé par l'électricité!

— Il faudra qu'elles en prennent leur parti et qu'elles trouvent autre chose!

— Je ne suis pas de votre avis, déclara David, en ce qui concerne l'avenir de l'électricité.

Il entreprit sur le sujet un exposé à la fois scientifique et social, qui tourna court, Edward Angkatell ayant humblement avoué que la question échappait à sa compétence.

Gudgeon apporta le café au salon. Il se déplaçait plus lentement qu'à l'accoutumée, ainsi qu'il lui semblait convenable dans une maison en deuil.

— A propos, Gudgeon, dit Lady Angkatell, ces œufs, j'ai oublié de les marquer comme d'habitude. Voudriez-vous demander à Mrs. Medway de noter dessus la date au crayon?

Gudgeon s'inclina et répondit avec déférence que le service avait été assuré de façon à donner à Madame toute satisfaction et qu'il avait personnellement veillé à tout.

116

Après son départ, Lady Angkatell répéta une fois encore que Gudgeon était « merveilleux ».

— D'ailleurs, ajouta-t-elle, tous les domestiques ont été parfaits et je les plains d'avoir eu à supporter ces policiers toute la journée. Au fait, il en reste?

— Des policiers? demanda Midge.

— Oui. Est-ce que ce n'est pas l'usage d'en laisser un en faction dans le vestibule et un autre à l'extérieur pour surveiller la porte d'entrée?

— Pourquoi surveilleraient-ils la porte d'entrée?

— Est-ce que je sais? C'est comme ça que ça se passe dans les livres et, généralement, un second crime est commis dans le courant de la nuit.

— Oh! Lucy! ne dites pas des choses comme ça! Lady Angkatell rassura Midge d'un sourire.

— Je suis bête, Midge!... Je sais très bien que personne ne sera tué cette nuit. Gerda est partie... Non, non, Henrietta, ce n'est pas ça que je voulais dire!

Henrietta, qui avait eu un petit sursaut, se remit à examiner la marque de bridge qu'elle avait tenue la veille et ne répondit pas.

— Je demandais seulement, reprit Lady Angkatell, s'il y avait encore des policiers dans la maison.

— Je ne crois pas, dit Henrietta. En ce moment, ils doivent être tous au commissariat, en train de transcrire en langue policière les déclarations que nous leur avons faites.

— Vous cherchez quelque chose, Henrietta?

— Non, rien!

Debout près de la cheminée, Henrietta ajouta :

— Je serais curieuse de savoir ce que Veronica Cray fait à l'heure qu'il est.

Lady Angkatell s'alarma.

— Vous ne pensez pas qu'elle pourrait revenir ce soir? Elle doit être au courant.

— Ça me fait penser qu'il faut que je téléphone aux Carey! s'écria Lady Angkatell. Nous ne pouvons pas les recevoir à déjeuner demain comme si rien ne s'était passé!

Elle sortit de la pièce, bientôt imitée par David, qui, excédé, s'était dit que la bibliothèque lui serait un excellent refuge, ce qui l'avait amené à découvrir qu'il avait quelque chose à chercher dans l'*Encyclopœdia Britannica*. Henrietta ouvrit la porte-fenêtre et passa dans le jardin. Edward, après avoir un peu hésité, alla la rejoindre.

— Il fait moins doux qu'hier soir! dit-elle.

— Oui, répondit-il. Il fait même frisquet!

Elle regardait la maison, les yeux levés vers les fenêtres du premier étage. Au bout d'un instant, elle se tourna vers les bois. Il se demandait à quoi elle pouvait songer.

— Rentrons! fit-il. Vous allez prendre froid!

Elle secoua la tête.

— Non. Je vais marcher jusqu'à la piscine.

— Alors, je vous accompagne!

— Non, Edward!... Je veux être seule avec mon mort.

La voix était brève et coupante.

— Henrietta! s'écria-t-il. Je ne vous ai rien dit, mais vous savez combien... combien j'ai de peine!

— Vous?... De la peine parce que John Christow est mort?

Le ton restait encore un peu cassant.

— Oui, Henrietta, j'ai beaucoup de peine pour vous. Ce choc...

— Je suis solide, Edward! Les chocs, je peux les supporter. C'est de vous qu'il s'agit! J'imagine que, lorsque vous l'avez vu mourant, vous avez dû être content. Vous n'aimiez pas John Christow!

Il protesta.

— Nous avions, lui et moi, peu de points communs.

— Comme vous avez l'art d'envelopper les choses! Il y avait pourtant quelque chose de commun entre vous. Vous m'aimiez tous les deux. Ce n'est pas

118

vrai?... Seulement, ça ne vous rapprochait pas! Au contraire...

La lune sortait d'un nuage. Elle éclaira le visage d'Henrietta, un visage qu'il découvrit avec une sorte de stupeur. Henrietta, pour lui, était toujours restée l'Henrietta qu'il avait connue à Ainswick, une jeune fille gaie, rieuse et avide de vivre. La femme qu'il avait devant lui lui apparaissait comme une étrangère qui le dévisageait d'un regard froid et hostile.

— Ma chère Henrietta, reprit-il, je vous supplie de croire que c'est très sincèrement que je compatis à votre chagrin.

— Est-ce du chagrin?

Il eut l'impression que ce n'était pas à lui, mais à elle-même, qu'elle posait la question. A voix basse, elle continua :

— Tout cela a été si brusque, si rapide!... On est là, bien vivant, et puis, une minute plus tard, on est mort! C'est fini!... Il n'y a plus rien. C'est le vide, le néant!... Et, nous, nous sommes là à manger des crèmes au caramel et à dire que nous sommes vivants... Et John, John qui était plus vivant qu'aucun d'entre nous, John est mort!... Ce mot, je ne cesse de me le répéter! Mort... Mort... Mort... A la fin, c'est comme s'il ne signifiait plus rien, comme s'il n'était qu'un pauvre petit mot vide de sens! Mort... Mort... Mort... C'est comme un tam-tam lugubre qui battrait au loin dans la jungle... Mort... Mort... Mort...

— Henrietta, je vous en supplie, arrêtez!... Pour l'amour de Dieu, arrêtez!

Elle le regarda, surprise.

— Ça vous étonne, ce que je vous dis? Qu'est-ce que vous supposiez donc? Que j'allais rester là, à pleurer gentiment dans un beau petit mouchoir, pendant que vous m'auriez tenu la main? Qu'après avoir eu beaucoup de chagrin, je commencerais à devenir « raisonnable » et que vous pourriez me dire très gentiment des paroles de réconfort? Voyez-vous,

Edward, vous êtes très, très gentil, mais vous ne vous rendez pas bien compte!

Il ouvrit la bouche pour protester, mais s'en tint à l'intention. Elle poursuivit :

— Est-ce que vous vous imaginez ce qu'a été cette soirée pour moi? John est mort, mais tout le monde s'en moque bien, à l'exception de Gerda et moi! Vous, vous êtes content! David trouve cette histoire agaçante, Midge pleurniche et Lucy savoure avec discrétion la joie de vivre un fait divers des *News of the world*. Vous ne vous rendez pas compte que tout ça a pour moi des allures de cauchemar?

Edward ne répondit pas.

— Ce soir, reprit-elle, rien ne paraît réel. Non, personne n'existe! Personne, sauf John!

Il dit d'une voix tranquille :

— Très bien!... Je n'existe pas.

— Pardon, Edward! Je ne peux pas m'empêcher de trouver odieux et injuste que John, qui était si plein de vie, soit mort!

— Alors que moi, qui suis à moitié mort, je suis vivant?

— Ce n'est pas cela que je voulais dire, Edward!

— Non, mais vous l'avez pensé, Henrietta!... Et peut-être avez-vous raison!

Cependant, revenant à la question qu'elle se posait un instant plus tôt, elle dit :

— Mais je n'ai pas de chagrin! Peut-être suis-je incapable d'avoir du chagrin, peut-être n'en aurai-je jamais!... Et j'aurais tant voulu en avoir pour John!

Edward écoutait sans comprendre. Sa surprise s'accrut encore quand, d'une voix très calme, elle ajouta :

— Maintenant, il faut que j'aille à la piscine!

Il la regarda s'éloigner vers les arbres, puis regagna le salon.

Midge leva les yeux vers Edward quand il revint dans le salon. Il était très pâle, avec le regard lointain. D'un pas d'automate, il alla s'asseoir dans un fauteuil, puis, parce qu'il sentait qu'il lui fallait dire quelque chose, il constata à haute voix qu'il ne faisait pas chaud.

Midge se leva.

— Vous avez froid, Edward?... Voulez-vous qu'on fasse une flambée?

— Hein?

Elle prit une boîte d'allumettes sur le manteau de la cheminée et s'agenouilla pour allumer le feu. Guettant Edward du coin de l'œil, elle s'interrogeait. Pourquoi avait-il l'air si absent, si étranger à ce qui se passait autour de lui? Qu'avait pu lui dire Henrietta? Tout haut, elle dit :

— Approchez votre fauteuil de la cheminée, Edward!

— Hein?

— Votre fauteuil... Près du feu...

Elle lui parlait très lentement et en articulant, comme pour un sourd. Et, soudain, si brusquement qu'elle en ressentit comme un petit coup au cœur, Edward, le véritable Edward, reparut. Il lui sourit.

— Il me semble que vous avez parlé, Midge, mais je n'ai pas entendu. Je pensais à autre chose...

— Je n'ai rien dit d'intéressant. Je vous conseillais de venir plus près du feu...

Les bûchettes craquaient, au-dessus des pommes de pin qui flambaient avec de hautes flammes claires.

— Beau feu! dit Edward, présentant ses paumes à la chaleur du foyer.

— A Ainswick, nous mettions toujours des pommes de pin dans le feu!

— Je continue. Il y en a toujours un plein panier au coin de la cheminée...

Midge, les yeux mi-clos, essayait de se représenter Edward à Ainswick. Elle le voyait, assis dans la bibliothèque, dans l'aile droite de la maison. Il y avait, devant une des fenêtres, un magnolia qui, dans l'après-midi, inondait la pièce d'une lumière vert et or. Par l'autre fenêtre, on apercevait la pelouse, avec, tout au fond, le grand hêtre.

Ainswick...

Il lui semblait respirer l'odeur suave du magnolia qui, à cette époque de l'année, devait encore porter ces belles fleurs blanches qui avaient l'air d'être en cire. Elle imaginait Edward, installé devant le feu, dans son grand fauteuil de cuir, un livre à la main. De temps en temps, interrompant sa lecture, il regardait les flammes danser dans l'âtre et songeait à Henrietta...

Midge se secoua et demanda :

— Où est passée Henrietta?

— Elle est allée à la piscine.

— Pourquoi?

L'étonnement de Midge surprit Edward.

— Ma petite Midge, répondit-il, je suppose que vous saviez... ou tout au moins, que vous aviez deviné... Elle était très liée avec Christow...

— Bien entendu! dit-elle. Ça, je le savais! Ce que je ne comprends pas, c'est pourquoi elle va se promener au clair de lune à l'endroit où il a été tué. Ça ne lui ressemble pas! Elle n'a pas le goût du mélodrame...

— Qu'en savez-vous, Midge? Les autres, on ne les connaît jamais!

Elle fronça le sourcil.

— Mais, enfin, Edward, vous et moi, il y a des années et des années que nous connaissons Henrietta!

— Elle a changé.

— Pas tellement! Je ne crois pas qu'on change.

— Henrietta a changé.

— Plus que nous?

— Mon Dieu, moi, je n'ai pas bougé, je ne le sais que trop! Quant à vous...

Il la regardait, agenouillée près du pare-feu. Il retrouvait ses grands yeux sombres, sa bouche ferme, son menton volontaire. Modifiant sa phrase, il dit :

— Quant à vous, ma chère Midge, j'aurais voulu vous voir plus souvent!

Elle lui sourit.

— Je sais!... Mais il est tellement difficile, à l'heure actuelle, de garder le contact!

Entendant du bruit dehors, il se leva.

— Je crois, déclara-t-il, que Lucy avait raison : la journée a été fatigante. Je vais monter me coucher. Bonsoir, Midge!

Il venait de sortir quand Henrietta entra dans la pièce. Midge se tourna vers elle.

— Qu'est-ce que vous avez fait à Edward?

— A Edward?

Henrietta était comme absente et sa voix semblait venir de très loin.

— Oui, reprit Midge, à Edward. Quand il est revenu, il était tout drôle... Il avait l'air d'être ailleurs...

— Si Edward vous intéresse tant, Midge, pourquoi n'agissez-vous pas en conséquence?

— Que voulez-vous dire? Qu'est-ce que vous voulez que je fasse?

— Est-ce que je sais?... Montez sur une chaise et mettez-vous à crier! Faites n'importe quoi pour attirer l'attention sur vous! Un homme comme Edward, c'est le seul moyen de l'intéresser! Vous l'ignoriez?

— Vous savez bien, Henrietta, qu'Edward ne s'intéressera jamais qu'à vous!

— Ça prouve qu'il n'est pas très intelligent!

Midge avait blêmi.

— Je vous ai fait de la peine! reprit Henrietta. Ne m'en veuillez pas! Ce soir, Edward, je le hais!

— Vous le haïssez?... Ce n'est pas possible!

— Oh! mais si!... Vous ne pouvez pas savoir...

— Pas savoir quoi?

— Il me rappelle, dit lentement Henrietta, des choses que je voudrais oublier.

— Quelles choses?

— Ainswick, par exemple!

— Ainswick?... Vous voudriez oublier Ainswick? Midge n'en pouvait croire ses oreilles.

— Oui! déclara Henrietta avec force. A Ainswick, j'étais heureuse et je ne veux pas, ce soir, me souvenir que j'ai pu être heureuse! Comprenez-vous? Je ne veux pas me souvenir qu'il fut un temps où j'ignorais ce qu'il se passerait plus tard, où j'étais confiante, joyeuse, persuadée que la vie me réservait toutes sortes de belles choses! Il y a des sages : ce sont ceux qui n'espèrent jamais être heureux. Moi, j'ai espéré!

Brusquement, elle ajouta :

— Je ne retournerai jamais à Ainswick.

— Qui sait?... dit Midge.

CHAPITRE XIV

Le lundi matin, Midge s'éveilla en sursaut. Elle jeta un coup d'œil vers la porte, s'attendant presque à voir entrer Lady Angkatell. Elle était encore à demi endormie.

Qu'était-ce donc qu'elle lui avait dit, l'autre matin, Lucy?... Ah oui! Qu'elle s'attendait à un week-end difficile. Elle ne s'était pas trompée. Il était arrivé quelque chose, que Midge ne se rappelait plus très bien, mais qui était très désagréable et dont elle ne voulait pas se souvenir. Quelque chose qui l'avait effrayée et qui concernait Edward...

La mémoire lui revint d'un seul coup. Avec un petit mot terrible : un meurtre!

« Mais non, se dit Midge, j'ai rêvé! J'ai vu John Christow assassiné, gisant au bord de la piscine, dans une tache de sang... Comme sur la jaquette d'un roman policier. Un cauchemar fantastique. Ces choses-là n'arrivent pas. Pas plus ici qu'elles ne pourraient arriver à Ainswick! »

Et puis, elle s'avisa qu'il ne s'agissait pas d'un rêve, mais d'un événement bien réel, d'un fait divers comme on en lisait dans les *News of the world* et auquel elle se trouvait mêlée, comme Edward, Lucy, Henry et Henrietta. Ce qui était, d'ailleurs, parfaitement injuste, car, si Gerda avait tué son mari, aucun d'eux n'y était pour rien!

Mais l'avait-elle tué? Comment imaginer un crime commis par la pauvre Gerda, si calme, si sotte et si inoffensive? Gerda était incapable de tuer personne!

Midge se sentit mal à l'aise. Non, il ne fallait pas raisonner comme ça. Car, si on la mettait hors de cause, qui aurait pu tuer John? N'était-elle pas debout à côté du cadavre, avec à la main le revolver qu'elle avait pris dans le cabinet de Sir Henry? Evidemment, elle prétendait avoir trouvé l'arme auprès du corps et l'avoir ramassée. Mais que pouvait-elle dire d'autre? Il fallait bien qu'elle dît quelque chose!

Henrietta la défendait, assurant que Gerda ne disait que la vérité. Elle ne voulait pas voir que l'hypothèse de sa culpabilité était la seule possible. Au surplus, Henrietta hier soir était assez bizarre. Sans doute parce que la mort de John lui avait donné un coup. Pauvre Henrietta! Elle l'aimait tant.

Mais avec le temps, elle se consolerait. Tout s'oublie. Elle épouserait Edward et irait vivre à Ainswick. Edward, qui l'adorait depuis toujours, serait heureux. La forte personnalité de John l'écrasait. John disparu...

En descendant pour le petit déjeuner, Midge fut

frappée du changement qui s'était déjà opéré chez Edward. Il semblait plus sûr de lui, délivré de ses hésitations et de ses scrupules ordinaires. Il s'entretenait avec un David aussi taciturne et peu loquace qu'à l'habitude.

— Vous devriez venir plus souvent à Ainswick, David! J'aimerais que là-bas vous vous sentiez chez vous...

David reprit de la confiture et déclara avec assurance que ces immenses domaines étaient ridicules.

— On devrait les morceler! ajouta-t-il.

Edward sourit.

— J'espère, répondit-il, que cela ne se produira pas de mon vivant. Mes fermiers sont très contents de leur sort.

— Ils ont tort! Personne n'a lieu d'être content de son sort!

Lady Angkatell était debout auprès du buffet.

— Si les singes avaient été satisfaits d'avoir une queue! dit-elle. C'est le premier vers d'un poème que j'ai appris quand j'étais toute petite, mais j'ai malheureusement oublié la suite. Il faudra, David, que nous ayons une longue conversation et que vous me mettiez au courant des idées à la mode. Si je comprends bien, il faut haïr tout le monde, mais en même temps, assurer à tout le monde des soins médicaux gratuits et des études supérieures. Il est certain qu'il y a quelque chose qui ne va pas, quand on songe à tous ces pauvres gosses qu'on enferme dans les écoles des journées entières et à qui on administre de force, que ça leur fasse plaisir ou non, une huile de foie de morue qui est bien la plus vilaine chose que je sache au monde!

Midge observa, à part elle, que Lucy était redevenue elle-même. Comme Gudgeon, dont le pas avait repris sa longueur normale. La vie continuait...

Sir Henry, qui avait couché à son club et s'était mis en route de bon matin, pénétra dans la salle à manger.

— Tout s'est fort bien passé, annonça-t-il, sur une question de sa femme. La secrétaire était là. C'est une fille qui m'a paru connaître son affaire. Elle s'est occupée de tout. Gerda a une sœur, à ce qu'il me semble. On lui a télégraphié.

— Je savais qu'il y en aurait une! s'exclama Lady Angkatell. Elle habite Tunbridge Wells?

— Non, Bexhill, je crois! répondit Sir Henry, un peu surpris.

— Bexhill? C'est vraisemblable...

Gudgeon vint informer Sir Henry que l'inspecteur Grange avait téléphoné pour lui faire savoir que l'enquête aurait lieu le mercredi, à onze heures.

— Midge, dit Lady Angkatell, vous devriez prévenir votre magasin par téléphone!

Lentement, la jeune fille quitta la pièce pour aller à l'appareil. Sa vie, jusqu'alors, avait été si calme, si banale, qu'il lui semblait que les mots allaient lui manquer pour expliquer à la directrice de sa maison qu'elle devait prolonger les vacances de quatre jours qui lui avaient été accordées, et cela parce qu'elle se trouvait mêlée à une affaire d'assassinat. Ça n'avait pas l'air croyable! Et ce ne serait certainement pas accepté sans difficulté par Mrs. Alfrège, qui n'était pas une personne commode.

Midge empoigna résolument le récepteur. La communication fut ce qu'elle escomptait. Chargée de colère, la voix acide de l'aigre petite Juive courait sur le fil.

— Qu'est-ce que vous me racontez là, Miss Hardcastle?... Une mort? Des obsèques?... Est-ce que vous savez que je manque de personnel?... Est-ce que vous vous figurez que je coupe dans vos histoires?... La vérité, c'est que vous ne vous ennuyez pas!...

Midge donna des détails.

— La police? reprit la voix de Mrs. Alfrège dans un cri. Vous avez bien dit la police? Vous avez affaire à la police?

Midge entra dans des explications. Edward ouvrit

la porte et, apercevant la jeune fille au téléphone, voulut se retirer. S'interrompant un instant en couvrant de sa main le récepteur, elle le pria d'entrer et, réconfortée par sa présence, retourna à sa communication.

— Mais, madame, je n'y suis pour rien et ce n'est vraiment pas ma faute si...

La voix criarde bientôt lui coupa la parole.

— Mais qu'est-ce que c'est ces amis chez qui vous êtes? Quelle sorte de gens fréquentez-vous pour qu'on vienne se faire assassiner chez eux? J'ai bien envie de vous dire de ne pas revenir du tout! Ma maison a une réputation!

Midge répondit du mieux qu'elle put. Quelques instants plus tard, elle posait l'appareil avec un soupir de soulagement. Elle était épuisée.

— C'est la maison où je travaille, expliqua-t-elle. Il fallait bien que je lui fisse savoir que je ne pourrai rentrer que jeudi, à cause de l'enquête.

— J'espère, répondit Edward, que vos patrons ne vous ont pas fait de difficultés? A quoi ressemble-t-elle, cette maison? Je veux croire que votre directrice est de ces gens pour qui l'on a plaisir à travailler...

Midge eut un petit sourire.

— Ce n'est pas tout à fait ça, malheureusement! C'est une Juive de Whitechapel, avec des cheveux teints et une voix de crécelle!

Edward paraissait consterné.

— Mais, ma chère Midge, vous ne pouvez pas rester là! S'il faut absolument que vous fassiez quelque chose, il vous faut trouver un emploi chez des gens sympathiques, avec qui la vie est possible!

Midge le considéra un instant sans répondre. Comment pouvait-elle expliquer la situation à Edward? Que savait-il des gens forcés de gagner leur vie?

Une certaine amertume montait en elle. Entre elle et les autres, Lucy, Henry, Edward et même Henrietta, il y avait un fossé infranchissable, celui qui sépare les gens qui travaillent de ceux qui ne font rien. Ils ne soupçonnaient ni la difficulté de trouver un emploi, ni celle de le conserver.

Bien sûr, on pouvait soutenir qu'elle n'avait pas vraiment besoin de gagner sa vie. Lucy et Henry l'auraient volontiers accueillie chez eux. Ils n'auraient pas mieux demandé, comme Edward d'ailleurs, que de lui servir une rente qui lui eût permis de vivre. Seulement, elle ne voulait pas leur devoir une existence facile. De temps à autre, elle passait avec joie quelques jours dans la luxueuse résidence des Angkatell, mais elle tenait trop vivement à son indépendance pour accepter plus. Pour les mêmes raisons, elle ne voulait pas emprunter d'argent pour monter une affaire à son compte.

Elle avait trouvé à s'employer chez Mrs. Alfrège, pour quatre livres par semaines, parce que sa patronne s'imaginait que Midge attirerait chez elle la clientèle élégante de ses relations. L'astucieuse Juive avait été déçue, Midge ayant toujours déconseillé à ses amies de commander leurs robes chez elle.

Midge, d'ailleurs, ne se faisait aucune illusion sur le travail. Elle détestait le magasin, elle détestait Mrs. Alfrège, elle détestait les clientes exigeantes et impolies auxquelles il lui était impossible de répondre comme elles le méritaient. Mais elle tenait à son emploi, car, faute de titres suffisants, il lui eût sans doute été très malaisé de s'en procurer un autre.

Il était vraiment stupide et irritant qu'Edward s'imaginât qu'elle avait le choix! Avait-il donc le droit de vivre dans un univers si différent du monde réel? C'était un Angkatell comme les autres! Alors qu'elle n'était, elle, qu'une moitié d'Angkatell. Quelquefois même, comme ce matin, elle ne se sentait pas du tout une Angkatell. Elle était la fille de son père, uniquement.

Elle pensa à lui, comme toujours, avec amour et respect. Elle voyait un homme à cheveux gris, dans la force de l'âge, au visage fatigué, un homme qui avait lutté pendant des années pour maintenir une petite entreprise familiale qu'il savait condamnée à péricliter, en dépit de tous ses efforts. Non point parce qu'il était incapable de la diriger, mais parce qu'on n'arrête pas le progrès.

Midge n'avait que treize ans à la mort de sa mère et il lui semblait parfois qu'elle savait d'elle très peu de choses. Elle la revoyait charmante, gaie, très brillante. Une Angkatell. Avait-elle regretté son mariage, ce mariage qui l'avait enlevée au clan? Midge n'en avait aucune idée. Veuf, son père avait vieilli et continué sa lutte inutile. Il était mort subitement, alors que Midge entrait dans sa dix-huitième année.

Depuis, elle avait fréquemment séjourné chez les Angkatell, elle avait accepté des cadeaux des Angkatell, elle avait passé de bons moments avec les Angkatell, mais toujours, elle s'était refusée à ne dépendre que de leur bon vouloir. Elle les aimait, mais il était des minutes, comme celle-ci, où elle se sentait terriblement différente d'eux.

Edward, à qui peu de choses échappaient, dit gentiment :

— Je vous ai fait de la peine, Midge! Pourquoi?

L'arrivée de Lady Angkatell épargna à la jeune fille le souci de répondre. Lucy était seule, mais au beau milieu d'une conversation :

— Vous comprenez, dit-elle, il est difficile de savoir si elle préférera venir ici ou descendre au *Cerf-Blanc*!

Midge la considéra avec étonnement, puis tourna son regard vers Edward.

— Ce n'est pas la peine de consulter Edward, reprit Lucy. Il n'en sait rien! C'est à vous que je m'adresse. Midge! Vous avez tant de sens pratique...

— Mais, ma chère Lucy, de quoi s'agit-il?

Lady Angkatell parut très surprise de la question.

— Mais de l'*enquête*, ma chérie! Gerda est obligée de venir. Je voudrais savoir si elle descendra ici ou au *Cerf-Blanc*! Ici, elle retrouvera des souvenirs pénibles, j'en conviens, mais, à l'hôtel, il y aura des reporters et des tas de gens qui la regarderont en écarquillant les yeux. C'est mercredi, vous le savez? A onze heures. Ou onze heures et demie, je ne me rappelle plus!

Une petite flamme dans les prunelles, elle ajouta :

— Je n'ai jamais assisté à une enquête! Je pense que je m'habillerai en gris. Avec un chapeau, bien entendu, comme à l'église. Mais sans gants! D'ailleurs, à part mes gants de jardinage et toute une collection de gants de soirée qui datent du temps où Henry était gouverneur, je crois bien que je n'en ai plus. Je trouve les gants stupides. Ce n'est pas votre avis?

— Peut-être! répondit Edward en souriant. Ils sont pourtant utiles quand on ne veut pas laisser d'empreintes digitales!

Lady Angkatell avait décroché le récepteur téléphonique.

— Pourquoi diable ai-je cet instrument en main? demanda-t-elle.

— Vous vouliez peut-être appeler quelqu'un?

— Je ne crois pas.

Le récepteur remis en place, elle reprit :

— Vous savez, Edward, qu'il ne faut pas faire de peine à Midge? Les morts brutales l'impressionnent beaucoup...

— Ma chère Lucy, s'écria Edward, ce n'était pas de ça que nous parlions! Je disais seulement que ce magasin où Midge travaille ne me plaît guère!

— Oui, déclara Midge d'un petit ton sec, Edward estime que je devrais trouver des patrons gentils qui sauraient m'apprécier!

— Ce cher Edward! dit Lady Angkatell avec conviction.

Elle sortit là-dessus.

— Je vous assure, Midge, reprit Edward que cette histoire me tracasse beaucoup. Je pense...

Elle ne le laissa pas continuer.

— Cette sale rosse me paie quatre livres par semaine et il n'y a pas autre chose à considérer!

Avant qu'Edward eût pu dire un mot, elle était dans le jardin. Sir Henry était assis sur le petit mur, à sa place favorite. Elle l'aperçut et changea de route pour monter vers le bois. Les Angkatell étaient des gens charmants, mais, ce matin, elle ne pouvait pas les voir.

David était assis sur le banc, en haut du sentier.

Midge prit place à côté de lui. C'était un Angkatell, lui aussi, mais il ressemblait si peu aux autres et il semblait tellement désireux de rester seul qu'elle éprouvait un malin plaisir à faire une exception en sa faveur.

David songeait qu'il était décidément bien difficile de trouver la solitude. Armées de chiffons et d'aspirateurs, les femmes de chambre l'avaient chassé de sa chambre à coucher. La bibliothèque n'était pas le sanctuaire inviolable qu'il avait espéré. Par deux fois, Lady Angkatell y avait fait irruption, et, par deux fois, il avait constaté qu'il était à peu près impossible de répondre de façon intelligente à ce qu'elle disait.

Il était venu sur ce banc pour réfléchir à la situation. Ce week-end, qu'il n'avait accepté qu'à regret, se prolongeait fâcheusement du fait des circonstances. Lesquelles étaient particulièrement désagréables. Ainsi qu'il avait été heureux de le faire savoir à Lady Angkatell, il n'avait jamais ouvert un numéro des *News of the world*. Mais maintenant, c'était au *Vallon* même qu'on fabriquait de la copie pour les *News of the world!*

Un meurtre! N'était-ce pas écœurant? Que penseraient ses amis? Quelle attitude devait-il prendre, lui, devant un assassinat? Devait-il avoir l'air excédé, dégoûté ou plutôt amusé?

Absorbé par ce délicat problème, il voyait sans joie s'asseoir à ses côtés cette petite fille désagréable et totalement dépourvue de valeur intellectuelle.

— Que pensez-vous de votre famille? demanda-t-elle sans préambule.

David haussa les épaules.

— Pense-t-on jamais quelque chose de sa famille? répondit-il.

— Pense-t-on jamais quelque chose de quoi que ce soit? répliqua-t-elle.

David ne doutait pas qu'elle eût raison, au moins en ce qui la concernait. Mais, gardant pour lui cette observation, il dit, presque aimablement :

— J'étais en train d'analyser mes réactions en présence d'un meurtre.

— Il faut reconnaître qu'il est assez curieux d'être mêlé à une affaire comme ça!

David soupira. Il avait choisi son attitude.

— C'est surtout fastidieux. On a l'impression de vivre dans la convention des romans policiers.

— Vous devez regretter d'être venu!

David poussa un nouveau soupir.

— Vous pouvez le dire! Alors que j'aurais pu rester à Londres avec un de mes amis. Un homme délicieux, qui dirige une librairie d'extrême gauche...

— On doit être mieux chez lui qu'ici. Pour l'heure, *Le Vallon* manque de confort...

— Est-ce qu'on se soucie du confort?

Le ton était celui d'un professeur réprimandant un élève.

— Il y a des moments, répliqua Midge, où il me semble que c'est ma seule préoccupation!

— C'est une attitude de bourgeois rassasié! déclara David avec autorité. Si vous apparteniez au monde des travailleurs...

Elle lui coupa la parole.

— Mais c'est justement parce que j'appartiens au monde des travailleurs que j'attache du prix au confort. Un lit bien doux, des oreillers moelleux, le thé qu'on vient discrètement, le matin, poser sur votre table de chevet, une jolie baignoire avec l'eau chaude, des fauteuils dans lesquels on enfonce...

133

David ne la laissa pas épuiser son catalogue.

— Les travailleurs, décida-t-il, ont droit à tout cela. Je ne ferai de réserves que pour ce thé matinal, qui me semble d'un sybaritisme inacceptable dans une société bien organisée.

— Dans ce cas, dit Midge, je ne peux pas être d'accord avec vous!

CHAPITRE XV

Hercule Poirot savourait la tasse de chocolat qu'il s'accordait régulièrement vers le milieu de la matinée quand le téléphone sonna. Il se leva et alla décrocher l'appareil.

— Allô?

— Monsieur Poirot?

— Lady Angkatell?

— Comme c'est gentil à vous d'avoir reconnu ma voix! Je vous dérange?

— Nullement! J'espère que les pénibles événements de la journée d'hier ne vous ont pas abattue?

— Non, pas le moins du monde!... Un peu déroutée, seulement! Je vous appelais pour vous demander s'il vous serait possible de venir me voir. Une corvée, je sais bien!... Mais j'aurais tant besoin de vous parler!

— Je suis à votre entière disposition, Lady Angkatell!

— Vous êtes trop gentil, monsieur Poirot!

— Du tout!... Quand pourriez-vous me recevoir?

— Mais, le plus tôt possible!... Tout de suite, si vous pouvez!

— Eh bien, j'arrive!... Je vais prendre par les bois!

— C'est cela!... C'est le chemin le plus court! Merci encore, monsieur Poirot, et à tout de suite!

Poirot s'accorda le temps de donner un coup de brosse à son veston et d'endosser un pardessus de demi-saison, puis il se mit en route. Il ne résista pas, en arrivant à la piscine, au désir de jeter un coup d'œil dans le pavillon. La cape de renard avait été enlevée, mais les six boîtes d'allumettes étaient toujours là.

« Bizarre! se dit Poirot. Le coin est humide en diable. Qu'on y laisse une boîte d'allumettes, soit! Mais six, non! »

Sur la peinture verte de la table de fer, quelqu'un avait crayonné un arbre de cauchemar. Le dessin chagrina Poirot, qui aimait l'ordre et la propreté. On ne gribouille pas sur les tables!...

Lady Angkatell, qui attendait Poirot devant la maison, le fit entrer dans le salon.

— Je vous ai appelé, monsieur Poirot, lui expliqua-t-elle, parce que la situation devient impossible. L'inspecteur est ici. Il est en train de « recueillir une déposition ». C'est, je crois, l'expression qu'il a employée. Et savez-vous qui il interroge? Gudgeon!... Notre vie dépend de Gudgeon!... Remarquez que j'ai beaucoup de sympathie pour lui et que je suis navrée de le voir questionné par la police... Même quand elle est représentée par l'inspecteur Grange, qui est très gentil et qui doit être un excellent père de famille. Il doit avoir plusieurs fils, avec lesquels, le soir, il joue au « Meccano », et une femme qui passe sa vie à manier le plumeau dans un appartement surmeublé...

Poirot écoutait, un peu surpris. Lancée dans sa reconstitution de la vie familiale de Grange, Lady Angkatell continuait :

— Il a la moustache tombante et ça ne m'étonne pas! Une maison trop bien tenue, c'est parfois aussi déprimant qu'un visage d'infirmière dans un hôpital de petite ville. Je dis « de petite ville », parce qu'à Londres les infirmières se mettent de la crème, de la poudre, du rouge et qu'elles ne sont pas comme ces pauvres filles de la campagne qui ne connaissent que l'eau et le savon!... Quoi qu'il en soit, monsieur Poirot, ainsi que je le disais tout à l'heure, il faut absolument, dès que nous en aurons fini avec cette histoire ridicule, que vous veniez faire à la maison un déjeuner convenable.

— Vous êtes trop aimable!

— Personnellement, notez bien, la police ne me gêne pas! Au contraire, son enquête m'intéresse et je ne demande qu'à l'aider, ainsi que j'ai pris soin de le déclarer à l'inspecteur, qui me fait l'effet d'être un peu perdu, mais d'avoir aussi beaucoup de méthode. On dirait que ce qui le préoccupe surtout, c'est la question du mobile. Je vous parlais d'infirmières. Je crois qu'à un certain moment John Christow a été très bien, très bien, avec une infirmière, une petite rousse avec un nez en trompette, pas vilaine du tout. Mais c'était il y a longtemps et je ne pense pas que ça retienne l'attention de la police. On n'imagine pas du tout ce sur quoi Gerda a dû passer! Elle fait confiance aux gens et croit tout ce qu'on lui raconte. J'estime, d'ailleurs, que, lorsqu'une femme n'est pas très intelligente, c'est ce qu'elle a de mieux à faire...

Brusquement, sans que rien l'eût laissé prévoir, Lady Angkatell ouvrit la porte du cabinet de travail. Sans s'en être rendu compte, Poirot, qu'elle avait poussé en avant par un habile mouvement tournant, se trouva dans la pièce. L'inspecteur et Gudgeon étaient assis, face à face, près du bureau. Dans un coin, un jeune secrétaire prenait des notes.

D'une voix claire, Lady Angkatell annonça à Grange qu'elle lui amenait Poirot. Après quoi, elle sortit, fermant la porte. Poirot se confondit en excuses.

— Je me retire. Jamais je ne me serais figuré que Lady Angkatell...

— Je m'en doute! dit Grange. Restez, monsieur Poirot, et asseyez-vous! J'ai quelque chose à vous demander et nous en avons presque fini...

L'inspecteur avait l'air plus sombre encore que la veille. Poirot, obsédé par les propos que venait de lui tenir Lady Angkatell, songea que c'était peut-être parce que sa femme avait acheté quelque meuble nouveau qui réduisait encore la place disponible dans l'appartement encombré. Il s'avisa tout aussitôt que Lady Angkatell ne savait rien de Grange et que cette épouse férue d'astiquage et ces enfants passionnés de « Meccano » n'étaient que de simples créations de l'esprit, des personnages imaginaires dont la brave dame parlait avec tant de conviction qu'elle vous persuadait presque de leur réalité.

Grange avait repris l'audition de Gudgeon...

— C'est là tout ce dont vous pouvez vous souvenir?

— Oui, monsieur. Tout avait été comme tous les jours et la soirée n'avait été marquée par aucun incident.

— Il y avait, dans le petit pavillon près de la piscine, une cape de fourrure. Savez-vous à qui elle appartenait?

— Si c'est à une cape de renard argenté que vous faites allusion, monsieur, je l'ai remarquée hier quand je suis allé au pavillon pour enlever les verres. Mais elle n'appartient pas à quelqu'un de la maison.

— A qui est-elle, alors?

— Elle pourrait être à Miss Cray, monsieur... Miss Veronica Cray, la vedette de cinéma... Elle en portait une comme ça.

— Quand?

— Lorsqu'elle est venue ici, avant-hier soir.

— Vous ne l'avez pas nommée parmi les invités.

— Elle n'était pas invitée, monsieur. Miss Cray habite une villa voisine. Se trouvant à court d'allumettes, elle est venue en chercher ici après le dîner.

— N'en aurait-elle pas emporté six boîtes? demanda Poirot.

Gudgeon se tourna vers le détective.

— C'est exact, monsieur. Madame, après s'être informée de nos réserves, avait insisté pour qu'elle en acceptât six boîtes.

— Qu'elle a laissées au pavillon! ajouta Poirot.

— Oui, monsieur. Je m'en suis aperçu hier matin.

Grange rendit la liberté à Gudgeon, qui se retira.

— J'ai demandé à un de mes collaborateurs, dit alors l'inspecteur, d'enquêter du côté de Harley Street, où je pense faire un tour moi-même dès aujourd'hui. Nous devons glaner par là des tuyaux intéressants. J'ai idée que la femme de ce Christow a dû fermer les yeux sur pas mal de choses. Ces médecins chic, et leurs jolies clientes... Suffit! J'ai cru comprendre, par ce que m'a dit Lady Angkatell, qu'il aurait eu quelques ennuis avec une infirmière. C'est à voir. Bien qu'elle soit restée dans le vague...

— Oui, fit Poirot. Elle ne pouvait sans doute pas faire autrement...

La suggestion lui paraissait fort adroite de la part de Lady Angkatell. Parler des amours de John Christow avec une petite infirmière et des « occasions » qui s'offrent au médecin dans l'exercice de sa profession, c'était laisser entendre que Gerda avait bien des raisons de développer une jalousie qui, finalement, devait la pousser au crime, c'était surtout attirer l'attention des enquêteurs sur Harley Street et, par là même, la détourner du *Vallon*, du geste d'Henrietta enlevant le revolver des mains de Gerda et aussi de ce nom d'Henrietta que John Christow avait prononcé en mourant.

Rouvrant les yeux, qu'il avait fermés à demi durant qu'il songeait, Hercule Poirot, cédant à un invincible mouvement de curiosité, demanda :

— Vos enfants ont-ils un « Meccano »?

— Hein?

Arraché à ses réflexions, l'inspecteur ne cachait pas sa surprise.

— Pourquoi diable me demandez-vous ça?... En fait, ils sont encore un peu jeunes, mais je pense en offrir un à Teddy pour Noël. Pourquoi m'avez-vous posé la question?

Poirot eut un geste d'ignorance.

Ce qui rendait Lady Angkatell dangereuse, songeait-il, c'était que ces choses qu'elle imaginait au caprice de sa fantaisie devaient souvent se trouver vérifiées par les faits. Elle partait d'un mot lancé au hasard — mais était-ce bien au hasard? — et, là-dessus, brossait un tableau. De ce tableau, si une moitié était exacte, ne risquait-on pas, malgré soi, de croire à l'exactitude de l'autre moitié?

— Il y a, monsieur Poirot, reprit Grange, un point qui m'intrigue. Cette Miss Cray, l'actrice, vient traîner jusqu'ici pour emprunter des allumettes. Elle fait pour ça près d'un kilomètre. Si elle avait besoin d'allumettes, pourquoi n'est-elle pas allée vous les demander à vous, qui habitez à deux pas de chez elle?

Poirot haussa les épaules.

— Peut-être avait-elle ses raisons! répondit-il. Le snobisme explique bien des choses. Ma villa est minuscule, on ne me voit ici qu'en fin de semaine, alors que Sir Henry et Lady Angkatell sont des personnages d'importance, qui vivent ici, qui sont, comme on dit, « du pays ». Cette Miss Veronica Cray avait peut-être envie de faire leur connaissance... et le moyen en valait un autre!

L'inspecteur se leva.

— C'est très possible, dit-il, et je ne posais la question que parce qu'il ne faut rien négliger. Je reste d'ailleurs convaincu que ça va aller vite maintenant. Sir Henry a reconnu l'arme comme appartenant à ses collections. Ils avaient tiré avec ce revolver dans l'après-midi. Mrs. Christow n'a eu qu'à aller le prendre là où elle avait vu Sir Henry le ranger. Tout ça est très simple...

— Oui, murmura Poirot. Tout ça paraît très simple.

C'était bien ainsi, songeait-il, qu'une femme telle que Gerda Christow devait commettre un crime. Sans ruses, sans complications. Comme une malheureuse créature qui aime et souffre parce qu'elle aime...

Seulement, pouvait-on admettre qu'elle n'eût pas cherché, si peu que ce fût, à éviter d'être découverte ou qu'elle avait agi dans un de ces moments de total aveuglement où la raison vous abandonne?

Hercule Poirot revoyait le visage hébété de Gerda quand il l'avait aperçue pour la première fois et les questions qu'il se posait restaient sans réponse.

Il ne savait pas.

Mais il avait le sentiment qu'il aurait dû savoir... et qu'il saurait.

CHAPITRE XVI

Gerda Christow retira la robe de deuil qu'elle venait d'essayer et la laissa tomber sur un fauteuil.

— Je ne sais pas! dit-elle d'une voix lasse. Je ne sais plus. Tout cela a si peu d'importance!

Elsie Patterson hocha la tête pour marquer sa compréhension. Douce, mais ferme, elle savait exactement comme il fallait se comporter avec les personnes frappées dans leurs affections et, en ce moment, assise dans la chambre à coucher de sa sœur, elle justifiait la réputation qu'elle avait dans la famille d'être « admirable dans les circonstances pénibles ». Gerda, pour l'instant, l'agaçait un peu mais elle la plaignait...

— Je crois, déclara-t-elle, que je choisirais ce marocain noir à douze guinées...

Il fallait toujours prendre les décisions de Gerda à sa place.

Gerda ne bougeait pas.

— John, murmura-t-elle d'un ton mal assuré, n'aimait pas les vêtements de deuil. Il me l'a dit souvent.

Une idée absurde lui traversa l'esprit. « Si seulement il était là pour me donner un conseil! »... Hélas! jamais plus elle ne le reverrait vivant, jamais plus!

Elsie Patterson répliqua :

— Il faut que tu sois en noir à l'enquête. Les gens ne comprendraient pas que tu sois en bleu...

Gerda, pensant à l'épreuve qui l'attendait, ferma les yeux.

— Je sais, poursuivit sa sœur, ce sont des heures terribles à vivre! Mais, tout de suite après, tu viendras avec nous et tu verras comme nous aurons soin de toi!

Gerda, l'œil vague, semblait de plus en plus désemparée.

— Mais, sans John, qu'est-ce que je vais devenir?

La question ne prenait pas Elsie au dépourvu. Sa réponse était prête.

— Tu as des enfants. Tu dois vivre pour eux!

Les petits! On leur avait dit que leur père s'était tué par accident, en maniant un revolver. Zena, en larmes, s'était jetée sur son lit. Terry, très pâle, n'avait pas pleuré. Beryl Collier, après avoir fait la leçon aux domestiques, avait escamoté les journaux du matin. Mais, un peu plus tard, Terence était venu trouver sa mère dans la demi-obscurité du salon aux volets clos.

— Maman, avait-il demandé, comment papa est-il mort?

— Je te l'ai dit, mon chéri. Un accident...

Il l'avait interrompue.

— Pourquoi dis-tu ça, puisque ce n'est pas vrai? Papa a été tué. Assassiné. C'est dans le journal...

— Où as-tu trouvé un journal? Miss Collier...

— C'est justement parce qu'elle avait caché les journaux que j'ai pensé qu'il y avait dedans quelque chose qu'on ne voulait pas nous montrer. Alors, je suis sorti et j'en ai acheté un...

Inutile d'essayer de mentir à Terence. Esprit curieux, scientifique et froid, il exigeait toujours la vérité. Insistant, il avait repris :

— Pourquoi l'a-t-on tué, maman?

Elle s'était effondrée.

— Ne me demande pas ça!... Je ne veux pas parler de ça!... C'est trop horrible!

— Mais, l'assassin, la police le trouvera! Elle ne peut pas ne pas le trouver! C'est indispensable.

L'enfant parlait d'une petite voix posée, sans émotion apparente. Bientôt, échappant à la tante Elsie et à ses soins empressés, il était sorti de la pièce. Il se tenait très droit. Serrant les dents, les joues blanches jusqu'à en paraître vertes, il n'avait pas envie de pleurer. Mais il lui semblait qu'il était seul au monde. Cette impression-là, elle n'était pas nouvelle pour lui. Il l'avait eue souvent. Seulement, pour la première fois, elle avait de l'importance...

Demain mardi, avec Nicholson cadet, il devait faire de la nitroglycérine. Ce jour, il l'avait attendu avec impatience. Maintenant, il lui était bien égal de fabriquer de la nitroglycérine ou de n'en pas fabriquer. Les expériences scientifiques, il en avait presque honte, avaient cessé de l'intéresser. Il ne voulait plus qu'une chose : rencontrer quelqu'un qui, à ses questions, répondrait de façon intelligente et sensée. Son papa avait été assassiné...

Et il découvrait en son cœur des sentiments de colère qu'il ne connaissait pas.

Dans le cabinet de consultation, l'inspecteur Grange affrontait le regard froid et plutôt hostile de Beryl Collier.

— Elle est bien laide! songeait-il. Entre elle et son patron, il ne devait rien y avoir. Ce qui ne veut pas dire qu'elle n'était pas amoureuse de lui...

Un quart d'heure plus tard, sa conviction était faite qu'il n'en était rien. A toutes ses questions, Beryl avait répondu avec beaucoup de précision et sans aucune hésitation. Maintenant renseigné sur la clientèle du médecin, Grange orienta doucement la conversation sur la vie conjugale des Christow. Beryl lui déclara que les deux époux s'entendaient très bien.

— Naturellement, dit Grange avec bonne humeur, ils se disputaient de temps en temps, comme tous les gens mariés?

— Pas que je me souvienne! répondit Beryl. Mrs. Christow avait pour son mari une véritable dévotion. Elle était avec lui comme une esclave...

L'inspecteur remarqua dans le ton une nuance de mépris qui lui donna à penser que Miss Collier pourrait bien être une féministe. Tout haut, il reprit :

— Elle n'avait pas de volonté à elle?

— Non. Il n'y avait que celle du docteur Christow.

— Il était tyrannique?

Elle réfléchit quelques secondes avant de répondre.

— Je ne dirais pas ça. Seulement, il était très personnel et, pour lui, il était acquis une fois pour toutes que sa femme était toujours de son avis.

— Il n'avait pas de difficultés avec l'une ou l'autre de ses clientes? Les médecins ont quelquefois des ennuis de ce côté-là!

L'œil lourd de reproches, Beryl déclara que le

docteur Christow se comportait avec sa clientèle d'une façon irréprochable.

— Avait-il quelque liaison?... N'ayez pas peur, Miss Collier, de me le dire franchement! Vous ne trahissez pas votre patron. La question est pour nous d'une extrême importance.

— Je m'en rends très bien compte. A ma connaissance, c'est non!

Grange trouva la réponse un peu rapide. Miss Collier était très nette, mais elle semblait deviner plutôt que savoir. Sans attendre, il demanda :

— Savez-vous quelque chose de Miss Henrietta Savernake?

— C'est une très bonne amie de la famille.

— Mr. et Mrs. Christow ne se sont jamais disputés à son sujet?

— Certainement pas!

Le ton était catégorique. Un peu trop, peut-être... L'inspecteur passa à autre chose.

— Connaissez-vous Miss Veronica Cray?

— Veronica Cray?

La voix traduisait un étonnement sincère.

— Oui, reprit Grange. C'était bien une amie du docteur Christow?

— Je n'ai jamais entendu parler d'elle. Le nom, pourtant, ne m'est pas inconnu...

— C'est une actrice de cinéma.

— Bien sûr! C'est pour ça que son nom me disait quelque chose... Mais je ne savais même pas que le docteur la connaissait.

Elle était si affirmative que Grange jugea inutile d'insister. Il en vint à l'attitude de Christow dans la journée du samedi et, pour la première fois, sa question parut légèrement embarrasser Miss Collier.

— Ce jour-là, dit-elle d'une voix un peu hésitante, il n'était pas tout à fait comme à l'ordinaire.

— Qu'avait-il de changé?

— Il était distrait. Il a attendu très longtemps avant de recevoir son dernier malade, alors que

144

d'habitude, quand il devait quitter Londres, il était toujours très pressé d'en avoir fini avec la consultation. J'ai eu l'impression qu'il y avait quelque chose qui le préoccupait...

Beryl Collier, malheureusement, ne put donner la moindre indication sur ce qui pouvait tracasser son patron et Grange n'était qu'à demi satisfait du tour que prenait son enquête. Le mobile du crime n'apparaissait pas et il était pourtant indispensable de l'établir avant de remettre l'affaire entre les mains du ministère public. Que Gerda Christow eût tué son mari, au fond de lui-même Grange en était convaincu. Qu'elle l'eût abattu par jalousie, il le croyait, mais il était incapable de le prouver. Le sergent Coombes avait interrogé les domestiques et les déclarations de Miss Collier n'avaient fait que confirmer les leurs : Mrs. Christow aurait baisé la trace des pas de son époux...

Le téléphone ayant sonné, Miss Collier prit l'appareil pour le passer tout aussitôt à l'inspecteur. La communication était pour lui.

— Allô! Ici, Grange... Qu'est-ce que vous dites?

Son visage restait impassible, mais le ton était celui de la surprise la plus vive.

— Oui! reprit-il, durant que son correspondant continuait à parler. Oui, j'ai saisi... Vous en êtes bien sûr? Il n'y a pas de possibilité d'erreur?... Bon!... Oui, je vais revenir, j'en ai presque fini ici. Entendu!

Il remit le récepteur en place et, immobile, attendit quelques minutes avant de s'occuper de nouveau de Miss Collier, qui l'observait avec curiosité.

— J'imagine, Miss Collier, que vous n'avez aucune idée personnelle sur l'affaire?

— Aucune.

— Aucune idée sur l'assassin possible?

— Aucune.

La réponse, donnée d'un ton sec, ne découragea pas l'inspecteur, qui reprit :

— Vous savez que, lorsque le corps a été découvert, Mrs. Christow était debout à côté de lui, un revolver à la main...

A dessein, il laissait sa phrase inachevée. La réaction de Beryl fut immédiate. D'une voix calme, elle dit :

— Si vous vous figurez que c'est Mrs. Christow qui a tué son mari, vous vous trompez, j'en ai la certitude. Mrs. Christow n'est pas femme à commettre un acte de violence. Elle est très douce, très effacée, et le docteur faisait d'elle ce qu'il voulait. Elle ne voyait que par lui et, quelles que puissent être les apparences, il me paraît absolument ridicule de seulement imaginer un instant qu'elle puisse être coupable.

— Alors, qui serait l'assassin?

— Je n'en ai pas la moindre idée.

Comme l'inspecteur se levait, Beryl lui demanda s'il désirait toujours voir Mrs. Christow avant son départ. Il hésita :

— Euh... Non... Et puis, si! Ça vaudrait peut-être mieux!

Beryl ne reconnaissait pas l'homme qui, tout à l'heure, l'interrogeait. Depuis ce coup de téléphone, il était tout autre.

Gerda, très nerveuse et toujours très triste, arriva bientôt.

— Avez-vous découvert l'assassin? dit-elle d'une voix sourde et qui tremblait un peu.

— Non, Mrs. Christow, pas encore!

— Ce crime, inspecteur, je ne peux pas y croire!

— Il a pourtant eu lieu, madame!

Elle baissa la tête. Ses mains malaxaient son mouchoir, transformé en une petite boule humide.

— Mrs. Christow, reprit Grange, votre mari avait-il des ennemis?

— John?... Certainement pas! C'était un homme admirable et tout le monde l'aimait!

— Vous ne voyez personne qui aurait pu lui en vouloir... ou à vous?

— A moi?... Oh! non, inspecteur!

Elle était stupéfaite. Grange soupira et poursuivit :

— Savez-vous quelque chose de Veronica Cray?

— Veronica Cray? La femme qui est venue emprunter des allumettes?

— Oui. Vous la connaissiez?

Elle secoua la tête.

— Je ne l'avais jamais vue. John l'avait connue il y a des années. Du moins, c'est ce qu'elle disait...

— N'est-il pas possible qu'elle ait eu contre votre mari quelque grief dont vous pourriez ne rien savoir?

— Je ne crois pas, déclara-t-elle, pesant ses mots, que personne ait jamais pu avoir un grief quelconque contre John. Il ne pensait qu'aux autres. C'était le meilleur cœur de la terre et le plus noble.

Grange approuva du chef, remercia Mrs. Christow, lui rappela qu'elle devait, le mercredi, assister à l'enquête du coroner, dont il précisa qu'elle conclurait vraisemblablement à un ajournement à huitaine, et prit congé. Il se demandait si Gerda se doutait maintenant des soupçons qui pesaient sur elle.

Dans son taxi, il s'interrogea sur l'information qu'il avait reçue par téléphone. Où ce renseignement allait-il le mener? Il eût été bien incapable de le dire. A première vue, la chose était folle, invraisemblable, ridicule. Pourtant, elle devait avoir un sens. Lequel? C'était ce qui restait à trouver.

Pour le moment, elle prouvait seulement que l'affaire n'était pas aussi simple qu'il l'avait tout d'abord imaginé.

CHAPITRE XVII

Sir Henry tourna vers l'inspecteur Grange des yeux interrogateurs et dit :

— Je ne suis pas sûr de bien vous comprendre, inspecteur.

— C'est très simple, Sir Henry! répondit Grange. Je vous prie de bien vouloir vérifier votre collection d'armes à feu. Vous avez un catalogue, j'imagine?

— Bien sûr!... Mais j'ai déjà reconnu le revolver comme provenant de ma collection...

— Je sais, Sir Henry, mais il y a autre chose!

Grange hésitait à poursuivre. Il lui répugnait toujours de faire connaître les informations qu'il pouvait posséder. D'instinct, il avait tendance à les garder pour lui. Mais, la situation était un peu particulière. Sir Henry était un personnage d'importance et, s'il était hors de doute qu'il accéderait de toute façon à la requête qui lui était présentée, il apparaissait assez légitime qu'il tînt à en connaître la raison. Il fallait la lui donner.

— Sir Henry, reprit Grange, le revolver que vous avez identifié n'est pas celui avec lequel le meurtre a été commis.

Sir Henry leva des sourcils étonnés.

— Remarquable! dit-il.

Il s'en tint là, et Grange lui en sut gré. Le mot exprimait très exactement son propre sentiment. Cette histoire d'un second revolver était absolument remarquable et, pour le présent tout au moins, n'avait pas le sens commun.

— Avez-vous, demanda Sir Henry, quelque raison de penser que l'arme du crime provient de ma collection?

— Aucune, Sir Henry. Mais il est de mon devoir de m'en assurer qu'elle n'en provient pas.

— Je vous comprends très bien. Nous allons voir ça... Mais j'ai peur que la vérification n'exige un certain temps.

Sir Henry prit dans le tiroir de son bureau le petit calepin à couverture de cuir que Grange connaissait déjà et, s'approchant du gros secrétaire dans lequel il rangeait ses armes, commença à vérifier la présence de toutes celles dont il avait noté les caractéristiques et le numéro. Trente minutes passèrent. Grange venait de jeter un coup d'œil discret à la pendule quand une exclamation de surprise l'appela auprès de Sir Henry.

— Vous avez découvert quelque chose, Sir Henry?

— Il me manque un 38 Smith and Wesson. Il était dans un étui de cuir et je ne le retrouve pas.

Grange s'appliquait à ne rien laisser voir de son émotion.

— Ah! fit-il simplement. Et quand l'avez-vous vu à sa place pour la dernière fois, Sir Henry?

— C'est assez difficile à dire! répondit Sir Henry après un moment de réflexion. Je n'ai pas ouvert ce tiroir depuis une huitaine de jours. La dernière fois, ce revolver était là, j'en suis sûr. S'il avait manqué, je m'en serais aperçu. Mais je ne pourrais pas jurer l'avoir vu ce jour-là...

Grange fit de la tête un signe d'assentiment, puis, après avoir remercié Sir Henry, il sortit du cabinet de travail de l'air décidé d'un monsieur qui n'a pas de temps à perdre et qui sait ce qui lui reste à faire.

Sir Henry, peu après, se rendit au jardin où sa femme, armée d'un solide sécateur, faisait la toilette de quelques arbustes précieux.

— Qu'est-ce qu'il voulait, l'inspecteur? demanda-t-elle à son mari. J'espère qu'il ne vient pas encore ennuyer les domestiques! Vous comprenez, Henry, ils n'aiment pas ça! Ils ne voient pas les choses comme nous et cette affaire n'a pas pour eux le caractère d'une nouveauté plutôt amusante...

Sir Henry n'eut pas le temps d'exprimer sa surprise. Lady Angkatell poursuivait :

— Vous avez l'air fatigué, Henry. Vous vous faites trop de souci avec cette histoire!

— Mais Lucy, un meurtre est une chose sérieuse!

Tout en continuant à tailler ses arbustes, Lady Angkatell répliqua :

— C'est justement ce dont je ne suis pas sûre, Henry! Pourquoi tant se tracasser pour un meurtre? Nous devons tous mourir un jour. Que nous finissions emportés par le cancer ou la tuberculose, ou bien assassinés à coups de revolver ou à coups de couteau, au bout du compte, est-ce qu'on n'en est pas toujours au même point? On est mort, on ne se préoccupe plus de rien, on n'a plus de soucis. Les ennuis, c'est pour ceux qui restent, pour les parents qui se demandent s'ils porteront le deuil ou non et qui se disputent autour de l'héritage pour savoir à qui ira l'écritoire de la tante Selina!

Sir Henry se garda de discuter.

— Malheureusement, ma chère Lucy, dit-il, cette affaire risque de devenir bien plus ennuyeuse que nous ne pensions!

— Eh bien, nous en prendrons notre parti! déclara Lady Angkatell. Et, quand tout sera terminé, nous irons nous reposer quelque part. Ce n'est pas aux embêtements d'aujourd'hui qu'il faut songer, mais aux joies de demain et, de ce côté, je suis vraiment très satisfaite. Je me demande si c'est à Noël que nous devrions aller à Ainswick, ou s'il ne serait pas préférable d'attendre Pâques. Quel est votre avis?

— Nous avons bien le temps de tirer des plans pour Noël!

— Oui, mais j'aime bien voir les choses d'avance!... Pâques, je crois, serait très bien...

Souriant à son mari, Lady Angkatell ajouta :

— A ce moment-là, elle sera tout à fait remise!

Sir Henry semblait ne pas comprendre.

— Mais, demanda-t-il, de qui parlez-vous?

Le plus calmement du monde, elle répondit :

— D'Henrietta, bien entendu! Si le mariage a lieu en octobre de l'année prochaine, comme je le crois, nous pourrons très bien aller chez eux à Noël. J'ai pensé que...

— Je le regrette un peu, ma chère amie. Vous pensez beaucoup trop...

— Il s'agit de la grange. Elle ferait un atelier parfait pour Henrietta. Car il n'y a évidemment aucune raison pour qu'elle renonce à son art. Elle a du talent et Edward sera très fier d'elle. Je leur verrais deux garçons et une fille... ou peut-être deux garçons et deux filles. Ce serait très bien!

— Lucy! Lucy! Vous courez, vous courez...

Encore agrandis par la surprise, les beaux yeux de Lady Angkatell se tournèrent vers Sir Henry.

— Du tout, mon chéri, du tout! Edward n'épousera jamais une autre femme qu'Henrietta. Il est terriblement têtu. Mon père était comme ça. Quand il s'était mis une idée en tête, il n'en sortait plus. Henrietta, j'en suis convaincue, deviendra sa femme, maintenant que John Christow a disparu. Il est seulement dommage pour elle qu'elle l'ait rencontré!

— Pauvre type!

—. Pourquoi « pauvre type »? Parce qu'il est mort?... Mais il faut toujours en finir par là! Je ne plains jamais les gens qui meurent...

— Je croyais que vous aviez de l'affection pour Christow, Lucy?

— Je le trouvais agréable et il avait beaucoup de charme, mais je crois qu'il n'est personne à qui il convient d'attacher trop d'importance.

Sur quoi, avec un gentil sourire, Lady Angkatell se remit à ses travaux de jardinage.

CHAPITRE XVIII

Hercule Poirot, qui était à sa fenêtre, aperçut Henrietta Savernake qui semblait venir chez lui. Elle portait le vêtement de tweed vert qu'elle avait déjà le jour du crime et un épagneul la suivait. Le détective se précipita dehors pour accueillir la jeune femme.

— Pourrais-je visiter votre villa? demanda-t-elle avec un sourire aimable. J'adore entrer dans les maisons que je ne connais pas! Je suis sortie pour promener le chien...

Poirot avait déjà ouvert sa porte. Peu après, Henrietta pénétrait dans son studio, une pièce coquette où tout paraissait rangé avec le plus grand soin.

— Vous êtes installé de façon charmante! s'écriat-elle. Tout va par paire!... Mon atelier vous ferait horreur.

— Et pourquoi donc?

— Parce qu'il y a des taches de glaise dans tous les coins et que, s'il y a une chose ou deux que j'aime, vous en chercheriez vainement la réplique!

— Mais je comprends très bien ça! dit Poirot. Vous êtes une artiste...

— N'êtes-vous pas un artiste, vous aussi, monsieur Poirot?

Poirot inclina la tête sur le côté.

— C'est une question qu'on peut se poser, admit-il, mais à laquelle, moi, je répondrais non. J'ai connu des crimes qui étaient des œuvres d'art, en ce sens qu'ils supposaient une imagination créatrice. Mais, dans la recherche du criminel, il n'y a pas de création. La seule chose qu'il faut avoir pour réussir, c'est la passion de la vérité!

Pensive, Henrietta répéta :

— La passion de la vérité!

Presque aussitôt, elle ajoutait :

— Cela doit faire de vous un homme terriblement dangereux. Mais connaître la vérité vous suffit-il?

Poirot la dévisageait de ses petits yeux curieux.

— Que voulez-vous dire par là, Miss Savernake?

— Je comprends, expliqua-t-elle, que vous vouliez savoir. Mais, la vérité vous étant connue, éprouveriez-vous le besoin d'aller plus loin et d'agir?

Cette façon d'approcher le sujet intéressait Poirot.

— Autrement dit, reprit-il, sachant la vérité sur la mort du docteur Christow, me tiendrais-je pour satisfait et la garderais-je pour moi? Cette vérité, vous la connaissez, vous?

Elle haussa les épaules.

— La réponse à laquelle on songe tout de suite, c'est Gerda. Si odieux que ça puisse paraître, quand un monsieur est assassiné, c'est d'abord sa femme qu'on soupçonne!

— Vous n'êtes pas d'accord?

— Je me méfie des idées préconçues.

— Miss Savernake, reprit Poirot sans élever le ton, pourquoi êtes-vous ici?

— Je dois reconnaître, monsieur Poirot, répondit-elle, que je ne partage pas votre passion pour la vérité. La promenade du chien, c'est un prétexte. D'ailleurs, les Angkatell n'ont pas de chien, comme vous vous en êtes sans doute aperçu l'autre jour.

— Le fait ne m'avait pas échappé.

— Cet épagneul, je l'ai emprunté au jardinier. Vous le voyez, monsieur Poirot, je ne dis pas toujours la vérité...

Elle souriait d'un sourire dont Poirot se demanda pourquoi il le trouvait émouvant.

— C'est possible, dit-il d'un ton très calme, mais vous avez un grand fond d'honnêteté.

— Qu'est-ce qui vous fait dire ça?

Il y avait, dans l'étonnement de la jeune femme, un peu d'inquiétude.

— Je le dis, répondit-il, parce que je crois que c'est vrai.

— L'honnêteté, murmura-t-elle, comme se parlant à elle-même, sait-on seulement ce que c'est?

Un instant, elle resta immobile, les yeux fixés sur le tapis. Relevant la tête, elle demanda :

— Vous voulez vraiment que je vous dise pourquoi je suis venue?

— Ça vous paraît difficile à exprimer avec des mots?

— C'est bien mon avis!... L'enquête, monsieur Poirot, a lieu demain. Il faut que je prenne un parti, que je décide combien...

Laissant sa phrase en suspens, elle se leva pour aller à la cheminée. Il y avait sur le manteau un certain nombre d'objets, dont elle modifia l'arrangement avant de poser à côté d'eux un vase à fleurs émaillé qu'elle avait pris sur la table. Reculant de quelques pas pour juger de l'ensemble, elle dit :

— Comment trouvez-vous ça, monsieur Poirot?

— Ça ne me plaît pas du tout!

— Je m'en doutais!

Riant, elle remit tout en place et reprit :

— Quand on a quelque chose à dire, il faut le dire! Vous êtes, monsieur Poirot, de ces gens à qui l'on peut se confier. Alors, allons-y! Croyez-vous qu'il est indispensable que la police sache que j'étais la maîtresse de John Christow?

Il n'y avait, dans sa voix un peu sèche, aucune trace d'émotion, mais ses yeux évitaient ceux de Poirot. Elle regardait le mur qui se trouvait derrière lui.

— Je vois, dit-il d'un ton très tranquille. Vous vous aimiez?

— Si vous voulez!

Son regard ne la quittait plus.

— Ce n'est pas ce que vous avez dit! fit-il remarquer.

— Non.

— Pourquoi?

Elle eut un geste vague et vint s'asseoir à côté de lui, sur le canapé.

— Parce qu'il est préférable de présenter les choses aussi exactement que possible.

La personnalité d'Henrietta commençait à intéresser vivement le détective.

— Vous étiez la maîtresse du docteur Christow depuis combien de temps? demanda-t-il.

— Depuis six mois environ.

— La police, j'imagine, n'aura pas de difficulté à découvrir le fait?

— Je ne crois pas. Si elle cherche à se renseigner...

— Soyez sûre qu'elle n'y manquera pas!

— Je n'en doutais pas!

Souriant à Poirot, elle ajouta :

— Alors, monsieur Poirot, dans ce cas-là, que fait-on? Va-t-on trouver l'inspecteur Grange pour lui dire... Au fait, que dire à un homme qui a une moustache comme la sienne, une véritable moustache de père de famille?

Poirot promena deux doigts soignés sur sa propre moustache, dont il était très fier.

— Alors que la mienne, si je comprends bien...

— Votre moustache, monsieur Poirot, est une œuvre d'art qui porte sa fin en soi. Elle ne fait songer à rien, sinon à elle-même. Je croirais volontiers qu'elle est unique au monde.

— Elle l'est.

— Et c'est sans doute pourquoi je vous parle comme je le fais. Etant admis que la police doit savoir la vérité sur mes relations avec John, sera-t-il indispensable que cette vérité soit rendue publique?

— Cela dépend! dit Poirot. Si la police pense que

la chose est sans rapport avec le crime, elle se montrera très discrète. Cela vous ennuierait beaucoup qu'elle ne le fût pas?

Henrietta répondit oui d'un signe de tête. Un instant, elle considéra ses mains, posées sur ses genoux, puis, le regard levé vers Poirot, elle dit d'une voix grave :

— Ne serait-il pas bien injuste que les choses fussent encore, pour Gerda, plus tristes qu'elles ne le sont? Elle adorait John et il est mort. Pourquoi faudrait-il encore ajouter à sa douleur?

— C'est à elle seule que vous songez?

— Vous me prenez pour une hypocrite? Vous vous dites sans doute que, si j'avais tenu au bonheur de Gerda, j'aurais commencé par ne pas devenir la maîtresse de son mari? C'est que vous ne comprenez pas! Je n'ai pas détruit son foyer. Je n'ai été qu'une... unité parmi beaucoup d'autres...

— Il était comme ça?

Elle protesta vivement.

— Non, non! Ce n'est pas du tout ce que vous pensez et c'est justement cela que je ne veux pas qu'on croie! Il ne faut pas qu'on se fasse de l'homme qu'était John une idée erronée et c'est pourquoi je vous parle en ce moment. Parce que j'ai vaguement l'espoir que je parviendrai à vous faire comprendre qui était John Christow! Sinon, je vois si bien ce qu'il va se passer. Il me semble que je lis les manchettes des journaux! *La vie amoureuse du médecin*... Gerda, moi, Veronica Cray... Or, John n'était pas un homme à femmes! Les femmes, dans sa vie, ne comptaient guère. Une seule chose importait : son travail. Il ne pensait qu'à lui, la plupart du temps, et lui devait à peu près toutes ses joies. Si, de but en blanc, vous lui aviez demandé le nom de la femme qui occupait le plus souvent son esprit, savez-vous ce qu'il vous aurait répondu? Mrs. Crabtree!

— Et qui est cette Mrs. Crabtree?

D'une voix où le rire semblait le disputer aux larmes, Henrietta répondit :

— Mrs. Crabtree, c'est une vieille femme. Elle est laide, sale, ridée, mais énergique, et John pensait d'elle énormément de bien. Elle est à l'hôpital, avec la maladie de Ridgeway, une affection très rare, dont on ne guérit pas, car il n'y a pas de traitement. John était en train d'en trouver un. En quoi il consistait, je ne peux pas vous l'expliquer. C'est extrêmement compliqué et je ne suis pas très ferrée sur cette question des sécrétions hormoniques. John poursuivait des expériences et Mrs. Crabtree était sa malade préférée. Un peu parce qu'elle l'aimait bien, mais surtout parce qu'elle avait du cran, parce qu'elle voulait vivre. Ils combattaient ensemble, du même côté de la barricade, et, depuis des mois, nuit et jour, John ne pensait qu'à la maladie de Ridgeway et à Mrs. Crabtree. Voilà le genre de médecin qu'il était! Les femmes trop grasses et trop riches qu'il recevait dans son cabinet de Harley Street, c'était une occupation accessoire! L'important, c'était Mrs. Crabtree, la recherche scientifique, la découverte. Je voudrais tant vous faire comprendre...

Elle s'était animée tout en parlant, et Hercule Poirot admirait les gestes expressifs de ses jolies mains, fines et intelligentes.

— En tout cas, dit-il, vous avez l'air, vous, de très bien avoir compris!

— Oh! moi, j'avais bien compris! John venait chez moi et parlait. Pour moi, certes, mais surtout, je pense, pour lui. Ainsi, ses idées devenaient plus claires, plus précises. Quelquefois, il était presque découragé... Et puis, au cours de ses explications il imaginait un moyen de varier le traitement. Je ne puis pas vous dire à quoi ça ressemblait! C'était comme une bataille!... Une bataille âpre et pénible qui parfois le laissait épuisé...

Elle se tut. Des souvenirs passaient devant ses yeux.

— Vous avez des connaissances médicales? demanda Poirot, au bout d'un instant.

Elle secoua la tête.

— Non. J'en savais tout juste assez pour suivre les explications de John. Quelques livres que j'avais lus...

Un nouveau silence suivit. Les traits détendus, les lèvres entrouvertes, elle revivait par la pensée un passé à jamais disparu. Elle poussa un soupir, puis, revenant dans le présent, se tourna vers Poirot. Sa voix était une prière.

— Si seulement, je pouvais vous faire comprendre, monsieur Poirot!

— Mais c'est fait!

— Vraiment?

— Vraiment! Quand quelqu'un dit la vérité, je le sais!

— Merci!... Malheureusement, ce ne sera pas aussi facile à expliquer à l'inspecteur Grange!

— C'est probable. Il s'attachera surtout à l'autre aspect de la question.

— Mais il a si peu d'importance, celui-là!

L'ardeur de la protestation surprit Poirot, qui le laissa voir.

— Vous pouvez me croire! reprit-elle. Au bout d'un certain temps, j'étais devenue, pour John, une gêne. Je m'interposais entre lui et ses pensées. J'étais une femme et, parce que j'étais une femme, il ne pouvait plus se concentrer comme il le voulait. Il commença à avoir peur de s'éprendre de moi — il ne voulait aimer personne — et il s'est mis à me faire la cour, moins parce qu'il m'aimait que parce qu'il ne pouvait pas admettre que sa pensée fût accaparée par une femme. Je suis devenue sa maîtresse. Mais, dans son esprit, cette liaison n'avait pas d'importance véritable et ne devait jamais en avoir...

Guettant la jeune femme du coin de l'œil, Poirot dit :

— Et vous trouviez que c'était très bien ainsi? Vous vous teniez pour comblée?

Elle se leva et sa voix, pour répondre, reprit cette sécheresse qu'elle avait eue un peu auparavant :

— Non, je ne trouvais pas que c'était très bien ainsi! Je suis une femme comme les autres et...

Elle n'achevait pas.

— Alors, fit Poirot, cette situation, pourquoi l'acceptiez-vous?

— Pourquoi? s'écria-t-elle. Parce qu'elle lui donnait ce qu'il voulait! Ce qui m'importait, à moi, c'était le bonheur de John! Je voulais qu'il eût toute la liberté d'esprit dont il avait besoin pour continuer sa tâche, pour se consacrer à la seule chose au monde qui l'intéressait : son travail. Il se méfiait de l'amour, il entendait ne plus souffrir... Je comprenais et je me résignais!

Poirot se gratta le bout du nez.

— Tout à l'heure, dit-il, vous avez parlé de Veronica Cray. C'était, elle aussi, une amie de John Christow?

— Oui. Mais samedi soir, quand elle s'est présentée au *Vallon*, il ne l'avait pas vue depuis quinze ans!

— Il l'avait connue il y a quinze ans?

— Ils étaient fiancés...

Revenant s'asseoir près de Poirot, elle poursuivit :

— Je vois qu'il faut que je vous donne quelques précisions. John était amoureux fou de Veronica, laquelle était alors ce qu'elle est restée, une garce de la plus belle eau. Elle mit à leur mariage une condition : John renoncerait à tout ce qui l'intéressait dans l'existence pour n'être plus que le docile époux de Miss Veronica Cray. John refusa et rompit. Il eut tout à fait raison, mais il souffrit énormément. Il décida que sa femme serait aussi différente que possible de Veronica et épousa Gerda, dont vous me pardonnerez de dire sans élégance qu'elle est une gourde gentiment conditionnée. Le calcul était peut-être adroit, mais on pouvait prédire à John que le jour viendrait où il s'irriterait d'être marié à une sotte. Il arriva, bien entendu. John eut quelques liaisons, mais toutes furent sans importance et restèrent ignorées de Gerda. A mon avis, John, bien qu'il l'eût perdue de vue depuis quinze ans, ne s'était jamais guéri de Veronica!

Après un long silence, Poirot reprit :

— Samedi soir, John a quitté *Le Vallon* avec Miss Cray, pour la reconduire chez elle. Il est revenu à trois heures du matin.

— Comment le savez-vous?

— Une des femmes de chambre avait une rage de dents...

— Lucy a toujours eu trop de domestiques! remarqua Henrietta.

— Mais, vous-même, Miss Savernake, vous saviez ça?

— Oui.

— Par quel hasard?

Après une hésitation à peine perceptible, elle répondit :

— Je regardais par ma fenêtre et je l'ai vu rentrer.

— Vous souffriez des dents, vous aussi?

La jeune femme sourit.

— Je souffrais, monsieur Poirot, mais pas des dents!

Se levant, elle annonça son intention de regagner *Le Vallon*. Poirot l'accompagna. Ils partirent par un sentier qui montait dans les bois et, en cours de route, s'assirent sur un banc pour une courte halte. Entre les arbres, au-dessous d'eux, ils apercevaient une tache bleue : un coin de la piscine, auprès de laquelle l'itinéraire qu'ils avaient choisi leur permettrait de ne pas passer. Ils ne parlaient pas. Le détective fut le premier à rompre le silence.

— A quoi pensez-vous? demanda-t-il d'une voix douce.

— A Ainswick!

— Qu'est-ce qu'Ainswick?

— Ainswick?

Rêveuse, elle lui décrivit le paradis de son enfance : la jolie maison claire, cachée dans un amphithéâtre de collines boisées, le grand magnolia qui masquait la fenêtre de la bibliothèque, la pelouse sur laquelle elle aimait courir...

— C'est là que vous viviez?

— Non. J'habitais l'Irlande, mais c'est là que nous nous retrouvions tous en vacances. Tous, c'est Edward, Midge et moi. Le domaine appartenait au père de Lucy. A sa mort, il est allé à Edward.

— Pas à Sir Henry, qui a le titre?

— Non, parce que Henry — qui n'a été anobli que par la suite, le jour où il reçut l'Ordre du Bain — n'était qu'un cousin éloigné.

— Et qui héritera d'Ainswick, à la disparition d'Edward Angkatell?

— C'est drôle! La question ne m'est jamais venue à l'esprit. Si Edward ne se marie pas...

Elle s'interrompit. Une ombre, dont Poirot eût bien voulu connaître la cause, passait sur son visage.

— Si Edward ne se marie pas, reprit-elle, j'imagine qu'Ainswick ira à David. C'est sans doute pourquoi...

— Pourquoi?

— Pourquoi Lucy l'a invité...

Baissant la voix, elle murmura :

— David et Ainswick ne vont pas ensemble!

Poirot, d'un mouvement du menton, désigna le sentier qui se trouvait juste en face d'eux.

— C'est bien par ce sentier que vous êtes descendue à la piscine, n'est-ce pas?

— Non. Moi, je suivais l'autre, celui qui aboutit plus près de la maison. Celui-là, c'est celui qu'avait pris Edward...

Se tournant brusquement vers Poirot, elle ajouta :

— Mais est-il bien nécessaire de parler encore de

ça?... Cette piscine, elle me fait horreur! Je la hais! Et *Le Vallon* aussi! Je le hais! Je le hais!

Poirot, à mi-voix, disait des vers :

Je hais le terrible précipice derrière le petit bois,
Ses bords, dans les champs qui le dominent, sont
           [tachetés d'une bruyère rouge sang,
Ses flancs escarpés et rougeâtres dégouttaient d'une
           [horreur sanglante et silencieuse.
Et, là, quoi qu'on lui demande, l'écho répond :
           [« La mort! »

Henrietta, surprise, regardait Poirot.

— C'est du Tennyson, expliqua-t-il non sans un brin de fierté.

Comme se parlant à elle-même, Henrietta répéta le dernier vers.

— Mais bien sûr! s'écria-t-elle ensuite. C'est ça!... Un écho!

Ce fut au tour de Poirot de manifester quelque étonnement.

— Un écho?... Que voulez-vous dire?

— Que *Le Vallon* n'est qu'un écho! Je m'en suis presque aperçue, samedi, quand je suis allée me promener avec Edward. *Le Vallon* est un écho d'Ainswick! Et, nous aussi, les Angkatell, nous sommes des échos, des ombres! Nous ne sommes pas vrais! Comme je regrette, monsieur Poirot, que vous n'ayez pas connu John! Comparés à John, nous ne sommes que des fantômes! John, lui, était un être qui vivait vraiment!

— Je le sais, Miss Savernake. Je l'ai constaté tout de suite.

— Et il est mort!... Et nous, les ombres, nous sommes là, vivantes!... Ça ressemble à une mauvaise plaisanterie!

Son visage, tout à l'heure jeune et détendu, alors qu'elle parlait d'Ainswick, était maintenant doulou-reux, vieilli par le chagrin. Elle était si loin de la

162

minute présente qu'elle dut prier Poirot de répéter la question qu'il venait de lui poser.

— Je vous demandais, dit-il, si votre tante, Lady Angkatell aimait Mr. Christow?

— Lucy?... Oui, Lucy — qui n'est d'ailleurs pas ma tante, mais ma cousine — avait beaucoup d'affection pour John.

— Et votre... cousin, Mr. Edward Angkatell?

Il eut l'impression qu'elle répondait avec un peu d'embarras.

— Il n'avait pas pour lui autrement de sympathie, mais il le connaissait à peine.

— Et votre autre cousin, Mr. David Angkatell?

Le visage d'Henrietta s'éclaira.

— Pour lui, c'est différent! Je crois bien qu'il nous déteste tous. Il passe ses journées, cloîtré dans la bibliothèque, à lire l'*Encyclopædia britannica*.

— Un esprit sérieux, à ce que je vois!

— Je le plains un peu. Il a eu chez lui une vie très difficile, avec une mère infirme, dont le caractère était exécrable. Il n'a trouvé qu'un moyen de se défendre : se croire supérieur au reste de l'humanité. C'est parfait aussi longtemps qu'on tient le coup, mais il n'est pas toujours possible d'éviter les défaillances... et c'est alors que le pauvre David apparaît faible et vulnérable!

— Se tenait-il pour supérieur au docteur Christow?

— Il aurait voulu se persuader qu'il lui était très supérieur, mais il n'y est pas parvenu. J'ai idée que David voudrait être très exactement un homme du genre de John et que c'était pour lui une raison de plus de le trouver antipathique.

Poirot hochait la tête d'un air pensif. A travers les arbres, il aperçut un homme qui marchait au bord de la piscine, courbé et les yeux au sol.

— Je me demande, murmura-t-il, ce que...

— Plaît-il?

— Ce type, dit tout haut le détective, est un des

hommes de l'inspecteur Grange. Il a l'air de chercher quelque chose.

— Des indices, sans doute. N'est-ce pas ce que recherchent tous les policiers? Des cendres de cigarettes, des empreintes, des bouts d'allumettes...

Il y avait, dans la voix de la jeune femme, un soupçon de mépris.

— Eh oui! répondit Poirot d'un ton grave. Ces choses-là, les policiers les recherchent... et ils les trouvent parfois. Mais les véritables indices, Miss Savernake, on les trouve plutôt dans la façon dont se comportent les personnes mêlées à l'affaire.

— Je ne suis pas sûre de bien vous comprendre.

Poirot, la tête rejetée en arrière, les yeux mi-clos, poursuivit :

— Ce sont de petites choses... Un geste, un regard, un mouvement qu'on n'attendait pas...

Il avait maintenant les yeux fermés.

— En disant cela, demanda-t-elle, pensez-vous à quelque chose en particulier?

— Je pense, répondit-il, à la façon dont vous vous êtes avancée pour prendre le revolver des mains de Mrs. Christow et le jeter dans la piscine.

Elle eut un petit haut-le-corps, qu'il perçut sans le voir, mais rien, quand elle parla, ne laissa deviner son émotion.

— Gerda, expliqua-t-elle, est plutôt maladroite. Je craignais qu'il y eût encore une balle dans le revolver et qu'elle blessât quelqu'un...

— Mais n'est-ce pas vous qui avez été très maladroite en laissant tomber l'arme dans l'eau?

— C'est que... j'étais bouleversée, moi aussi!... Que voulez-vous donc insinuer, monsieur Poirot?

Poirot rouvrit les yeux.

— S'il y avait des empreintes sur ce revolver, déclara-t-il d'un ton ferme, j'entends des empreintes qui y auraient été laissées avant que Mrs. Christow ne prît l'arme en main, il serait intéressant de savoir à qui elles appartenaient... et c'est ce que nous ne saurons jamais maintenant!

Henrietta répliqua, très calme :

— Ce qui signifie que vous pensez que ces empreintes étaient les miennes! Vous voulez dire évidemment que j'ai tué John et laissé le revolver à côté de lui, dans l'intention de le voir ramassé par Gerda, qui porterait de ce fait toute la responsabilité du crime. C'est bien ça? Mais, si j'avais tué John, croyez-vous donc que je n'aurais pas eu assez d'intelligence pour essuyer l'arme afin d'en faire disparaître mes empreintes?

Poirot riposta :

— Vous êtes certainement assez intelligente, Miss Savernake, pour vous rendre compte que, si vous aviez agi ainsi, que si, par conséquent, on n'avait relevé sur l'arme aucune empreinte autre que celles de Mrs. Christow, la chose eût été bien étrange, puisque vous aviez tous manié ce revolver dans la journée de la veille! Vous admettrez avec moi que Gerda Christow n'aurait eu aucune raison d'effacer les empreintes avant de s'en servir. Pourquoi l'aurait-elle fait?

— Vous pensez donc, dit-elle lentement, que c'est moi qui ai tué John?

— N'est-ce pas votre nom qu'il a prononcé en mourant?

— Vous croyez que c'était une accusation?... Détrompez-vous!

— Alors, qu'était-ce?

Henrietta, de la pointe de son soulier, dessinait sur le sable du sentier.

— N'auriez-vous pas déjà oublié, dit-elle très bas, ce que je vous ai appris tout à l'heure sur... la nature de nos relations?

— C'est juste!... Vous étiez des amants. Alors, en quittant ce bas monde, il a une dernière fois répété votre nom!... C'est tout à fait touchant!

Elle tourna vers lui un regard chargé de colère.

— Ces railleries sont-elles bien indispensables?

— Je ne raille pas! Seulement, je n'aime pas qu'on me mente... et j'ai l'impression que c'est ce que vous essayez de faire!

Elle ne se troubla pas.

— Je vous ai avoué, monsieur Poirot, que je ne disais pas toujours la vérité. Mais, croyez-moi, si John, à l'instant de mourir, a dit mon nom, ce n'était pas pour m'accuser de l'avoir tué! Vous ne comprenez donc pas que des gens comme moi, des créatures, sont incapables de détruire, incapables de supprimer la vie? Je ne tue pas, monsieur Poirot! Je ne pourrais pas! C'est la vérité vraie... et vous ne me soupçonnez que parce que mon nom a été murmuré par un mourant qui savait à peine ce qu'il disait!

Poirot protesta.

— Le docteur Christow savait parfaitement ce qu'il disait! Sa voix était celle d'un homme qui a encore toute sa conscience. Elle était aussi vivante, aussi nette, que celle d'un chirurgien qui, au cours d'une opération, ordonne à son aide de lui passer l'instrument dont il a besoin!

— Mais...

Henrietta, interdite, ne trouvait rien à répondre. Poirot poursuivit :

— Je ne vous crois pas capable d'un meurtre prémédité. Non!... Seulement, vous pourriez fort bien avoir tué dans un moment de colère et, dans cette hypothèse, Miss Savernake, je pense que vous auriez eu assez d'imagination et d'habileté pour faire ce qu'il fallait pour égarer les soupçons.

Très pâle, Henrietta s'était levée. Tournant vers Poirot un visage bouleversé, elle dit, avec un pauvre sourire :

— Et moi qui croyais que vous aviez de la sympathie pour moi!

Poirot soupira et murmura :

— C'est bien ce qui m'ennuie! J'en ai beaucoup.

Après le départ d'Henrietta, Poirot, revenant sur ses pas, rentra chez lui.

Cette affaire, décidément, n'était pas aussi simple qu'on aurait pu le croire au début. Henrietta, à la fin de cette conversation qu'il venait d'avoir avec elle, avait bondi à des conclusions qui allaient plus loin que les siennes. Il ne soupçonnait pas la jeune femme d'avoir tué Christow, mais seulement de savoir quelque chose qu'elle cachait. Quoi? Il était obligé de reconnaître qu'il n'en avait aucune idée.

Hercule Poirot fit la grimace. Il était loin encore de la vérité.

Mais il entendait bien la découvrir...

CHAPITRE XIX

— Mais c'est tout naturel, inspecteur! Je ne demande qu'à vous être utile si la chose m'est possible!

— Je vous remercie, Miss Cray!

Veronica Cray n'était pas du tout telle que Grange se l'était représentée. Il avait pensé se trouver en présence d'une vedette aux grâces apprêtées, qui ne se ferait pas faute de lui donner la comédie. Les actrices aiment bien les grands mots et les attitudes dramatiques. Or, si Miss Cray était aimable, jolie et très bien habillée, elle le recevait avec une simplicité très sympathique et, si elle jouait un rôle — hypothèse que le policier se gardait bien d'exclure— ce n'était pas celui qu'il avait presque attendu. Veronica Cray n'était pas une imbécile.

— Ce que je voudrais, Miss Cray, dit Grange, précisant l'objet de sa visite, c'est quelques petits renseignements. Vous êtes allée au *Vallon* dans la soirée de samedi?

— C'est exact. Je n'avais plus d'allumettes... et, à la campagne, c'est une véritable catastrophe!

— Vous êtes donc allée en chercher au *Vallon*. C'est assez loin d'ici. Pourquoi ne vous êtes-vous pas adressée à votre voisin, M. Poirot, qui habite à deux pas?

Veronica Cray arbora un très photogénique sourire.

— J'ignorais le nom et la qualité de mon voisin. Sinon, c'est lui que j'aurais été trouver. Je m'imaginais qu'il s'agissait d'un étranger quelconque et je me méfiais : habitant si près, il aurait facilement pu devenir un crampon!

Grange se dit que l'explication — à laquelle elle avait d'ailleurs eu tout le temps de songer — était plausible.

— Vous avez eu vos allumettes, reprit-il. Et, tandis que vous étiez au *Vallon*, vous avez reconnu dans le docteur Christow un vieil ami à vous?

Elle acquiesça d'un mouvement de tête.

— Pauvre John! Je ne l'avais pas vu depuis quinze ans!

— Vraiment?

Il y avait dans le ton un rien d'incrédulité.

— Vraiment.

— Et ça vous a fait plaisir de le revoir?

— Grand plaisir! N'est-il pas toujours agréable, inspecteur, de retrouver un vieil ami?

— Ça peut l'être...

Sans attendre une autre question, Veronica Cray reprit :

— John me ramena à la maison. Vous allez naturellement me demander si, dans la conversation, il me dit quoi que ce fût qui serait de nature à jeter un peu de lumière sur le drame. C'est une question à laquelle j'ai beaucoup réfléchi et, en toute honnêteté, la réponse est non.

— De quoi avez-vous parlé?

— Du passé!... « Vous souvenez-vous de ceci?... « Et de ça? » Nous nous étions connus dans le Midi de la France. John avait vraiment très peu changé, encore qu'il eût vieilli un peu, bien sûr, et pris de l'assurance. Il ne m'a rien dit de sa vie conjugale, mais j'ai eu l'impression — je souligne qu'il ne s'agit là que d'une impression très vague — qu'il n'était pas particulièrement heureux. Je suppose que sa femme, que je plains de tout mon cœur, était une créature jalouse et que, sans doute, elle lui faisait des scènes quand il avait reçu quelque cliente trop jolie.

— Je ne crois pas, dit Grange. Elle n'a vraiment pas l'air d'une femme à ça!

— Vous voulez dire que sa jalousie demeurait cachée? C'est possible!... C'est bien plus dangereux!

— Si je ne m'abuse, Miss Cray, vous pensez que c'est Mrs. Christow qui a tué?

— Je n'aurais pas dû dire ça!... On doit se tenir sur la plus grande réserve aussi longtemps que le procès n'a pas eu lieu. Je le sais et j'aurais dû m'en souvenir. En fait, inspecteur, je n'ai dit cela que parce que ma femme de chambre m'a raconté que Mrs. Christow était debout à côté du cadavre et qu'elle tenait encore son revolver à la main. Vous savez comment les nouvelles se colportent à la campagne et comme elles s'amplifient dans la bouche des domestiques.

Grange revenait au problème.

— La grosse question, dit-il, est évidemment de savoir qui pouvait avoir une raison de tuer Christow.

Elle sourit.

— Et, naturellement, comme toujours, c'est d'abord sur l'épouse que portent les soupçons! Mais, d'habitude, il y a aussi celle qu'on appelle « l'autre femme ». Est-ce qu'elle ne pourrait pas, elle, avoir eu une raison de tuer?

— Vous croyez qu'il y avait une autre femme dans la vie du docteur Christow?

— Mon Dieu!... Oui, je le croirais!... Simple impression, n'est-ce pas?

— Les impressions ne sont pas toujours dépourvues d'intérêt.

— Il m'a semblé, d'après ce qu'il m'a dit, que cette femme qui fait de la sculpture était pour lui plus qu'une amie. Mais sans doute savez-vous déjà tout cela?

— Il nous faut bien nous renseigner sur ses sortes de choses!

Grange n'affirmait rien, mais il lui parut que la phrase causait un certain plaisir à Veronica Cray, dont les beaux yeux avaient, l'espace d'une seconde, brillé d'un éclat plus vif. De sa voix la plus officielle, Grange reprit :

— Vous dites que le docteur vous a ramenée chez vous. A quelle heure vous a-t-il quittée?

— Je dois vous avouer que je ne m'en souviens pas! Tout ce que je sais, c'est que nous avons parlé très longtemps et qu'il devait être fort tard!

— Il est entré chez vous?

— Oui. Pour prendre un cocktail...

— Parfait!... J'aurais cru que votre conversation avait eu lieu ailleurs... Exactement, dans le petit pavillon qui se trouve au bord de la piscine...

Veronica battit des cils très artistement.

— Vous êtes un vrai détective! s'écria-t-elle, après une courte hésitation. C'est vrai, nous nous sommes assis là-bas quelques instants pour bavarder, tout en fumant des cigarettes. Comment l'avez-vous découvert?

Elle semblait attendre la réponse avec la curiosité amusée de l'enfant à qui l'on va révéler le secret d'un tour de prestidigitation. Grange répondit d'une voix tranquille, qui ne mettait aucun mot en valeur :

— Vous avez, Miss Cray, oublié là-bas votre cape de fourrure... et les allumettes.

— Mais oui, c'est exact!

Sur le même ton, Grange poursuivit :

— Le docteur Christow est rentré au *Vallon* à trois heures du matin.

— Il était si tard que ça?

La surprise de Veronica semblait sincère.

— Oui, Miss Cray!

— Après tout, c'est possible!... Nous avions tant de choses à nous dire!... Après tant d'années!

— Etes-vous bien sûre, Miss Cray, que vous n'aviez pas vu le docteur Christow depuis des années?

— Je vous ai dit tout à l'heure que je ne l'avais pas rencontré depuis quinze ans.

— Etes-vous bien certaine de ne pas vous tromper? J'ai idée que vous pourriez l'avoir vu beaucoup plus que vous ne dites!

— Qu'est-ce qui vous fait penser ça?

— Eh bien, ce billet, par exemple!

L'inspecteur tirait de la poche intérieure de son veston une feuille de papier qu'il déplia : c'était le mot qu'elle avait envoyé à John le dimanche matin. Il le lut à haute voix :

« — Passez chez moi ce matin. Il faut absolument « que je vous voie. »

— Evidemment, dit-elle avec un sourire, c'est terriblement impératif! Je pense que c'est Hollywood qui vous rend si... péremptoire!

— Quoi qu'il en soit, reprit Grange, cet ordre reçu, le docteur est venu vous voir. Vous vous êtes disputés. Voudriez-vous, Miss Cray, me dire pourquoi?

L'inspecteur démasquait ses batteries. Veronica, il s'en avisa avant même qu'elle ne parlât, changea d'attitude et ce fut d'une voix que la colère altérait qu'elle répondit :

— Nous ne nous sommes pas disputés!

— Oh! mais si, Miss Cray! Quand il est sorti, vous lui avez dit : « Je crois que je vous hais plus que « je ne me croyais capable de haïr! »

Elle haussa les épaules.

— Encore des ragots de domestiques! Ma petite

bonne a vraiment de l'imagination. Il y a trente-six façons de dire les choses et je puis vous assurer que la scène n'avait rien de dramatique. Cette phrase, je l'ai prononcée, mais elle avait un sens gentil et il fallait l'entendre comme elle était dite. Nous avions un peu flirté...

— Vous ne parliez pas sérieusement?

— Certainement pas, inspecteur! Et je vous donne ma parole qu'il y avait bel et bien quinze ans que je n'avais vu John Christow. Renseignez-vous, vous verrez que je dis la vérité!

Elle avait retrouvé toute son assurance. Grange jugea inutile de discuter. Il se leva et prit congé.

Quelques minutes plus tard, il poussait la grille de *Resthaven*, la villa d'Hercule Poirot.

Hercule Poirot considérait l'inspecteur avec stupéfaction.

— Vous venez bien de me dire, demanda-t-il, encore incrédule, que le revolver que Gerda Christow tenait à la main et qui est tombé dans la piscine n'est pas celui avec lequel le crime a été commis?

— Exactement!

— C'est extraordinaire! s'exclama Poirot.

— C'est mon avis! Et, en toute franchise, ça paraît absurde! Ça n'a pas le sens commun!

— J'en suis d'accord! murmura Poirot. Et, pourtant, inspecteur, ça veut dire quelque chose!

Grange soupira.

— Je le sais bien, monsieur Poirot, et je sais aussi qu'il faut que je trouve quoi! Seulement, pour le moment, je suis dans le noir. La vérité est que nous n'avancerons pas tant que nous n'aurons pas trouvé l'arme dont on s'est servi. Elle venait de la collection de Sir Henry — du moins, c'est probable — et c'est en l'occurrence la seule chose qui me réconforte. Nous restons au *Vallon*.

— C'est juste!

— Cette affaire-là, reprit l'inspecteur, avait l'air toute simple. Elle ne l'est pas!

— Il s'en faut de beaucoup!

— Nous devons envisager la possibilité d'un guet-apens, d'une machination destinée à faire croire à la culpabilité de Gerda Christow. Mais, dans ce cas-là, pourquoi n'a-t-on pas laissé auprès du corps l'arme même du crime?

— Peut-être parce qu'on n'était pas sûr qu'elle serait ramassée par Mrs. Christow?

— Si vous voulez! Mais admettons même qu'elle ne l'ait pas fait! Dès l'instant qu'il n'y avait sur l'arme aucune empreinte — et j'imagine qu'on aurait pris soin de l'essuyer — elle aurait été soupçonnée quand même. L'assassin n'en demandait pas plus!

— Est-ce bien sûr?

La question surprenait l'inspecteur.

— Si vous aviez commis un crime, répondit-il, je suppose que vous ne seriez pas fâché de faire porter les soupçons sur un autre! C'est, chez un meurtrier, une ambition très normale.

— Oui, dit Poirot. Pour un meurtrier ordinaire. Mais il se peut très bien que celui qui nous occupe sorte du banal et c'est peut-être là que réside la solution du problème!

— Là?

— Oui, dans le fait que notre meurtrier n'est pas un meurtrier ordinaire.

— Soit!... Mais qu'est-ce qu'il avait en tête? Où voulait-il en venir?

Poirot écarta les mains dans un geste d'ignorance.

— Je n'en sais rien!... Rien du tout... Il me semblerait pourtant...

— Oui?

— Que l'assassin est quelqu'un qui voulait tuer John Christow, mais qui ne voulait pas compromettre Gerda.

— Pourtant, c'est elle que nous avons soupçonnée tout de suite!

— Oui, mais l'assassin savait que l'existence du second revolver ne pouvait pas rester ignorée long-temps et qu'à ce moment-là il faudrait reprendre le problème sous un angle nouveau. Dans l'intervalle, il aurait eu le temps, lui...

Poirot n'alla pas plus loin.

— Le temps de quoi faire? demanda Grange.

— C'est ce que je voudrais bien savoir! s'exclama Poirot. Je n'ai pas la moindre idée là-dessus et je ne puis répondre!

L'inspecteur se promena un instant de long en large dans la pièce, puis vint se camper devant Poi-rot.

— Monsieur Poirot, lui dit-il, je suis venu vous voir cet après-midi pour deux raisons. D'abord, parce que, comme tous mes collègues, je sais que vous êtes un homme de grande expérience et que vous avez accompli des merveilles dans des affaires du genre de celle qui m'occupe. Ensuite, et c'est ma seconde raison, parce que vous étiez là. Vous êtes un témoin oculaire. Vous avez vu ce qui s'est passé!

Poirot acquiesça d'un mouvement de tête.

— Effectivement, répondit-il, j'ai vu. Mais les yeux, mon cher inspecteur, sont des témoins auxquels il ne faut pas trop se fier!

— Comment cela?

— Il leur arrive de voir ce qu'on veut qu'ils voient!

— Vous croyez qu'on comptait que vous verriez?

— Je n'en suis pas sûr, mais c'est possible! Tout ça ressemblait à une mise en scène. Sur ce que j'ai vu, aucun doute! J'ai vu un homme qu'on venait d'abattre d'un coup de feu et, près de lui, une femme, tenant encore à la main le revolver avec lequel elle avait tiré. Cela, c'est ce que j'ai vu et nous savons déjà que ce tableau était truqué : le revolver n'était pas celui avec lequel on avait tué.

L'inspecteur tiraillait l'une des pointes de sa mous-tache, qui jamais n'avait été plus tombante.

— D'où vous concluez, dit-il qu'il pourrait bien y avoir eu dans le tableau d'autres détails également truqués?

— Exactement, déclara Poirot. Il y avait là trois autres personnes, qui, semblait-il, venaient d'arriver. Je dis « semblait-il », car ce n'est pas prouvé. La piscine est entourée de bois assez épais sur tous ses côtés et cinq sentiers y aboutissent : le premier va au *Vallon*, le second s'enfonce dans les bois, le troisième conduit au jardin, le quatrième à la ferme et le cinquième vient par ici. Ces trois personnes arrivaient par des sentiers différents : Edward Angkatell montait de la ferme et Henrietta Savernake descendait du jardin, qui est au-dessus de la maison. Ces trois personnes parvinrent à la piscine à peu près ensemble, quelques minutes après Gerda Christow. Mais rien ne nous permet d'affirmer que l'une d'elles n'était pas venue à la piscine avant Gerda Christow. Elle aurait pu tuer Christow, retourner dans un des sentiers et en déboucher, quelques instants plus tard, en même temps que les autres.

— Evidemment, dit Grange, c'est possible.

— Autre hypothèse qui n'a pas été envisagée sur le moment, reprit Poirot. Arrivant par le sentier qui vient ici, quelqu'un aurait pu abattre John Christow et revenir par ici sans être vu.

— Vous avez parfaitement raison! s'écria Grange. D'autant plus que nous avons, indépendamment de Gerda Christow, deux autres suspectes, qui, comme elle, auraient pu tuer par jalousie. Il s'agit, sans contestation possible, d'un crime passionnel et il y avait deux autres femmes dans la vie de Christow. La première, c'était Veronica Cray. Il était allé chez elle ce matin-là, ils s'étaient disputés et elle avait dit qu'elle lui ferait regretter ce qu'il avait fait et qu'elle le haïssait plus qu'elle ne se croyait capable de haïr.

— Intéressant! murmura Poirot.

— Elle arrive en droite ligne d'Hollywood et, si j'en crois les journaux, c'est un pays où l'on ne marchande pas les coups de revolver. On peut supposer qu'elle s'est rendue à la piscine, pour reprendre dans le pavillon la cape qu'elle y avait oubliée dans la nuit, qu'elle a rencontré Christow, que la discussion a repris et s'est envenimée, et qu'elle y a mis fin en le tuant. Après quoi, entendant venir quelqu'un, elle serait repartie par où elle était venue.

Après une courte pause, il reprit avec un peu d'humeur :

— Seulement, tout ça ne tient pas debout, à cause de ce satané revolver!

Une lueur joyeuse passa dans ses prunelles.

— A moins, poursuivit-il, qu'elle ne l'ait abattu avec son revolver à elle et qu'elle n'ait laissé près du cadavre une arme qu'elle avait volée dans le cabinet de Sir Henry en se disant qu'ainsi les soupçons porteraient sur les gens du *Vallon.* Elle pouvait ne pas savoir qu'il est possible d'identifier une arme d'après les traces relevées sur les projectiles.

— Croyez-vous qu'il y ait beaucoup de gens qui sachent cela?

— J'ai posé la question à Sir Henry, répondit l'inspecteur. Il pense que oui, à cause de la surabondance des romans policiers. Il m'en a cité un. *Le Mystère de la fontaine sanglante*, que John Christow avait lu le samedi et dans lequel l'assassin est découvert par ce moyen.

— Naturellement, vous seriez forcé d'admettre que Veronica avait volé le revolver dans le cabinet de Sir Henry?

— Il faudrait bien!... Ce qui obligerait la préméditation...

L'inspecteur tortura en silence l'autre pointe de sa moustache.

— Quant à l'autre possibilité, reprit-il, c'est vous-même qui l'avez suggérée! C'est Miss Savernake et c'est ici que je fais de nouveau appel à vos souvenirs de témoin. Au moment de mourir, le docteur Chistow a prononcé le nom d'Henrietta. Vous l'avez entendu. Tout le monde, d'ailleurs, l'a entendu, sauf Mr. Angkatell...

— Edward Angkatell ne l'a pas entendu?... C'est très intéressant!

— Les autres l'ont entendu, c'est l'essentiel! Miss Savernake prétend qu'il essayait de lui dire quelque chose. Lady Angkatell déclare qu'il ouvrit les yeux, aperçut Miss Savernake et dit : « Hen- « rietta! » Il me semble qu'elle n'a accordé au fait aucune importance.

— Ça ne m'étonne pas! fit Poirot avec un sourire.

— Maintenant, monsieur Poirot, c'est votre opinion que je voudrais avoir! Vous étiez là, vous avez vu, vous avez entendu! Est-ce que Christow essayait de dire qu'il avait été tué par Henrietta? En d'autres termes, accusait-il?

— Je ne l'ai pas cru sur le moment, dit lentement Poirot.

— Et, maintenant, vous le croyez?

Poirot poussa un léger soupir.

— Il est possible qu'il ait voulu accuser, déclara-t-il ensuite, mais je ne puis rien affirmer. C'est une impression que vous me demandez et, à distance, on a tendance à donner aux faits des interprétations qui risquent de s'éloigner de la réalité.

— Bien entendu, dit vivement l'inspecteur, cette conversation n'a rien d'officiel. Ce que M. Poirot peut penser ne saurait constituer une preuve, je le sais fort bien! Ce que je cherche, c'est seulement quelque chose qui me mettrait sur la voie!

— Je vous comprends et je n'ignore pas que les impressions d'un témoin oculaire peuvent rendre de grands services. Les miennes, malheureusement, je le confesse à ma honte, sont pratiquement sans valeur. A ce moment-là, mon jugement était faussé par le témoignage de mes yeux. Convaincu, par ce que j'avais vu, que Mrs. Christow venait de tuer son mari, je ne pouvais, quand Christow ouvrit les yeux et parla, m'imaginer qu'il accusait. Je craindrais, maintenant, de donner à la scène un sens qu'elle n'avait pas.

— Je vois ce que vous voulez dire, monsieur Poirot! Mais il me semble que, puisqu'il est le dernier que Christow ait prononcé, ce mot ne peut pas être interprété de plus de deux façons différentes. Ou Christow accusait, ou il adressait un dernier adieu à la femme qu'il aimait. Cela posé, pour laquelle de ces deux hypothèses pencheriez-vous? »

Poirot s'agita dans son fauteuil, ferma les yeux pour réfléchir, les rouvrit, puis, un peu agacé, répondit :

— Sa voix était pressante, c'est tout ce que je puis vous dire! Je n'ai pas eu le sentiment qu'il accusait ou qu'il adressait un adieu à quelqu'un. Ce n'était pas ça! Ce dont je suis sûr, c'est qu'il était en pleine possession de ses facultés. Quand il a parlé, pour dire ce mot unique, c'était — je ne saurais pas trouver de comparaison plus exacte — sur le ton d'un médecin qui, au cours d'une opération, donne un ordre.

Poirot leva les épaules et conclut :

— C'est vraiment là tout ce que je peux vous dire!

— Effectivement, dit Grange, c'est une troisième interprétation à laquelle je n'avais pas songé. Il sentait la mort venir, il souhaitait qu'on fît quelque chose pour lui sans perdre de temps, et si, comme le déclare Lady Angkatell, Miss Savernake fut la première personne qu'il aperçut en rouvrant les yeux, il n'est pas surprenant que ce soit à elle qu'il se soit adressé. L'explication est valable, encore que peu satisfaisante.

— Il n'y a pas grand-chose de satisfaisant en cette affaire! murmura Poirot avec amertume.

Grange, qui regardait par la fenêtre, s'écria :

— Voici Clark qui vient me rejoindre! C'est mon sergent. Il a l'air d'avoir trouvé quelque chose. Je l'ai chargé de faire parler les domestiques... En douceur, bien entendu... C'est un très gentil garçon, qui se débrouille très bien avec le personnel féminin...

Un peu hors d'haleine, le sergent Clark semblait assez content de lui, bien qu'il s'efforçât de n'en rien laisser paraître.

— Je savais, monsieur, où vous étiez, expliqua-t-il, s'adressant à Grange. C'est pourquoi, croyant bien faire, je suis venu vous rendre compte immédiatement.

Il s'interrompit, gêné par la présence de Poirot, qu'il considérait d'un œil méfiant.

— Allez-y! s'écria Grange. Ne vous occupez pas de M. Poirot! Il en a oublié plus long sur votre métier que vous n'en saurez jamais!

— Bien, monsieur! Alors, voici... J'ai tiré quelque chose de la fille de cuisine... »

Un cri de triomphe de Grange lui coupa la parole.

— Qu'est-ce que je vous disais, monsieur Poirot? Il y a toujours de la ressource quand il y a une fille de cuisine. Dieu veuille que la race subsiste, malgré toutes les réductions de personnel! Les filles de cuisine parlent, les filles de cuisine bavardent, et c'est comme ça qu'elles se consolent d'être traitées de haut en bas par les cuisinières et les femmes de chambre! Elles sont toujours ravies de trouver quelqu'un qui veut bien les écouter. Alors, Clark?

— Cette fille déclare, monsieur, que, dimanche après-midi, elle a vu Gudgeon, le maître d'hôtel, traverser le hall, un revolver à la main.

— Gudgeon?

— Oui, monsieur. »

Le sergent ouvrit son calepin et reprit :

— Voici exactement ce qu'elle m'a dit : « Je ne « sais pas si je fais bien, mais je crois qu'il faut que « je vous dise ce que j'ai vu ce jour-là. Mr. Gudgeon « était debout dans le hall avec un revolver à la « main. J'ai trouvé qu'il avait l'air tout drôle. »

Fermant son carnet, Clark ajouta :

— J'ai l'impression que cette dernière affirmation n'est pas à retenir et qu'elle n'a découvert ça qu'après. Mais l'information en elle-même m'a paru devoir être portée tout de suite à votre connaissance.

Grange rayonnait, comme un homme qui voit devant lui une besogne pour laquelle il est fait.

— Gudgeon? dit-il. Eh bien, je vais sans perdre une minute aller bavarder avec lui!

CHAPITRE XX

Une fois encore installé dans le cabinet de travail de Sir Henry, l'inspecteur Grange considérait le visage impassible de l'homme qu'il avait en face de lui.

Jusqu'ici, les honneurs étaient pour Gudgeon.

— J'en suis absolument navré, monsieur, répétait-il, et je reconnais que j'aurais dû signaler le fait, mais il m'était sorti de la mémoire.

Ses excuses s'adressaient à la fois au policier et à Sir Henry, qui assistait à l'entretien.

— Si je me rappelle bien, reprit-il, il était environ cinq heures et demie. Je traversais le hall pour aller voir s'il y avait des lettres à porter à la poste, quand j'aperçus sur la table un revolver, dont je présumai qu'il appartenait à la collection de Sir Henry. Je le pris et je vins le remettre à sa place, dans cette pièce, sur le rayon qui se trouve près de la cheminée.

— Voulez-vous me montrer cette arme? dit Grange.

Gudgeon se leva et, suivi de près par l'inspecteur, s'approcha du rayon. Il désigna l'arme du doigt :

c'était un petit Mauser de 25, un joujou avec lequel on n'avait certainement pas tué John Christow.

— Ce n'est pas un revolver, dit Grange, c'est un pistolet automatique.

Gudgeon toussota.

— Vraiment, monsieur? Je m'excuse. Les armes à feu me sont peu familières et j'aurai employé inconsidérément le mot « revolver ».

— Mais vous êtes sûr que c'est cette arme que vous avez trouvée dans le hall et apportée ici?

— Oui, monsieur! Il ne saurait y avoir là-dessus le moindre doute.

Grange arrêta la main de Gudgeon comme elle se portait vers l'arme.

— N'y touchez pas! dit-il. Elle peut être chargée et il faut que je la fasse examiner pour les empreintes.

— Je ne crois pas qu'elle soit chargée, répondit Gudgeon. Aucune pièce de la collection de Sir Henry n'est chargée. Quant aux empreintes, j'ai essuyé l'arme avec mon mouchoir avant de la ranger. Vous ne sauriez donc y trouver d'autres empreintes que les miennes.

— Pourquoi avez-vous fait cela?

Gudgeon s'excusa d'un sourire.

— Je ne voulais pas que l'arme fût couverte de poussière, monsieur.

La porte s'ouvrit devant Lady Angkatell, qui, souriante, se précipita vers l'inspecteur.

— Comme je suis heureuse de vous voir, inspecteur! s'écria-t-elle. Qu'est-ce que c'est que cette histoire de revolver? Cette petite de la cuisine est en larmes! Mrs. Medway l'a grondée. En quoi elle a eu grand tort, car cette fille a fort bien fait de dire ce qu'elle avait vu si elle estimait qu'elle devait le faire! Où est le devoir? Ce n'est pas toujours aisé à déterminer. En tout cas, on n'a pas le droit de blâmer quelqu'un qui a cru bien faire. Qu'est-ce que cette histoire, Gudgeon?

Sur le ton de profond respect qu'il n'abandonnait jamais, et toujours avec cette emphase qui lui était chère, le maître d'hôtel reprit ses explications.

— Ce pistolet automatique, Madame, était dans le hall, sur la table du milieu. J'ignorais d'où il pouvait provenir, mais j'acquis rapidement la conviction qu'il appartenait à la collection de Sir Henry en constatant qu'une pièce manquait sur ce rayon. Je le remis donc à sa place, ainsi que je viens de l'exposer à M. l'inspecteur, qui comprend parfaitement.

Lady Angkatell hocha la tête et dit, gentiment grondeuse :

— Vous n'auriez pas dû raconter ça, Gudgeon. Je parlerai moi-même à l'inspecteur.

Gudgeon ouvrit la bouche pour dire quelque chose. Elle l'arrêta du geste et ajouta :

— Je devine parfaitement, Gudgeon, à quels mobiles vous avez obéi et je sais que vous vous appliquez toujours à nous épargner tout souci. Vous pouvez vous retirer!

Gudgeon hésita, tourna un œil indécis vers Sir Henry, puis vers l'inspecteur, s'inclina et partit vers la porte. Grange, une seconde sur le point de le rappeler, en resta à l'intention pour une raison qu'il eût été incapable de préciser. Le maître d'hôtel sorti, Lady Angkatell se laissa tomber dans un fauteuil, sourit à son mari, au policier ensuite, et dit, sur le ton de la conversation :

— Je vais vous faire un aveu! Je trouve ça très bien de la part de Gudgeon! C'est vraiment un serviteur à l'ancienne mode. Il n'a pas un patron, mais un seigneur!

— Dois-je comprendre, Lady Angkatell, demanda Grange d'un ton surpris, que vous saviez quelque chose de cette affaire?

— Mais, bien entendu! Gudgeon n'a pas du tout trouvé ce pistolet dans le hall. Il l'a découvert dans le panier, quand il a retiré les œufs.

— Les œufs?

Grange ne comprenait plus.

— Oui, reprit Lady Angkatell, ceux qui étaient dans le panier.

Elle avait l'air de croire que, maintenant, tout était expliqué.

— Je crois, ma chère, dit Sir Henry, qu'il faudrait que vous nous en disiez un peu plus. L'inspecteur ne vous suit pas... et moi non plus!

— Je vous dirai donc, pour être tout à fait claire, que le pistolet était dans le panier, sous les œufs.

— Mais, demanda Grange, quel panier et quels œufs?

— Le panier que j'avais pris pour aller à la ferme. Le pistolet était dedans, j'ai mis les œufs par-dessus et je n'ai plus pensé qu'il était là. Quand nous avons trouvé le pauvre John mort auprès de la piscine, j'ai éprouvé une telle émotion que j'ai failli lâcher le panier. Gudgeon l'a rattrapé juste à temps et l'a rapporté à la maison. Plus tard, je lui ai demandé de bien vouloir inscrire sur les œufs la date à laquelle ils avaient été pondus, ce qui est indispensable si on ne veut pas consommer les œufs du jour avant ceux de la veille ou de l'avant-veille. Il m'a répondu qu'il avait veillé à tout... et, comme je vous le disais, il s'est effectivement comporté comme un vassal à l'égard de son seigneur. Il a trouvé l'arme et, sans rien dire, sans doute parce qu'il savait que la police était dans la maison, il l'a remise en place. C'est, à mon sens, un bel exemple de loyauté. Une erreur, aussi, car, vous serez d'accord avec moi, inspecteur : ce que veut la police, c'est la vérité!

Lady Angkatell, ce disant, dédiait à Grange son plus charmant sourire.

— C'est exact, dit-il avec mélancolie, c'est la vérité que je prétends découvrir!

Lady Angkatell soupira.

— Je ne crois pas, reprit-elle, que la personne qui a tué John Christow en voulait vraiment à ses jours. Elle ne devait pas tirer sur lui sérieusement. Si c'est Gerda la meurtrière, c'est une chose dont je suis sûre. Elle est très gentille, très douce, et, aurait-elle voulu le tuer, elle l'aurait manqué, car elle est très maladroite. D'ailleurs, si vous la mettez en prison et si vous la pendez, que deviendront ses enfants? Si elle a tué John, elle doit bien le regretter maintenant. Il est déjà triste pour des petits d'être les enfants d'un père qui a été assassiné, on ne peut pas ajouter à leur malheur et faire qu'ils soient aussi les enfants d'une femme qui a été pendue! Quelquefois, inspecteur, je me demande si les policiers songent à ces choses?

— Je puis vous assurer, Lady Angkatell, que pour l'instant nous n'envisageons aucune arrestation.

— C'est une preuve d'intelligence et de bon sens, mais elle ne m'étonne pas de vous, inspecteur. Je vous ai apprécié du premier coup d'œil.

Un sourire appuyait cette flatteuse affirmation. Un peu à regret, mais résolu à poursuivre son enquête, Grange revint à la question.

— Ainsi que vous venez de le dire, Lady Angkatell, c'est la vérité qui m'intéresse. Ce pistolet automatique, vous l'avez pris ici. Lequel était-ce exactement?

Lady Angkatell tourna la tête vers le rayon.

— C'est, répondit-elle, le second en partant du bout. Le Mauser de 25.

Cette précision technique surprit Grange, qui ne l'attendait pas d'une femme que, mentalement, il avait cataloguée comme étant d'esprit confus et qu'il tenait même pour « un peu cinglée ».

— Cette arme, dit-il, vous l'avez mise dans votre panier. Pourquoi?

— Je me doutais que vous me poseriez la question! s'écria Lady Angkatell, comme ravie de voir ses pronostics confirmés. Evidemment, il doit y avoir une raison. C'est bien votre avis, Henry?

Son mari, qu'elle consultait du regard, déclara

avec un peu d'embarras que, généralement, les actes des humains n'étaient pas gratuits. Les yeux dans le vague, Lady Angkatell reprit :

— C'est exact! Seulement, quelquefois, on fait des choses et on ne se rappelle plus pourquoi on les a faites! La raison existe, mais il faut la trouver. J'avais certainement une idée en tête quand j'ai mis ce pistolet dans mon panier. Inspecteur, je vous le demande, qu'est-ce que ça pouvait être?

Grange la considérait avec un peu de stupeur. Il n'y avait chez elle aucune gêne. Elle était sincère, autant qu'il pouvait juger. Jamais, au cours de sa carrière, il ne s'était trouvé en présence d'un être qui, de près ou de loin, rappelât Lady Angkatell. La réponse ne lui venait pas.

— Ma femme est très distraite, dit Sir Henry.

— Je m'en aperçois!

Le ton de Grange n'avait rien d'aimable.

— Enfin, inspecteur, reprit Lady Angkatell, pourquoi diable ai-je emporté ce pistolet?

— J'avoue, Lady Angkatell, que je n'en ai pas la moindre idée!

Elle poursuivit, réfléchissant à haute voix :

— Quand je suis venue ici, je venais de donner des ordres à Simmons pour les taies d'oreiller. Je me souviens d'être allée près de la cheminée et de m'être dit qu'il nous faudrait un nouveau tisonnier...

Grange commençait à se demander si sa tête ne tournait pas. Lady Angkatell continuait :

— Ensuite, j'ai pris le Mauser... C'est une petite arme bien en main, qui me plaît beaucoup... Je l'ai mise dans le panier... Mais j'avais tant de choses en tête que je ne sais plus pourquoi... Je pensais à ce que je venais de dire à Simmons, au chiendent que j'avais remarqué la veille dans certaines plates-bandes du jardin, à la crème au chocolat que je désirais demander à Mrs. Medway...

Grange, qui voulait garder le cerveau clair, coupa brusquement la parole à Lady Angkatell.

— Ce pistolet, l'avez-vous chargé?

Il avait espéré la surprendre, peut-être même lui faire un peu peur, mais son attente une fois encore fut déçue. Elle se mit simplement à examiner la question.

— Est-ce que je l'ai chargé?... C'est stupide, mais je n'en sais plus rien!... C'est probable! Qu'en pensez-vous, inspecteur? A quoi bon une arme, si elle n'est pas chargée?... Si seulement je pouvais me rappeler ce qui se passait dans ma tête à ce moment-là!

— Ma chère Lucy, fit remarquer Sir Henry, ce qui peut passer ou ne pas passer dans votre tête fait, depuis des années, le désespoir de tous ceux qui vous connaissent bien!

Elle lui adressa un sourire plein de douceur.

— J'essaie de me souvenir, reprit-elle. Mais on fait des choses si bizarres! L'autre jour, par exemple, j'ai décroché le téléphone et je me suis aperçue, le récepteur dans la main, que je ne savais pas pourquoi je le tenais!

— Sans doute aviez-vous l'intention d'appeler quelqu'un! dit Grange d'un ton glacé.

— Mais non! Je m'en suis souvenue plus tard et c'est assez amusant! Je me demandais pourquoi Mrs. Mears, la femme du jardinier, portait son bébé d'une façon si étrange et je n'avais décroché l'appareil que pour faire une expérience. Je voulais voir comment on tenait un bébé dans ses bras. Et j'ai compris que, si la façon dont Mrs. Mears portait le sien m'étonnait, c'était uniquement parce qu'elle était gauchère!

Il y avait dans sa voix l'accent du triomphe.

Grange écoutait, interdit, se demandant s'il existait sur terre des répliques de Lady Angkatell. Il admettait que c'était possible, mais n'en était pas très sûr.

Il se rendait parfaitement compte que tout ce qu'elle lui racontait pouvait n'être que mensonges. La fille de cuisine, par exemple, avait bien dit que c'était un revolver que Gudgeon avait à la main. Sans doute, elle ne faisait peut-être pas de différence entre un revolver et un pistolet automatique, mais il n'en demeurait pas moins que ses déclarations ne concordaient pas avec celles de Gudgeon et de Lady Angkatell. Ils précisaient, eux, qu'il s'agissait d'un Mauser bien déterminé. Mais ce n'était là qu'une affirmation que ne venait appuyer aucune preuve. L'arme que la fille avait vue entre les mains de Gudgeon pouvait fort bien être le revolver qui manquait dans la collection de Sir Henry et rien ne permettait d'affirmer qu'il ne l'avait pas remis à Lady Angkatell elle-même.

Evidemment, il ne voyait pas pourquoi Lady Angkatell aurait tué John Christow. Mais, en admettant qu'elle l'eût fait, il y avait tout lieu de croire que ses domestiques, et Gudgeon le premier, auraient multiplié les mensonges pour sauver une maîtresse qui semblait avoir sur eux un extraordinaire ascendant.

Seulement, si elle était coupable, n'aurait-elle pas trouvé mieux que de raconter qu'elle ne se souvenait pas? Elle avait, d'ailleurs, l'air si à son aise, si tranquille, qu'il était difficile de penser qu'elle ne disait pas la vérité.

Grange se leva.

— Si les souvenirs vous reviennent, Lady Angkatell, dit-il d'un ton un peu sec, vous serez très aimable de m'en aviser.

— Je n'y manquerai pas! répondit-elle. C'est très possible, du reste. La mémoire est chose si capricieuse!

Dans le couloir, Grange promena deux doigts entre le col de sa chemise et son cou, tout en poussant un profond soupir. Il avait l'impression de sortir d'un fourré hérissé de ronces.

« Ce qu'il me faudrait, songea-t-il, c'est ma plus vieille pipe, une pinte d'ale, un bon bifteck et des pommes de terre frites. Avec ça, au moins, on sait où on en est! »

CHAPITRE XXI

Grange parti, Sir Henry regarda pendant quelques instants sa femme, qui, d'une main distraite, mettait de l'ordre ici et là dans son cabinet, puis, reprenant à son compte la question à laquelle l'inspecteur n'avait pu obtenir de réponse, il lui demanda pourquoi elle avait pris ce pistolet automatique dans sa collection.

Lady Angkatell vint s'asseoir en face de lui et, toujours souriante, lui répondit qu'elle n'en savait rien.

— Pourtant, ajouta-t-elle, je suppose que c'est parce que j'avais pensé à un accident.

— Un accident?

— Oui. Ce sont des choses qui arrivent. On s'amuse à tirer sur une cible, on oublie une balle dans le chargeur... et on trébuche dans une racine traînant à fleur de sol. Le coup part... J'ai toujours considéré, voyez-vous, qu'un accident est un moyen facile de mettre fin à certaines difficultés.

— Et qui aurait été victime de cet accident?

La surprise la plus authentique se peignit sur le visage de Lady Angkatell.

— Mais John Christow, bien entendu! s'écria-t-elle.

— Grands Dieux! Lucy! Vous ne...

Sir Henry n'eut pas le courage d'en dire plus.

— Je ne vous cacherai pas, reprit Lady Angkatell, que cette question d'Ainswick m'aura causé bien du souci.

— C'est à cause d'Ainswick?

— Naturellement! Edward et David, mon cher Henry, sont les derniers des Angkatell. Or David, qui héritera d'Ainswick à la mort d'Edward, est impossible. Il ne se mariera pas, à cause de sa mère et pour bien d'autres raisons, et nous aurons, nous, disparu depuis longtemps quand il approchera de la cinquantaine. Il restera le dernier des Angkatell et tout s'en ira avec lui.

— Serait-ce donc une telle catastrophe?

— Comment? Quand il s'agit d'Ainswick?

Elle prononçait le mot avec une telle ferveur que Sir Henry ne put se retenir de sourire.

— En fait, continua-t-elle, rien ne peut être sauvé que par le mariage d'Edward, qui, par malheur, est terriblement têtu. Tout à fait comme mon père! J'avais pensé qu'il finirait par oublier Henrietta et par épouser quelque gentille fille qu'on lui aurait trouvée, mais je sais maintenant qu'il n'y faut pas compter. Je m'étais dit aussi que la liaison de John et d'Henrietta ne durerait pas éternellement, John étant, autant que je sache, assez volage, mais je me suis aperçue l'autre soir, rien qu'à la façon dont il la regardait, qu'il aimait vraiment Henrietta. En même temps, je me disais que, John disparu, Henrietta ne manquerait pas d'épouser Edward, car elle n'est pas femme à vivre de souvenirs. Le problème consistait donc uniquement à se débarrasser de John Christow...

— Mais, Lucy, vous n'avez pas...

Sir Henry n'osait achever sa phrase. Lady Angkatell, qui s'était levée pour retirer d'un vase une fleur fanée, se retourna vivement.

— N'allez pas imaginer un instant, mon cher, que j'ai tué John Christow! Sans doute, j'ai eu la sottise d'envisager un accident, mais je me suis rappelée que c'était nous qui avions prié John Christow de venir. La situation aurait été tout autre s'il s'était invité lui-même. Mais, étant donné que nous lui avions nous-mêmes demandé de bien vouloir être notre hôte, il me devenait impossible de songer plus longtemps à cet accident. Les lois de l'hospitalité nous imposent certains devoirs. Vous voyez, mon cher Henry, que vous n'avez aucune raison de vous tracasser!

Allant vers la porte-fenêtre menant au jardin, elle ajouta :

— D'ailleurs, les choses ont fort bien tourné et nous sommes aujourd'hui délivrés de John sans avoir rien fait pour cela!

Elle sourit une fois encore à son mari et sortit.

Sir Henry la regarda s'éloigner. Il se sentait très vieux et très fatigué...

A l'office, Doris Emmott, les yeux pleins de larmes, subissait les reproches de Mr. Gudgeon, en présence de Mrs. Medway et de Miss Simmons, qui jouaient dans la scène le rôle du chœur antique.

— Vous m'aviez vu avec une arme. Vous n'aviez qu'une chose à faire. C'était de venir me trouver et de me dire : « Monsieur Gudgeon, puis-je vous demander pourquoi vous tenez ce pistolet à la « main? »

— Vous auriez aussi très bien pu me poser la question à moi, ajouta Mrs. Medway. Je suis toujours disposée à donner des conseils à une jeune fille qui ne connaît rien de la vie!

— En tout cas, reprit Gudgeon, ce qu'il ne fallait absolument pas faire, c'est ce que vous avez fait! A-t-on idée d'aller faire des confidences à un policier et de choisir pour ça un malheureux petit sergent?... Quand la police ne vous demande rien, ma fille, laissez-la tranquille! Il est déjà bien assez triste de l'avoir dans la maison!

— On peut le dire! murmura Miss Simmons. Ça ne m'était jamais arrivé!

— Nous savons tous comment est Madame, poursuivit Gudgeon, et, d'elle, rien ne peut me surprendre. Seulement, la police, elle, ne connaît pas Madame et il est inconcevable que ces gens aient le droit d'ennuyer Madame avec toutes sortes de questions et de se livrer à toutes sortes de suppositions, simplement parce que Madame a pris un pistolet pour aller se promener. De sa part, ça n'a rien d'extraordinaire, mais les policiers voient de vilaines intentions partout! Madame ne ferait pas de mal à une mouche, mais elle est extrêmement distraite et il lui arrive de mettre les choses dans les endroits les plus invraisemblables. Je me rappellerai toujours le jour où elle a déposé une langouste vivante dans le plateau aux cartes de visite, sur la table du hall. Quand je l'ai aperçue, cette langouste, j'ai cru à une hallucination!

Le maître d'hôtel se tut. Le sermon était terminé. Mrs. Medway, après avoir bien fait remarquer à Doris que Mr. Gudgeon ne lui avait parlé que dans son propre intérêt, renvoya son aide à l'épluchage des légumes et retourna mélancoliquement à ses fourneaux. Il est bien difficile de faire de bonne pâtisserie dans une maison où l'atmosphère est viciée par la présence de policiers.

CHAPITRE XXII

Très élégante dans un costume de sport qui rappelait à Poirot celui qu'il avait vu à Henrietta, Veronica Cray apportait dans la pièce un parfum que l'odorat subtil du détective identifia dès qu'il le perçut. Souriante, radieuse même, elle vint vers lui.

— Monsieur Poirot, dit-elle, j'ai appris à l'instant que vous étiez mon voisin et il y a très longtemps que j'avais envie de vous connaître!

Il s'inclina, baisa la main qu'elle lui offrait et la conduisit à un fauteuil.

— Monsieur Poirot, reprit-elle, si j'ai désiré vous parler, c'est parce que je suis très ennuyée.

— Ennuyée? Vous me chagrinez!

— Il s'agit de la mort de John Christow. L'enquête a lieu demain. Vous le savez?

— Je le sais.

— Et mon histoire est si extraordinaire qu'elle semble presque incroyable. Je pense, cependant, que vous la croirez, vous, parce que vous connaissez les hommes.

Poirot acquiesça d'un signe de tête.

— L'inspecteur Grange est venu me voir, poursuivit la comédienne. Il a dans la tête que je me suis disputée avec John, ce qui est vrai dans un certain sens, mais non dans celui où il l'entend. Je lui ai dit que je n'avais pas vu John depuis quinze ans. Il n'a pas voulu me croire. Et pourtant, monsieur Poirot, c'est la vérité!

— Si c'est vrai, ce doit être facile à prouver. Vous n'avez donc pas à vous tracasser!

Elle sourit.

— La vérité vraie, monsieur Poirot, c'est que je n'ai pas osé raconter à l'inspecteur ce qui s'est passé dans la soirée de samedi. C'est tellement fantastique qu'il se serait certainement refusé à me croire. Cela, il faut pourtant que je le dise à quelqu'un... et c'est pourquoi je suis venue vous trouver!

— Vous m'en voyez très honoré!

Il remarqua qu'elle avait l'air de n'en point douter. Jolie, très jolie, elle était sûre de son pouvoir.

« Et l'idée ne l'effleure même pas, songea Poirot, qu'il est des gens sur qui il ne joue pas! »

— John et moi, reprit-elle, il y a quinze ans, nous nous étions fiancés. Il m'aimait beaucoup, tellement même que parfois cet amour m'inquiétait. Il aurait voulu me voir abandonner le théâtre et je compris bien vite qu'il entendait que ma vie fût l'ombre de la sienne. Il avait une personnalité très puissante, très exclusive, et, me rendant compte que je ne pourrais m'accommoder de l'existence qu'il m'offrait, je rompis nos fiançailles. La chose, je le crains, lui fit beaucoup de peine.

Le visage de Poirot indiquait clairement que le contraire lui eût paru inadmissible. Elle continua :

— Je ne devais le revoir que samedi dernier, dans la soirée. Il me ramena chez moi et, ainsi que je l'ai dit à l'inspecteur, nous avons parlé d'autrefois. Seulement, nous ne nous en sommes pas tenus là...

— Ah?

— John a perdu la tête. C'est le mot! Il est devenu complètement fou. Il voulait que, quittant mon mari et mes enfants, j'obtienne le divorce afin de l'épouser. Il disait qu'il ne m'avait jamais oubliée et que, pour lui, le temps s'était arrêté le jour où il m'avait perdue.

Très pâle sous son maquillage, elle ferma les yeux pour les rouvrir, quelques secondes plus tard, dans un timide sourire.

— Croyez-vous, monsieur Poirot, qu'un sentiment puisse persister ainsi à travers les années?

— Je le pense.

— Vous croyez qu'on peut ne jamais oublier, attendre, faire des projets, espérer, conserver intacte pendant des années la volonté d'obtenir en fin de compte ce que l'on avait désiré? Vous croyez qu'il y a des hommes qui sont capables de ça?

— Oui. Des femmes aussi...

— C'est d'un homme que je parle, monsieur Poirot, de John Christow. Naturellement, j'ai commencé par rire de ce qu'il disait, refusant de le prendre au sérieux, puis je lui ai déclaré qu'il était fou. Nous avons discuté à perte de vue et il était très tard quand il est parti pour rentrer chez lui. Mes arguments ne l'avaient pas convaincu et il était toujours aussi farouchement entêté dans sa résolution...

Elle avala sa salive et poursuivit :

— C'est pourquoi, le lendemain matin, je lui envoyai un mot pour le prier de venir me voir. Les choses ne pouvaient pas en rester là. Je voulais l'obliger à se rendre compte que ce qu'il exigeait était impossible.

— Etait-ce vraiment impossible?

— Mais oui, c'était impossible, absolument impossible! Il vint donc me revoir, mais ce fut la répétition de la scène de la veille. Il ne voulait rien entendre et, comme il insistait, je lui déclarai qu'il perdait son temps, que je ne l'aimais pas et même que je n'avais pour lui que de la haine!... Il m'avait fallu le traiter très durement et nous nous sommes séparés fâchés... Et, maintenant, il est mort!

Poirot regardait les mains de la comédienne, de grandes mains larges, plutôt cruelles. Elles trahissaient une agitation extraordinaire. Veronica Cray était en proie à une vive émotion. Mais Poirot crut comprendre qu'elle n'avait pas de chagrin. Le sentiment qui devait dominer en elle en ce moment, c'était la colère. Une sorte de ressentiment égoïste...

— Voilà, monsieur Poirot, reprit-elle d'une voix plus calme, ce que j'avais à vous dire. Que dois-je faire? Raconter ce qui s'est passé ou le garder pour moi? C'est la vérité vraie, mais voudra-t-on la croire?

Poirot la regarda longuement sans mot dire. Il n'avait pas l'impression que Veronica Cray lui avait dit la vérité, mais il sentait qu'il y avait dans son récit quelque chose d'exact. Les faits ne devaient pas avoir été tels qu'elle les rapportait, mais ils reposaient sur un fond d'authenticité.

Et, tout d'un coup, il comprit. L'histoire était vraie, mais les rôles étaient intervertis. C'était elle qui n'avait pu oublier John Christow et lui qui l'avait repoussée. Et, maintenant, incapable de supporter en silence l'humiliation qu'il lui avait fait subir, furieuse d'un échec qui la blessait dans son orgueil, elle imaginait des événéments une version qui, la plaçant en posture plus avantageuse, la consolait et la vengeait.

— Si tout ceci, dit-il enfin, avait quelque rapport avec la mort de John Christow, vous devriez tout exposer à la police. Mais, comme il n'en est rien, à ce qu'il me semble, j'ai l'impression que vous pouvez fort bien garder tout ça pour vous.

Cette réponse allait-elle la décevoir? Il n'était pas loin de le penser. Dans l'état d'esprit qu'il lui devinait, elle eût été ravie de voir son histoire imprimée toute chaude à la première page des journaux. Peut-être, d'ailleurs, n'était-elle venue le voir que dans l'espoir qu'il contribuerait à la diffuser...

Quels qu'ils fussent, elle ne laissa, en tout cas, rien voir de ses sentiments. Elle se leva.

— Je vous remercie, monsieur Poirot. Vous me donnez, je crois, le conseil le plus sage et je suis heureuse d'être venue vous trouver. J'avais besoin que quelqu'un sût...

Il l'assura qu'il ne trahirait pas sa confiance et, l'ayant reconduite jusqu'à la porte du jardin, revint vivement ouvrir la fenêtre. Le parfum de Veronica coûtait très cher, mais, malgré toute sa délicatesse, il offensait les narines sensibles de Poirot. Comme la comédienne elle-même, il avait trop tendance à s'imposer.

Avait-elle tué John Christow? Poirot se posait la question. Il était convaincu qu'elle l'eût fait volontiers, qu'elle aurait eu du plaisir à presser la détente et à voir s'écrouler l'homme qui l'avait blessée dans sa vanité. Mais il lui semblait aussi que cette femme, à l'intelligence froide et calculatrice, n'était pas de celles qui méconnaissent les risques qu'elles peuvent courir. Aussi n'était-il pas loin de conclure que, quelque envie qu'elle eût pu avoir de supprimer John Christow, Veronica Cray en était restée à l'intention.

CHAPITRE XXIII

Simple formalité, l'enquête du coroner venait de prendre fin sur le verdict attendu : renvoi à quinzaine, à la demande des autorités policières.

Gerda — qui, accompagnée de Mrs. Patterson, était venue de Londres dans une Daimler de louage — retournait à sa voiture quand Lady Angkatell se porta à sa rencontre.

— Comment allez-vous, ma chère Gerda? J'espère que vous avez retrouvé le sommeil? En somme, les choses se passent aussi bien qu'on pouvait le souhaiter. Je suis navrée de ne pas vous avoir avec nous, mais je comprends très bien qu'un séjour au *Vallon* vous serait très pénible dans les circonstances actuelles.

Mrs. Patterson, dont le regard reprochait clairement à sa sœur de ne pas l'avoir présentée de façon convenable, expliqua que c'était Miss Collier qui avait eu l'idée d'épargner à Gerda l'ennui de coucher une nuit hors de Londres.

Baissant la voix, elle ajouta :

— Je vais emmener Gerda et les enfants à Bexhill. Elle a besoin de calme et de repos. Harley Street est positivement infestée de reporters!

Gerda, qui semblait nerveuse et lointaine, était déjà dans la voiture. Elsie Patterson la rejoignit et la Daimler s'éloigna.

— Pauvre femme! murmura Midge Hardcastle.

Edward Angkatell haussa les épaules et dit avec humeur :

— Mais qu'est-ce que Christow avait donc de si remarquable? Cette malheureuse femme a l'air complètement anéantie!

— Elle n'existait que par lui.

— Mais pourquoi? C'était un égoïste, un convive agréable, je veux bien, mais...

Brusquement, laissant sa phrase inachevée, il demanda :

— Vous, Midge, qu'est-ce que vous pensiez de lui?

— Moi?

Elle réfléchit un instant, puis, assez étonnée elle-même des mots qu'elle prononçait, répondit :

— Je crois que je le respectais.

— Vous le respectiez? Pourquoi?

— Mon Dieu, parce qu'il connaissait son affaire!

— Comme médecin?

— Oui.

Ils n'eurent pas le temps d'en dire plus. Henrietta arrivait, qui devait reconduire Midge à Londres en voiture. Edward — qui, ainsi que David, ne s'en allait qu'après le déjeuner, par le train de l'après-midi — se disposa à prendre congé.

— Il faudra, un de ces jours, Midge, que vous veniez déjeuner avec moi!

— Avec joie! Seulement, je n'ai qu'une heure...

Il sourit.

— Oui, mais c'est spécial! Je suis sûr que vos patrons comprendront...

Tourné vers Henrietta, il ajouta :

— Quant à vous, Henrietta, je vous téléphonerai!

— Entendu! Mais je vais sans doute sortir beaucoup...

— Sortir?

Moqueuse, elle expliqua :

— Il faut bien que je noie mon chagrin! Vous ne vous imaginez pas que je vais rester chez moi à me lamenter entre quatre murs, non?

— Je ne vous comprends plus! dit-il d'une voix lente. Vous avez tellement changé!

Elle posa sur lui un regard très doux, puis, après lui avoir serré l'avant-bras d'une pression affectueuse, s'en fut avec Midge vers sa voiture. Quelques minutes plus tard, l'auto roulait sur la route de Londres, dans un décor de forêts parées de toutes les rouilles de l'automne.

— Je suis contente de m'en aller, dit Midge au bout d'un instant. Lucy est un amour, mais il y a des minutes où elle me fiche la frousse!

Henrietta, les yeux fixés sur le rétroviseur, répondit assez distraitement :

— C'est son tempérament. Il faut qu'elle ajoute un peu de couleur à tout. Même à un meurtre!

— Auparavant, c'est curieux, un meurtre, c'est une chose à quoi je n'avais jamais pensé!

— C'est bien naturel! Un meurtre, c'est « un mot de sept lettres » quand on est amateur de mots croisés, ou deux heures de lecture passionnante quand on aime les romans policiers. Seulement, un vrai meurtre...

Elle s'interrompit et Midge finit pour elle la phrase commencée.

— ... c'est la réalité et c'est effrayant!

— Vous n'avez pas à être effrayée, Midge! De nous tous, vous êtes la seule, mais vous êtes en dehors de ça, vous!

— D'ailleurs, maintenant, c'est fini pour tout le monde!

— Est-ce bien sûr?

Henrietta, dont les yeux ne quittaient pas le rétroviseur, appuya sur l'accélérateur. L'aiguille de l'indicateur de vitesse passa de soixante-dix à quatre-vingt-dix. Midge tourna la tête vers Henrietta. L'allure, sur une route en lacets, lui paraissait excessive et elle savait qu'Henrietta, tout en aimant la vitesse, conduisait avec assez de prudence.

— Regardez derrière vous, Midge! dit Henrietta. Vous voyez la voiture?

— Oui.

— C'est une Ventnor 10.

— Ah?

Midge n'avait pas l'air particulièrement intéressée.

— Ce sont de bonnes petites voitures, reprit Henrietta. Elles consomment peu, tiennent bien la route, mais ne sont pas très rapides.

— Non?

Midge n'avait jamais compris qu'on eût la passion de l'automobile.

— Elles ne sont pas très rapides, Midge. Seulement, celle-ci réussit à se maintenir derrière nous, bien que nous filions à quatre-vingt-dix!

— Voudriez-vous dire...

— Exactement! répondit Henrietta. La police possède des modèles de série équipés de moteurs spéciaux.

— Ce qui signifierait que nous sommes surveillées?

— J'en ai l'impression.

Midge fut secouée d'un petit frisson.

— Henrietta, demanda-t-elle peu après, cette histoire du second revolver, vous comprenez ce qu'elle veut dire?

— Non. Elle innocente Gerda. Mais, pour le reste, on ne comprend pas!

— Pourtant, si ce second revolver appartient à Henry...

— Ça, Midge, c'est une pure hypothèse! N'oubliez pas qu'il n'a pas été retrouvé!

— C'est vrai! Il est peut-être à quelqu'un du dehors. Après tout, ça ne me surprendrait pas! Pour moi, l'assassin, savez-vous qui c'est? Eh bien, c'est cette femme!

— Veronica Cray?

— Oui.

Henrietta, regardant droit devant elle, sur la route, restait muette. Midge insista :

— Vous croyez que c'est possible?

— Possible, oui!

— Vous n'avez pas l'air de penser...

— A quoi bon penser qu'une chose est, parce qu'on

voudrait qu'elle fût? Ce serait la solution idéale! Nous serions tous innocentés!

— Nous? Mais...

— Mais oui, ma chérie, nous sommes tous suspects, tous! Même vous, encore qu'il serait bien difficile d'imaginer une raison pour laquelle vous auriez pu vouloir la mort de John! Que Veronica soit coupable, bien sûr, ça me plairait beaucoup! Je serais ravie de la voir s'asseoir au banc des accusés pour nous donner un échantillon de ses talents de comédienne! Rien ne pourrait me faire plus plaisir!

— Si vous lui en voulez tant, c'est...

Midge ne savait comment achever sa phrase.

— Vous voulez me demander, Midge, si c'est parce que j'aimais John?

— Oui.

Midge, un peu choquée de la constatation, s'aperçut que, pour la première fois, le fait qu'Henrietta aimait John Christow venait d'être exprimé avec des mots. Leur liaison était connue, acceptée, mais nul n'y avait jamais fait allusion.

Il y eut un long silence. Henrietta réfléchissait. D'une voix pensive, elle dit enfin :

— Je ne saurais vous expliquer ce que je ressens. Peut-être ne le sais-je pas moi-même...

Le jour baissait déjà quand les deux femmes pénétrèrent dans l'atelier d'Henrietta.

— Vous ne trouvez pas qu'il fait plutôt froid? demanda Henrietta. Je vais allumer le radiateur à gaz... Zut! j'ai oublié d'acheter des allumettes!

— Vous n'avez pas de briquet?

— Si, mais il ne marche pas!... Installez-vous! Il y a un vieil aveugle qui vend des allumettes au coin de la rue. Je vais aller en chercher. J'en ai pour une minute...

Restée seule dans l'atelier, Midge examina les œuvres d'Henrietta. Elle s'arrêta devant une figure de bronze aux pommettes saillantes qui lui parut représenter un soldat de l'Armée Rouge, devant une curieuse composition en ruban d'aluminium, qui l'intrigua fort, puis devant une grosse grenouille en granit rouge. Elle était au fond de l'atelier, devant une statue en bois, presque grandeur nature, quand Henrietta revint. Elle se retourna.

— Qu'est-ce que c'est que ça, Henrietta? C'est terrifiant!

— Ça? C'est *L'Adoratrice*! C'est destiné aux Artistes Internationaux.

Midge répéta :

— C'est terrifiant!

Agenouillée devant le radiateur, Henrietta demanda, par-dessus son épaule :

— Qu'est-ce que vous lui trouvez de terrifiant?

— Je ne sais pas... Peut-être l'absence de visage?

— Vous y êtes, Midge!

— En tout cas, c'est excellent!

Henrietta se relevait. Elle répondit, en riant, que c'était « un joli morceau de poirier », puis, après s'être débarrassée de son manteau de fourrure, posa sur la table deux boîtes d'allumettes.

— Et maintenant, lança-t-elle d'une voix joyeuse, occupons-nous du thé!

Midge, pensive, considérait les deux boîtes d'allumettes.

— Henrietta, dit-elle, vous vous souvenez de ces boîtes d'allumettes que Veronica Cray a emportées, l'autre soir?

— Quand Lucy a insisté pour lui en faire prendre une demi-douzaine? Je pense bien!

— Est-ce que quelqu'un a essayé de savoir si contrairement à ce qu'elle prétendait, elle n'avait pas des allumettes chez elle?

— La police fait son travail sérieusement. Elle a dû s'occuper de ça...

Le ton était léger et Henrietta, un sourire qu'on eût dit de triomphe au coin des lèvres, paraissait si heureuse que Midge, tout ensemble surprise et navrée, songea que, malgré ce qu'elle affirmait, elle n'avait pas dû aimer John vraiment.

« Edward, se dit-elle avec un peu de mélancolie, n'aura pas à attendre longtemps! »

Cette pensée, elle se la reprocha tout de suite. Elle aurait dû lui faire plaisir. Elle souhaitait le bonheur d'Edward. Elle devait donc se réjouir à l'idée qu'il aurait bientôt la femme qu'il aimait. Evidemment, on n'aurait pas pu exiger ça d'elle si elle avait pu elle-même épouser Edward. Mais, pour lui, elle serait toujours « la petite Midge ». Rien de plus. Il était de la race des amoureux fidèles, ceux qui à la longue finissent toujours par l'emporter. Il vivrait à Ainswick avec Henrietta, ils seraient heureux et leur histoire, à l'un et à l'autre, s'achèverait ainsi qu'elle devait...

— Allons! Midge! souriez un peu! s'écria Henrietta. Il ne faut pas vous laisser abattre par un assassinat! Si nous dînions ensemble ce soir?

Midge s'excusa : elle avait beaucoup à faire chez elle, et notamment des lettres à écrire.

— Je prends une tasse de thé, dit-elle, et je me sauve!

— Entendu! Je vous conduirai.

— Mais non! Je trouverai bien un taxi!

— Pourquoi? Puisque ma voiture est à la porte...

Quand elles remontèrent en auto, Henrietta désigna d'un geste discret à Midge la Ventnor, en station à quelque distance.

— Nous n'avons pas perdu notre ombre, dit-elle. Elle va nous suivre, vous allez voir!

— C'est bien agaçant!

— Vous trouvez? Moi, ça m'est égal!

Midge déposée chez elle et sa voiture rentrée au garage, Henrietta regagna son atelier. Debout près de la cheminée, sur le marbre de laquelle ses doigts tambourinaient sans qu'elle en eût conscience, elle s'absorba dans ses pensées. Elle resta ainsi un bon moment. Puis, avec un soupir, elle dit, presque à haute voix :

— Et, maintenant, au travail! Inutile de perdre du temps!

Une heure et demie plus tard, en blouse, dépeignée et des taches de glaise sur les joues, elle s'éloignait de la sellette pour examiner d'un œil critique l'ébauche qu'elle venait de modeler.

Elle lui donnait satisfaction. C'était, grossière encore, l'image d'un cheval, mais d'un cheval si différent de ses congénères, qu'à sa vue un colonel de cavalerie serait tombé, frappé d'apoplexie. L'animal aurait consterné les ancêtres chasseurs d'Henrietta. C'était un cheval, mais un cheval abstrait.

Henrietta se demanda ce qu'aurait pensé de lui l'inspecteur Grange s'il avait été appelé à le voir et l'idée l'amusa un bon moment.

CHAPITRE XXIV

Debout sur le trottoir de Shaftesbury Avenue, Edward Angkatell contemplait les lettres dorées qui composaient l'enseigne de *Madame Alfrège*. Il réunissait ses forces pour franchir la porte du magasin.

Un obscur instinct l'avait dissuadé de téléphoner à Midge pour l'inviter à déjeuner. Ce fragment d'entretien téléphonique, dont il avait été le témoin au *Vallon*, lui avait laissé une impression infiniment désagréable. Il avait été blessé dans ses sentiments intimes par cette soumission qu'il avait discernée dans la voix de Midge.

Que Midge, l'exubérante Midge, l'indomptable Midge, qui disait toujours ce qu'elle avait à dire et faisait toujours ce qu'elle voulait faire, que la joyeuse petite Midge dût se résigner à supporter les insolences — qu'il n'avait pas entendues, mais qu'il avait devinées — de la personne qui se trouvait à l'autre bout du fil, il ne pouvait l'admettre. Il y avait là-dedans quelque chose qui n'allait pas! Et ce n'était pas ce qu'elle lui avait dit à l'issue de la communication qui pouvait le faire changer d'avis!

Qu'il y eût de nombreuses jeunes femmes qui travaillaient, c'était un fait qu'il avait jusqu'alors accepté sans qu'il retînt autrement son attention. Si elles travaillaient, c'était vraisemblablement parce que ça leur faisait plaisir, parce qu'elles voulaient être indépendantes et faire quelque chose de leurs journées. Il ne s'était jamais avisé que, lorsqu'elle est occupée de neuf heures du matin à six heures du soir, avec une heure de liberté pour le déjeuner, une jeune femme se trouve coupée de la plupart des plaisirs qui embellissent la vie. A moins de sacrifier son repas de midi, Midge ne pouvait jamais entrer dans une galerie de tableaux. Les concerts de l'après-midi lui étaient interdits et, sauf le samedi et le dimanche, il lui fallait prendre chaque jour son déjeuner dans un *Lyons* surpeuplé ou sur le coin d'un bar. Cette découverte l'avait navré. Car il avait beaucoup d'affection pour cette petite Midge, qui arrivait à Ainswick timide, craintive, osant à peine parler, mais dont la gaieté s'épanouissait tout au long des vacances.

Edward, qui l'avait toujours considérée comme une enfant, ne s'était aperçu qu'elle avait grandi qu'au *Vallon*, le soir où, après avoir entendu de la bouche d'Henrietta des propos qui lui avaient brisé le cœur, il était venu, transi et découragé, s'asseoir dans le salon. Là, tandis qu'elle lui faisait du feu, il avait découvert qu'elle n'était plus la petite fille d'autrefois, mais une jeune femme. Sur le moment, il en avait même eu du chagrin. Henrietta, il venait d'en avoir la révélation, n'était plus l'Henrietta qu'il avait aimée si longtemps et Midge n'était plus « la petite Midge » d'Ainswick. Le passé se dissociait, sa vie s'en allait en lambeaux...

Depuis, il s'était vivement reproché de ne jamais s'être préoccupé du bonheur de Midge et l'idée qu'elle conservait chez Mrs. Alfrège cet emploi où elle se déplaisait n'avait cessé de le tracasser. Aussi avait-il pris la décision de venir se rendre compte par lui-même de ce qu'était le magasin.

Les modèles exposés dans la vitrine ne le rassuraient pas. Il manquait de compétence, mais il lui semblait bien que cette robe noire, avec sa ceinture dorée, ce petit tailleur trop court et ce fourreau de lamé d'un luxe agressif ne méritaient aucune considération. La maison n'était pas digne de Midge. Il faudrait faire quelque chose et cela devait être dans les possibilités de Lady Angkatell...

Surmontant ses dernières hésitations, Edward poussa la porte du magasin et entra. Le seuil à peine franchi, il se sentit terriblement gêné. Sur sa droite, deux jeunes femmes blondes examinaient le manteau que leur présentait une vendeuse. Dans le fond, une grosse mère, remarquable par sa courte taille, ses cheveux teints au henné, son nez volumineux et sa voix désagréable, étudiait avec une cliente « un peu forte » les retouches à apporter à une robe du soir. Sur sa gauche, une voix irritée traversait la légère cloison d'une cabine d'essayage.

— C'est affreux!... Il n'y a pas d'autre mot!... Vous n'avez donc rien de propre à me montrer?

La réponse vint. Une voix douce et respectueuse qu'Edward reconnut dès les premiers mots.

— Ce modèle bordeaux est très chic, madame, et je suis persuadée qu'il vous irait admirablement. Voudriez-vous l'essayer?

— Je ne vais pas perdre mon temps à enfiler des horreurs dont je ne veux pas! Donnez-vous un peu de peine, mademoiselle! Je vous ai dit que je ne veux pas de rouge. Si vous m'aviez écoutée...

Edward sentait que son cou virait à l'écarlate. Il espérait que Midge allait jeter la robe au visage de l'odieuse mégère. Mais Midge ne se fâchait pas.

— Je vais vous chercher autre chose, madame. Vous ne voulez pas voir ce vert?... Ou ce bleu qui est très bien?

— Il est affreux et je ne veux plus rien voir! Je perds mon temps...

Cependant, abandonnant sa massive cliente, Midge s'approchait d'Edward, qui, pour répondre à l'interrogation muette de ses yeux, ramassa toute son énergie pour aborder Mrs. Alfrège :

— Pourrais-je, madame, parler à Miss Hardcastle?

Mrs. Alfrège fronça le sourcil. Mais, s'avisant que les vêtements d'Edward ne pouvaient avoir été coupés que dans Savile Row, elle dédia au visiteur un sourire qui ne pouvait enjoliver son visage.

Dans la cabine d'essayage, la voix de la cliente s'élevait de nouveau :

— Faites donc attention!... Dieu, que vous êtes maladroite! Vous me tirez les cheveux!

Midge s'excusait.

— Je suis navrée, madame.

— On n'est pas gauche à ce point-là!... Non, laissez, je le ferai moi-même!... Ma ceinture, je vous prie!

Cependant, Mrs. Alfrège, d'un ton mielleux, informait Edward que Miss Hardcastle serait libre « dans une minute ». Bientôt, Midge ouvrait la porte de la cabine, d'où jaillissait une matrone au visage revêche, qui, les bras surchargés de paquets divers, gagna la rue à grandes enjambées. Midge, vêtue d'une robe noire de coupe sévère, était très pâle et semblait très malheureuse.

— Midge, déclara Edward sans aucun préambule, je suis venu vous prendre pour déjeuner.

La jeune fille jeta un coup d'œil rapide à la pendule.

— C'est que je ne m'en vais pas avant une heure un quart.

Il était une heure dix.

— Miss Hardcastle, dit Mrs. Alfrège de son ton le plus aimable, vous pouvez partir maintenant, puisque votre ami est venu vous chercher!

Midge murmura un merci, annonça qu'elle en avait « pour une seconde » et disparut vers le fond du magasin. Edward, qui avait tiqué sur la façon déplaisante dont Mrs. Alfrège avait mis l'accent sur le mot « ami », souhaitait que l'attente fût brève : il ne se sentait pas à son aise dans cette sale boutique. Mrs. Alfrège se disposait à entamer la conversation, quand une dame au manteau somptueux entra dans le magasin, un horrible pékinois dans les bras. Son instinct commercial l'emportant sur sa curiosité, Mrs. Alfrège se précipita à sa rencontre. Midge arrivait. Edward la saisit par le coude et l'entraîna.

— Mon Dieu! mon Dieu! s'écria-t-il dès qu'ils furent dans la rue. Il faut que vous supportiez tout ça? J'ai entendu ce que vous disait cette chipie. Comment pouvez-vous tenir et résister à la tentation de lui jeter vos satanées robes à travers la figure?

— Si je me mettais sur ce pied-là, dit Midge avec simplicité, j'aurais vite perdu ma place!

— Pourtant, vous devez bien avoir envie de traiter des clientes comme ça ainsi qu'elles le méritent?

Midge poussa un soupir.

— Bien sûr que j'en ai envie! Quelquefois, à la fin de certaines journées de soldes, surtout l'été, quand il fait très chaud, il y a des moments où j'ai peur de ne pas pouvoir me dominer plus longtemps et où je crois que je vais dire à toutes ces sales bonnes femmes tout ce que j'ai sur le cœur!

— Midge, ma chère petite Midge, vous ne pouvez pas continuer comme ça!

Elle partit d'un rire un peu forcé.

— Ne vous frappez pas, Edward! Tout ça n'a rien

de grave. Au fait, pourquoi êtes-vous venu? Pourquoi n'avez-vous pas téléphoné?

— Je voulais voir ce qu'était votre magasin. La chose me tracassait...

Il se tut quelques secondes, puis il explosa.

— Enfin! Midge, Lucy ne parlerait pas à la dernière de ses filles de cuisine sur le ton dont cette femme vous a parlé! Il n'est pas convenable que vous ayez à subir ces insolences et ces grossièretés! J'ai bien envie de vous enlever et de vous conduire directement à Ainswick! J'arrête un taxi, je vous fourre dedans et nous filons par le train de deux heures quinze!

Midge s'immobilisa net sur le trottoir. Elle avait eu une matinée fatigante, avec des clientes difficiles, Mrs. Alfrège avait été plus tyrannique que jamais et Midge, soudain, s'apercevait qu'elle n'en pouvait plus de jouer la comédie. Edward, qui l'obligeait ainsi à s'avouer à elle-même sa propre faiblesse, s'imaginait-il lui faire plaisir? Elle lui en voulait et ce fut sur un ton de moquerie méchante que, tournée vers lui, elle s'écria :

— Eh bien! qu'est-ce que vous attendez? Ce ne sont pas les taxis qui manquent!

Il ouvrait de grands yeux stupéfaits. Midge, en qui la colère montait, poursuivait :

— Est-ce que vous croyez qu'il était bien nécessaire de venir me dire ces choses-là? Vous ne le pensez pas! Est-ce que vous vous figurez qu'après une matinée comme celle que je viens d'avoir, il m'est agréable de me rappeler qu'il y a des endroits comme Ainswick? C'est très gentil à vous de me dire que vous voulez me tirer de cet affreux magasin, mais vous n'en pensez pas un mot! Oui, c'est entendu, je vendrais mon âme pour prendre le train de deux heures quinze et me sauver loin de cette vie que j'abomine! Seulement, je ne peux pas et je ne veux absolument pas penser à Ainswick! Comprenez-vous?

Vos intentions sont bonnes Edward, mais vous êtes cruel! C'est très joli de parler, mais...

Debout sur le trottoir, ils gênaient la circulation. Des gens qui se hâtaient vers leur déjeuner les bousculaient, mais ils ne s'en apercevaient même pas. Ils n'avaient conscience de rien, sinon d'eux-mêmes. Edward avait l'impression de sortir d'un long sommeil.

— Si c'est comme ça, s'écria-t-il, on ne discute plus! Vous prendrez le train de deux heures quinze!

Il leva sa canne pour arrêter un taxi...

Dans la voiture qui les emmenait vers la gare de Paddington, ils demeurèrent longtemps silencieux. Midge pinçait les lèvres. Une flamme de défi brillait dans ses yeux. Edward regardait droit devant lui. Elle profita d'un arrêt du trafic, dans Oxford Street, pour dire d'une voix franchement désagréable :

— En somme, j'ai tenu votre bluff!

Il répondit d'un ton sec :

— Je ne bluffais pas!

Edward ne se retrouva lui-même qu'un peu plus tard, comme la voiture, quittant Edgware Road, s'engageait dans Cambridge Terrace.

— Nous ne pouvons pas avoir celui de deux heures quinze! dit-il.

Sur quoi, il frappa à la vitre et donna au chauffeur l'ordre de les conduire au Berkeley.

— Pourquoi ne pouvons-nous prendre le train de deux heures quinze? demanda Midge avec une froideur étudiée. Il n'est pas plus d'une heure vingt-cinq.

Il lui sourit.

— Vous n'avez même pas une valise, petite Midge! Vous partez sans linge de rechange, sans brosse à dents et sans gros souliers! Il y a un très bon train à quatre heures quinze. Pour le moment, nous allons déjeuner et parler un peu!

Midge poussa un petit soupir.

— Je vous reconnais bien là, Edward! Vous n'oubliez jamais les petits détails de la vie et, quand vous vous emballez, vous savez vous arrêter!... Enfin! Aussi longtemps qu'il durait, c'était un bien beau rêve!

Elle glissa sa main dans la sienne et, retrouvant son bon sourire d'autrefois, elle ajouta gentiment :

— Je suis désolée, Edward, de m'être campée sur le trottoir pour vous interpeller à la manière des marchandes de poissons. Mais vous savez que vous étiez bien irritant?

— Oui, dit-il. C'est possible.

Au Berkeley, ils s'installèrent côte à côte près d'une fenêtre et Edward composa un excellent menu. Après le poulet, Midge, avec un soupir, annonça qu'il lui fallait rentrer au magasin. Elle était déjà en retard.

— Aujourd'hui, répliqua Edward, vous prendrez tout votre temps pour déjeuner, quand je devrais pour vous faire pardonner, acheter la moitié du stock!

Elle dut s'incliner.

Au café, il dit, tout en tournant sa cuiller dans sa tasse :

— Alors, Ainswick, vous l'aimez vraiment?

Elle eut un petit sourire ennuyé.

— Croyez-vous qu'il faut que nous parlions d'Ainswik? Nous n'avons pas pris le train de deux heures j'ai survécu, je sais fort bien qu'il n'est pas question de quatre heures quinze, mais... ne me retournez pas le fer dans la plaie!

— Je n'ai pas l'intention de vous faire prendre celui de quatre heures quinze, répondit-il, souriant lui aussi. Mais je vous propose quand même de venir à Ainswick... et d'y venir pour de bon, pour toujours... si vous croyez pouvoir vous entendre avec moi.

Interdite, elle le regardait par-dessus le bord de sa tasse de café, qu'elle reposa sur la table d'une main qu'elle surveillait pour qu'elle ne tremblât pas.

— Est-ce que je vous ai bien compris, Edward?

— Oui, Midge. Je vous demande si vous voulez m'épouser. Je n'ai rien de l'amoureux romantique, je suis un peu ours, je le sais, et je ne suis pas bon à grand-chose. Seulement, si je ne suis pas un Don Juan, il y a très longtemps que nous nous connaissons, vous et moi, et Ainswick serait, j'imagine... mon Dieu, oui, une compensation. Qu'est-ce que vous en dites?

Midge dut faire un gros effort pour parler.

— Mais... je croyais... qu'Henrietta...

Elle ne put aller plus loin.

— Trois fois, dit-il, j'ai demandé sa main à Henrietta. Trois fois elle me l'a refusée. Henrietta sait ce qu'elle ne veut pas.

Après un long silence, il reprit :

— Alors, ma chère Midge, que décidez-vous?

Elle posa ses yeux dans les siens et, d'une voix que l'émotion voilait un peu, répondit :

— Ça me semble tellement fantastique!... Venir au Berkeley et, au dessert, se voir offrir le paradis!

Le visage d'Edward s'éclaira. Prenant la main de Midge, il dit :

— Le paradis, pour vous, c'est donc Ainswick?... Oh! Midge, que je suis content!

Pendant un long moment, ils restèrent sans parler. Heureux, l'un et l'autre. Puis, Edward paya l'addition, gratifiant le garçon d'un pourboire princier. Les derniers clients se retiraient.

— Il faut maintenant que nous nous en allions, dit Midge. Je ne peux pas ne pas passer au magasin. Mrs. Alfrège compte sur moi et je ne voudrais pas la quitter sans prévenir.

— Je n'y vois pas d'inconvénient, déclara Edward, à condition qu'elle ne prétende pas vous faire encore travailler chez elle, ne serait-ce qu'une heure! Là-dessus, je serai intransigeant. D'ailleurs, auparavant, il faut que nous allions dans Bond Street, pour la bague...

— La bague?

— Est-ce que ce n'est pas l'usage? Est-ce que vous ne devez pas avoir une bague de fiançailles?

Elle l'eut bientôt : un diamant, choisi par Edward avec beaucoup de goût, une pierre de dimension moyenne, mais d'une taille et d'un éclat remarquables.

— Et, maintenant, dit Edward en sortant de la joaillerie, nous allons montrer à Mrs. Alfrège que, nous aussi, nous pouvons être grossiers et mal polis!

CHAPITRE XXV

Lady Angkatell exultait.

— Vous avez eu cent fois raison, Edward, d'obliger Midge à quitter son horrible boutique, cent fois raison aussi de nous l'amener! Elle va rester avec nous et, si elle veut, c'est ici qu'elle se mariera. Saint-George n'est pas à plus de quatre kilomètres, par la route. Par les bois, il n'y a guère qu'un kilomètre et demi, mais, pour un mariage, on ne peut pas prendre par les bois. Naturellement, c'est le curé qui officiera. Il a eu, ces temps derniers, un rhume terrible, mais il est beaucoup plus sympathique que son vicaire, qui parle du nez, et, avec lui, le service sera bien plus impressionnant...

Midge ne pouvait s'empêcher de remarquer que la réception était bien dans la manière de Lucy : on avait tout ensemble envie de rire et de pleurer.

— Je serai très heureuse de me marier ici! dit-elle.

— Alors, ma chérie, c'est entendu! décida Lady Angkatell. Vous aurez une robe de satin blanc, naturellement, et un missel à reliure d'ivoire. Aurons-nous beaucoup de demoiselles d'honneur?

— Non. Nous voulons faire les choses aussi simplement que possible.

— Vous avez bien raison! A moins de s'y prendre très longtemps à l'avance et d'avoir tout son temps pour les choisir, les demoiselles d'honneur ne forment jamais un ensemble irréprochable : il y en a toujours une laide qui gâte tout et qu'on n'a pas pu écarter parce qu'elle est la sœur du marié. Il est vrai qu'Edward n'a pas de sœur...

Edward sourit.

— Voilà toujours un bon point pour moi!

Lady Angkatell poursuivait :

— Il faudra aussi éviter les enfants. Tout le monde les trouve très gentils, mais, avec eux, on n'est pas tranquille. Ils marchent sur la traîne de la mariée...

— Mais je n'aurai pas de traîne! s'écria Midge. Je me marierai en tailleur.

Lady Angkatell se récria.

— En tailleur, Midge?... Mais vous aurez l'air d'une veuve! Non, non, non! Vous serez en satin blanc et votre robe ne viendra pas de chez Mrs. Alfrège!

— Certainement pas! dit Edward.

— Je vous conduirai chez Mireille...

— Mais, ma chère Lucy, elle est beaucoup trop cher pour moi!

— Ne dites pas de bêtises, Midge! Votre trousseau, c'est Henry et moi qui vous l'offrons et c'est Henry qui vous donnera le bras à l'église. J'espère que la ceinture de son pantalon ne le serrera pas trop. Il y a plus de deux ans qu'il n'est allé à un mariage. Pour moi, je serai...

Elle ferma les yeux pour réfléchir, puis reprit :

— Je serai en bleu... Je pense, Edward, que vous voudrez avoir un de vos amis comme garçon d'honneur. Sinon, on pourrait songer à David. Ça lui montrerait que nous l'aimons tous et ce serait une chose excellente! Il doit être si décourageant de se dire qu'on est très fort, très intelligent et que, cependant, personne ne vous aime! Evidemment, c'est risqué! Il perdra les alliances ou les laissera tomber à la dernière minute. Mais, ce serait bien d'avoir pour le mariage toutes les personnes qui étaient ici pour l'assassinat.

Lady Angkatell avait dit cela d'un ton si naturel que Midge ne put se retenir d'exprimer à haute voix la phrase bizarre qui venait de lui traverser l'esprit :

— Lady Angkatell a reçu cet automne quelques amis à l'occasion d'un meurtre?

— Oui, dit Lucy, songeuse, c'est exactement ça! Du moins, on pourrait le croire!

— Heureusement, maintenant, cette vilaine histoire est finie!

— Pas tout à fait, puisque l'enquête a été seulement ajournée. L'inspecteur Grange a lâché dans la propriété je ne sais combien de ses hommes, qui se promènent dans la châtaigneraie, font lever les faisans et jaillissent comme d'une boîte aux endroits les plus inattendus!

— Que cherchent-ils? demanda Edward. L'arme avec laquelle Christow a été tué?

— C'est ce que je crois. Songez qu'ils se sont même présentés ici avec un mandat de perquisition. L'inspecteur était très gêné, il ne savait comment s'excuser, mais je lui ai dit que nous étions ravis et, de fait, j'ai trouvé ça extrêmement intéressant. Ils ont regardé partout, absolument partout! Je les suivais et je leur ai même indiqué des coins auxquels ils ne pensaient pas. Mais ils n'ont rien trouvé et nous avons, tous, été très déçus. Surtout ce pauvre inspecteur Grange, qui maigrit à vue d'œil. Sa femme ferait bien de lui donner des reconstituants, mais j'imagine qu'elle est de ces ménagères qui se soucient beaucoup plus du brillant de leurs parquets que de la santé de leur mari. Ce qui me fait penser qu'il faut que je voie Mrs. Medway! Les domestiques, c'est très drôle, ne s'accommodent pas de la police! Le soufflé au fromage de Mrs. Medway, hier soir, était absolument raté et c'est bien la preuve qu'il y a quelque chose qui ne va pas. D'ailleurs, si Gudgeon ne les raisonnait pas, je crois bien qu'ils s'en iraient tous! Au fait, vous deux, pourquoi n'allez-vous pas faire un tour? Vous pourriez aider les policiers à chercher ce fameux revolver...

Hercule Poirot assis sur un banc, d'où, entre les arbres, la vue plongeait sur la piscine, regardait la silhouette qui montait le sentier. C'était Henrietta. Elle s'arrêta quelques secondes lorsqu'elle aperçut le détective, puis, poursuivant sa marche, vint prendre place à ses côtés.

— Bonjour, monsieur Poirot! s'écria-t-elle. Je viens de chez vous, mais vous étiez sorti. Vous avez l'air... olympien. Seriez-vous en train de présider aux recherches? Les inspecteurs témoignent d'une grande activité. Qu'espèrent-ils découvrir? Le revolver?

— Je crois, Miss Savernake, que c'est là ce qu'ils cherchent.

— Vous pensez qu'ils le trouveront?

— C'est mon avis... et je ne serais pas surpris que ce fût bientôt.

Elle tourna vers lui des yeux qui interrogeaient.

— Vous croyez savoir où il est?

— Du tout, Miss Savernake. Mais je pense qu'on le trouvera avant peu. Il est temps qu'on le trouve.

— Vous dites des choses étranges, monsieur Poirot!

— Sans doute parce qu'il se passe ici des choses assez étranges. Vous n'avez pas tardé à revenir ici, Miss Savernake?

Les traits d'Henrietta se durcirent, puis elle eut un petit rire amer.

— L'assassin revient toujours sur le lieu du crime, n'est-ce pas? C'est bien ce qu'on dit?... Vous êtes donc convaincu que c'est moi... qui ai tué John Christow? Vous ne m'avez pas crue quand je vous ai dit que je serais incapable de tuer qui que ce soit!

Poirot ne répondit pas tout de suite.

— Miss Savernake, dit-il ensuite d'un air pensif, dès la première minute, j'ai eu l'impression que ce crime était ou très simple, d'une simplicité incroyable, déroutante, ou extrêmement complexe. Ce qui signifie que nous avons à lutter contre quelqu'un qui est assez ingénieux pour embrouiller les choses de telle façon que, chaque fois que nous nous imaginons aller vers la vérité, en fait nous suivons une piste qui nous en éloigne pour nous conduire finalement à une impasse. Nous ne sommes pas aux prises avec la réalité, mais avec une réalité arrangée, et arrangée par une intelligence d'une subtilité remarquable, dont jusqu'à présent tous les plans semblent avoir réussi.

— Je vous crois, répondit Henrietta, mais je ne vois pas en quoi cela me concerne particulièrement.

— Ces plans, Miss Savernake, ont été conçus, mis au point par un esprit créateur.

— Et c'est pour cela que vous avez pensé à moi?

Un long silence suivit. Sourcils froncés, Henrietta, un morceau de crayon aux doigts, dessinait sur la blanche peinture du banc un arbre d'aspect fantastique. Poirot la regardait et, soudain, il y eut comme un déclic dans son cerveau : il se revoyait, dans le salon de Lady Angkatell, jetant un coup d'œil sur des marques de bridge, puis, dans le pavillon, debout près de la table de jardin...

— Ce dessin, dit-il, c'est celui que vous aviez fait sur votre marque de bridge?

Elle cessa de crayonner, comme si elle venait de découvrir ce qu'elle était en train de faire.

— Oui, répondit-elle en riant. C'est un arbre, monsieur Poirot. Il s'appelle Ygdrasil.

— Et pourquoi s'appelle-t-il Ygdrasil?

Elle lui expliqua.

— Ainsi, reprit-il, quand vous... gribouillez — pardonnez-moi l'expression —, c'est toujours Ygdrasil que vous reproduisez?

— Oui. C'est une manie stupide, n'est-ce pas?

— Vous l'avez dessiné sur ce banc, vous l'avez dessiné, samedi soir, sur votre marque de bridge et, dimanche matin, sur la table du pavillon...

Comme amusée, elle demanda :

— Je l'ai dessiné sur la table du pavillon?

— Oui. Il y est toujours.

— Alors, c'est probablement samedi après-midi.

— Certainement pas! Quand Gudgeon a apporté les boissons au pavillon, dimanche matin, vers midi, il n'y avait aucun dessin sur la table. Je lui ai posé la question, il est formel.

— Alors, je l'aurai crayonné dimanche, dans l'après-midi...

Hercule Poirot secoua la tête.

— Je ne crois pas. Les hommes de Grange sont restés à la piscine durant tout l'après-midi de dimanche, à prendre des photos, à repêcher le revolver, etc. Ils ne sont partis qu'à la tombée de la nuit. Si vous étiez allée au pavillon, ils vous auraient vue...

— Vous avez raison, monsieur Poirot! Maintenant, je me souviens. C'est dimanche soir, après le dîner...

Poirot lui coupa la parole d'un ton sec.

— On ne... gribouille pas dans le noir, Miss Savernake! Est-ce que vous voudriez me faire croire que vous êtes allée au pavillon le soir, après le dîner, et que vous avez dessiné cet arbre sur la table sans même voir ce que vous faisiez?

— Monsieur Poirot, répliqua-t-elle avec le plus grand calme, je vous dis la vérité. Vous ne me croyez pas! Ça ne m'étonne pas. Vous avez, là-dessus comme sur le reste, vos idées à vous. Au fait, peut-on les connaître?

— Je crois, répondit Poirot, que vous êtes allée au pavillon dimanche matin, après midi, c'est-à-dire alors que Gudgeon avait déjà apporté les verres. Vous êtes restée debout près de la table, surveillant quelqu'un ou attendant quelqu'un, et, inconsciemment, vous avez pris votre crayon et dessiné Ygdrasil sans même vous en apercevoir.

Elle protesta.

— Je ne suis pas allée au pavillon dimanche matin. Je suis restée longtemps sur la terrasse, puis j'ai pris un panier et je suis allée au jardin, où j'ai coupé des têtes de dahlias mortes. Vers une heure, je suis descendue vers la piscine. L'inspecteur Grange a vérifié mon emploi du temps. Je ne me suis pas approchée de la piscine avant une heure et, quand j'y suis arrivée, on avait déjà tiré sur John.

— C'est ce que vous dites, Miss Savernake, mais Ygdrasil s'inscrit en faux contre vos déclarations.

— Vous prétendez que j'ai été au pavillon et que j'ai tué John?

— Je ne suis pas affirmatif. Vous étiez là et vous avez tiré sur le docteur Christow, c'est une hypothèse. Vous étiez là et vous avez vu quelqu'un abattre le docteur Christow, c'en est une autre. Ou, enfin, quelqu'un était là qui, connaissant votre manie, a délibérément dessiné Ygdrasil sur la table, pour faire porter sur vous les soupçons, c'en est une troisième.

Henrietta se leva. Défiant Poirot du regard, elle dit :

— Vous persistez à croire, monsieur Poirot, que j'ai tué John Christow? Vous restez persuadé que vous arriverez à prouver que je l'ai tué? Eh bien, je puis vous dire ceci : cette preuve, vous ne pourrez jamais la faire, jamais!

— Vous vous croyez plus forte que moi?

— Vous ne pourrez pas la faire!

Ayant dit, Henrietta tourna les talons et, d'un pas rapide, s'éloigna par le sentier tortueux qui descendait vers la piscine.

218

CHAPITRE XXVI

Grange entra à *Resthaven* pour demander à Poirot une tasse d'un thé qui devait être exactement ce qu'il craignait : le thé était très léger et c'était du thé de Chine.

« Les étrangers ne savent pas faire le thé, songea l'inspecteur, et il est inutile d'essayer de le leur apprendre. » Pourtant, il avala le breuvage sans récriminer : il en était arrivé à envisager les choses sous un jour si sombre qu'un « malheur » de plus lui apportait comme une amère satisfaction.

— La nouvelle enquête a lieu après-demain, dit-il, et quels progrès avons-nous faits? Aucun. Ce sacré revolver est pourtant quelque part! Seulement, comment le chercher dans un pays pareil? Des kilomètres de forêts! Il faudrait une armée!... En fait, je commence à croire qu'il nous faut en prendre notre parti et que, ce revolver, nous ne le retrouverons jamais!

— Vous le trouverez! affirma Poirot avec confiance.

— Ce n'est pas faute de l'avoir cherché!

— Tôt ou tard, vous le trouverez! Et ce serait bientôt que ça ne m'étonnerait pas!

Grange avala une gorgée de thé.

— Je le souhaite, reprit-il d'une voix lasse, car cette affaire me couvre de ridicule! Ces gens-là ont tous l'air de faire tout ce qu'ils peuvent pour m'aider, mais, chaque fois que je marche sur un de leurs renseignements, je m'éloigne du but...

Poirot acquiesça du chef. L'inspecteur poursuivait :

— Prenez l'histoire du revolver, par exemple! Si nous nous en tenons au rapport du médecin légiste, c'est une minute ou deux avant votre arrivée qu'on a tiré sur Christow. Vous vous trouvez là avec Lady Angkatell, qui porte un panier rempli d'œufs, avec Miss Savernake, qui, elle aussi, a au bras un panier, dans lequel elle a mis des têtes de dahlias qu'elle vient de couper au jardin, et, enfin, avec Edward Angkatell, qui est en costume de chasse, avec des poches énormes, bourrées de cartouches. Ils sont donc là trois qui peuvent parfaitement avoir emporté l'arme du crime et l'un d'eux a dû le faire, car ce revolver n'a pas été caché près de la piscine. Mes hommes ont tout retourné et n'ont rien trouvé. Conclusion : on veut nous faire croire à la culpabilité de Gerda Christow. Mais qui, on? C'est sur cette question que je trébuche!

— Vous leur avez demandé ce qu'ils ont fait dans la matinée. Leurs histoires tiennent debout?

— Oh! leurs histoires sont inattaquables! Miss Savernake faisait du jardinage. Lady Angkatell ramassait des œufs. Edward Angkatell chassait avec Sir Henry et ne l'avait quitté que quelques instants plus tôt, Sir Henry rentrant directement à la maison alors qu'il revenait, lui, par les bois. Le jeune David était resté à lire dans sa chambre, tandis que Miss Hardcastle en faisait autant dans le verger. Tout ça est très plausible, tout à fait normal... et parfaitement incontrôlable. Gudgeon, qui a porté des verres au pavillon vers midi, ne peut rien nous dire de ce que tous ces gens-là faisaient ou ne faisaient pas et, en définitive, on peut avec raison soupçonner chacun d'eux.

— Vraiment?

— Evidemment, dans la liste des suspects, Veronica Cray vient en première ligne. Elle s'était disputée avec Christow, elle le détestait et elle me semble très capable de l'avoir descendu. Seulement, je n'ai pas contre elle l'ombre du soupçon d'un commencement de preuve. Rien ne peut nous autoriser à penser qu'elle a pu chiper un revolver dans la collection de Sir Henry, personne ne l'a vue ce jour-là dans les environs de la piscine et j'ai la certitude que l'arme n'est pas actuellement en sa possession.

— Vous en êtes vraiment sûr?

— Oui. J'aurais pu demander, afin de m'en assurer, un mandat de perquisition, mais je n'en ai pas eu besoin, car elle nous a très gentiment permis de visiter de fond en comble sa villa, qui est grande comme un mouchoir de poche. Après l'ajournement de l'enquête, j'ai fait suivre Miss Cray et Miss Savernake. Veronica n'a pas été perdue de vue une minute et j'avais même un homme dans les studios où elle tourne. Elle n'a pas fait un geste suspect...

— Et Miss Savernake?

— Elle non plus! Elle est rentrée directement à Chelsea et nous l'avons eue à l'œil tout le temps. Ce revolver, elle ne l'a pas et il n'est pas dans son atelier. Elle a fort aimablement accueilli mon envoyé. On aurait dit que ça l'amusait. Il est sorti de chez elle un peu estomaqué par ce qu'il avait vu, se demandant comment des gens pouvaient acheter des statues qui n'étaient que des creux et des bosses informes et des morceaux de cuivre et d'aluminium tordus de façon invraisemblable. Il paraît qu'il y a notamment un cheval, dont on ne saurait pas que c'est un cheval si on ne vous avait pas prévenu!

Poirot fronça le sourcil.

— Un cheval?

— Ouî, un cheval! Si on peut appeler ça un cheval! Pourquoi diable, avant de modeler un cheval, ne va-t-elle pas en regarder un?

— Un cheval! murmura Poirot.

Grange leva la tête.

— Ça vous surprend? Pourquoi?

— Une association d'idées...

— Ah?

Grange réfléchit là-dessus quelques secondes, puis reprit :

— En tout cas, quarante-huit heures plus tard, Miss Savernake a fait ses paquets et elle est revenue ici. Vous le savez?

— Oui. J'ai bavardé avec elle. Nous nous sommes rencontrés dans les bois...

— Ça ne m'étonne pas! Elle ne tient pas en place. En ce qui la concerne, je retiens qu'elle était du dernier bien avec Christow, et que c'est son nom à elle qu'il a prononcé au moment de mourir, ce qui pourrait bien être une manière d'accusation. Seulement, c'est trop peu pour rien affirmer!

Poirot approuva d'un mouvement de tête.

— D'autre part, reprit Grange, j'ai comme l'impression que tout le monde ici sait quelque chose. Lady Angkatell n'a pas pu nous expliquer de façon plausible pourquoi, ce matin-là, elle a pris un revolver dans la collection de son mari. C'est un geste qui n'a pas le sens commun... et, de fait, il y a des moments où je me demande si elle n'est pas cinglée!

Poirot secoua la tête.

— Soyez sûr qu'elle n'est pas folle! dit-il.

— Pour Edward Angkatell, poursuivit Grange, j'ai cru un moment que j'avais une charge contre lui. Lady Angkatell m'avait dit ou plutôt m'avait laissé entendre, qu'il était amoureux de Miss Savernake depuis des années, ce qui me donnait à penser qu'il aurait pu avoir une raison de supprimer John Christow. Seulement, j'apprends maintenant que c'est à l'autre fille, à Miss Hardcastle, qu'il est fiancé. Dès lors, qu'est-ce que vous voulez retenir contre lui?

Encouragé par un murmure sympathique de Poirot, l'inspecteur continuait :

— Reste le jeune David. Lady Angkatell m'a parlé de lui. Sa mère est morte dans un asile d'aliénés. Elle avait la manie de la persécution et s'imaginait que tout le monde voulait la tuer. L'hérédité explique bien des choses et il n'est pas impossible que son fils se soit fourré dans la tête que le docteur Christow était un spécialiste des maladies mentales, il peut fort bien s'être imaginé que Christow n'était venu ici que pour l'observer et se faire une opinion à son sujet. Ce jeune David est d'ailleurs un drôle de type, d'une nervosité maladive.

Grange soupira et conclut :

— Bref, vous voyez où je veux en venir! J'ai toutes sortes de soupçons, mais très vagues, et qui ne me mènent nulle part.

— Plus exactement, dit Poirot à mi-voix, ils vous éloignent du but au lieu de vous en rapprocher. Ils vous mènent nulle part, et non quelque part... Oui, ce doit être ça!

Grange considéra Poirot d'un œil surpris, puis reprit :

— Tous ces Angkatell sont de drôles de corps! Quelquefois, je jurerais qu'ils savent tous le fin mot de l'histoire!

— Soyez sûr qu'ils le connaissent!

L'affirmation laissait l'inspecteur sceptique.

— Oui, répéta Poirot, ils le connaissent. Il y a longtemps que je m'en doutais, mais maintenant ma conviction est faite!

Grange était de plus en plus sombre.

— Et ils seraient d'accord pour se taire?... Eh bien, je les aurai quand même! Pour commencer, je trouverai le revolver! Je donnerais n'importe quoi pour prendre ma revanche sur eux.

— Qui, eux?

— Eh bien, eux tous! Ils se moquent de moi, me lancent sur de fausses pistes, font semblant d'aider mes hommes et au total, nous n'arrivons à rien! Qu'ils fassent ce qu'ils veulent, il me faut un fait! Un fait solide... et je finirai bien par l'avoir!

Poirot, qui depuis un instant regardait par la fenêtre, se retourna.

— Vous voulez du solide?... Eh bien, ou je me

trompe fort, ou vous pourriez en trouver au pied de ma haie, là, près de la grille!

Ils descendirent au jardin. Les recherches ne furent pas longues. Bientôt, Grange découvrait dissimulé dans l'herbe, un objet qui ressemblait fort à celui que ses hommes recherchaient depuis si longtemps.

L'inspecteur, qui s'était agenouillé, leva la tête vers Poirot.

— C'est bien un revolver!... Et il m'a tout l'air d'être celui qui manque à la collection de Sir Henry! Nous serons fixés là-dessus aussitôt que nous aurons relevé son numéro. Après, il ne nous restera plus qu'à voir si c'est avec cette arme que Christow a été tué. Le travail se simplifie...

Avec soin, enveloppant sa main d'un mouchoir de soie, il ramassa le revolver et le mit dans sa poche.

— Cette fois, dit-il, j'ai idée que la fortune change de camp!

— Vous me tiendrez au courant?

— Bien entendu, monsieur Poirot. Je vous téléphonerai.

Grange tint parole le soir même. Il exultait en téléphonant.

— C'est vous, monsieur Poirot?... Voici les tuyaux promis! Le revolver est bien celui qu'on a pris dans la collection de Sir Henry et celui avec lequel John Christow a été tué. Aucun doute possible! Il y a dessus de très belles empreintes. Le pouce, l'index et une partie du majeur... Est-ce que je me trompais quand je vous disais que la fortune changeait de camp?

— Vous avez identifié les empreintes?

— Pas encore! Tout ce que je sais, c'est que ce ne sont pas celles de Mrs. Christow, que je possédais. D'après leurs dimensions, elles doivent d'ailleurs appartenir à un homme. Demain matin, je vais au *Vallon*, histoire de discuter un peu le coup et de prendre les empreintes de tout le monde. A ce moment-là, nous saurons où nous en sommes!

— Je le souhaite sincèrement, dit Poirot.

Grange appela de nouveau Poirot le lendemain. Son enthousiasme de la veille était tombé. Sa voix était découragée.

— Vous voulez des nouvelles, monsieur Poirot?... Eh bien, les empreintes n'appartiennent à aucun de ceux qui sont mêlés à l'affaire! Ce ne sont ni celles d'Edward Angkatell, ni celles de David, ni celles de Sir Henry! Ce ne sont pas non plus celles de Gerda Christow, ni d'Henrietta Savernake, ni de Veronica, ni de Miss Hardcastle, ni de Lady Angkatell! Ce ne sont même pas celles d'un domestique!... De sorte qu'en fin de compte nous allons être obligés de conclure que le crime a été commis par un étranger, par quelqu'un qui avait des raisons d'en vouloir à Christow et de qui nous n'avons jamais entendu parler! Un être invisible, qui a réussi à se glisser dans le cabinet de travail de Sir Henry pour y prendre l'arme avec laquelle il allait tuer et qui, son coup fait, a jeté le revolver dans votre haie et s'est évanoui dans l'atmosphère!

Poirot murmura une phrase de condoléances et demanda à Grange s'il désirait avoir un échantillon de ses propres empreintes digitales.

— Je ne dis pas non! répondit l'inspecteur. Tout compte fait, monsieur Poirot, il m'est difficile de ne pas remarquer que vous êtes là au moment du crime et que vous êtes, et de beaucoup, le personnage le plus suspect qui soit mêlé à l'affaire!

CHAPITRE XXVII

Le coroner s'éclaircit la gorge et se tourna vers le chef du jury. Celui-ci baissa les yeux sur la feuille de papier qu'il tenait à la main, sa pomme d'Adam marqua une agitation extraordinaire, puis, d'une voix appliquée, il lut le verdict :

— Nous estimons que le défunt a été tué volontairement par une personne inconnue ou plusieurs.

Debout contre le mur, dans un coin de la salle, Poirot approuva d'un mouvement de tête : le jury ne pouvait conclure autrement.

Au sortir de l'audience, les Angkatell s'arrêtèrent un instant pour dire quelques mots à Gerda et à sa sœur. Gerda, dans ses voiles de veuve, avait toujours la même expression de tristesse. Elsie Patterson expliqua que, cette fois, elles n'étaient pas venues en auto, mais par le train et qu'il leur serait possible de rentrer le jour même à Bexhill.

Lady Angkatell, serrant fortement la main de Gerda dans la sienne, lui recommanda de rester en contact avec elle.

— Nous pourrions nous retrouver à Londres un de ces jours, pour déjeuner! ajouta-t-elle. Après, nous ferions un tour dans les magasins.

Gerda eut à peine le temps de répondre. Elsie Patterson l'entraînait vers la gare.

— Pauvre Gerda! dit Midge. Elle ne tire qu'un bénéfice de la mort de John : celui d'être délivrée de votre accablante hospitalité, ma chère Lucy!

— Vous n'êtes pas gentille, Midge! répliqua Lady Angkatell. Je fais de mon mieux!

— Et ça n'arrange rien! Au contraire!

— En tout cas, reprit Lady Angkatell, radieuse, il est bien agréable de se dire que toute cette vilaine histoire est terminée! Le seul qui soit à plaindre, c'est ce pauvre inspecteur Grange. Croyez-vous que ça lui ferait plaisir et que ça le consolerait un peu de venir déjeuner à la maison? En ami, bien entendu!

— A votre place, ma chère, dit Sir Henry, je ne l'inviterais pas.

— Vous devez avoir raison. D'autant que le menu d'aujourd'hui ne serait pas à sa convenance. Nous avons des perdrix aux choux et ce soufflé-surprise que Mrs. Medway réussit si bien, et je suis sûre que l'inspecteur préférerait un beau bifteck, un peu trop saignant, suivi d'une brave tarte aux pommes à l'ancienne mode.

— Je suis assez de votre avis, Lucy, et je propose que nous rentrions le plus rapidement possible! Ces perdrix aux choux me font venir l'eau à la bouche!

— J'ai pensé que nous devions célébrer cette journée par une petite fête. N'est-il pas merveilleux de constater que tout a l'air de s'arranger le mieux du monde?

Sir Henry, qui n'en paraissait nullement convaincu, articula un « oui » assez réticent.

— Rassurez-vous, Henry! reprit Lady Angkatell. Je me charge de m'occuper de ça cet après-midi.

— Mais de quoi s'agit-il, Lucy?

— Ne vous inquiétez pas, mon cher! Une petite affaire à régler, rien d'autre!

Au *Vallon*, Gudgeon s'empressa pour ouvrir la porte de la voiture de ses maîtres.

— Tout s'est fort bien passé! lui dit Lady Angkatell. Informez-en Mrs. Medway et les autres, voulez-vous? Je sais que toute cette aventure vous a été à tous très désagréable et je tiens à vous dire combien, Sir Henry et moi, nous avons apprécié la loyauté dont vous avez tous fait preuve en la circonstance.

Gudgeon s'inclina et répondit avec déférence :

— Nous avons tous, Madame, partagé les inquiétudes de Madame.

Quelques instants plus tard, au salon, Lady Angkatell faisait remarquer que Gudgeon avait, comme toujours, dit ce qu'il convenait de dire.

— Mais, ajouta-t-elle, ces braves gens ont eu bien tort de se tourmenter pour moi. L'affaire m'a plutôt amusée. C'était tellement nouveau pour moi, tellement différent de tout ce à quoi nous sommes habitués! Vous ne trouvez pas, David, qu'une expérience de ce genre vous enrichit l'esprit? Vous n'avez pas ça à Cambridge!

— Je suis à Oxford, dit David d'un ton pincé.

Rêveuse, Lady Angkatell murmura :

— Oxford!... Le match Oxford-Cambridge!... C'est si anglais! Vous ne trouvez pas?

Elle avait décroché le récepteur téléphonique. Elle poursuivit :

— J'espère, David, que vous reviendrez nous voir. Vous ne rencontrerez pas partout des gens chez lesquels un meurtre a été commis et avec lesquels il vous soit possible d'avoir une conversation intelligente!

— Je vous remercie de votre invitation, répondit David. Mais je vais quitter l'Angleterre pour un certain temps. Je dois aller prochainement à Athènes, à l'Ecole britannique.

Lady Angkatell se tourna vers son mari.

— Qui est-ce qui est ambassadeur là-bas, maintenant?... Ah! oui, Hope-Remington!... David ne les aimerait pas. Leurs filles sont très garçonnières, elles jouent au hockey, au cricket et à ce drôle de jeu où il faut jeter une balle dans un panier...

Elle contemplait le récepteur téléphonique. Finalement, elle demanda « pourquoi diable elle avait décroché cet appareil ».

— Sans doute, dit Edward, parce que vous aviez l'intention d'appeler quelqu'un.

— Je ne crois pas.

Le récepteur remis en place, elle ajouta :

— Aimez-vous le téléphone, David?

Intérieurement, il jugea la question stupide. Que répondre? Il se fit violence pour déclarer que le téléphone lui apparaissait comme quelque chose d'utile.

— Vous pouvez en dire autant d'une machine à faire le hachis et des jarretières en caoutchouc! s'écria Lady Angkatell. Or, il me semble...

L'arrivée de Gudgeon, qui venait annoncer que le déjeuner était servi, la dissuada de poursuivre.

— Et la perdrix aux choux, David, vous l'aimez? demanda-t-elle.

David admit qu'il aimait la perdrix aux choux.

Edward et Midge suivaient un sentier qui montait dans les bois.

— Il y a des moments, dit Midge, où je me demande sincèrement si Lucy n'est pas un peu piquée.

— Pour moi, répondit Edward, je considère qu'elle est très intelligente, mais que ses propos ressemblent assez à ces concours où le jeu consiste à rétablir dans une phrase des mots oubliés. Si vous préférez une autre comparaison, je dirai qu'elle me fait songer à un marteau qui voltige de clou en clou, mais qui jamais ne réussit à en frapper un carrément sur la tête.

— En tout cas, reprit Midge, quelquefois elle m'effraie. D'ailleurs, en ces derniers temps, cette maison m'a fait bien peur!

— *Le Vallon?*

Il la regardait, surpris.

— La propriété, poursuivit-il, n'a pourtant rien de rébarbatif. Elle me rappelle vaguement Ainswick. Bien sûr, ce n'est pas Ainswick...

Midge l'interrompit.

— Vous avez dit le mot : ce n'est pas Ainswick.

J'ai peur des choses qui ne sont pas ce qu'elles ont l'air d'être. On ne sait pas ce qu'il y a derrière. Elles me causent le même sentiment de gêne qu'un masque...

— Il ne faut pas vous faire de ces idées-là!

Le ton, indulgent, protecteur, était celui qu'il employait autrefois avec elle. Alors, il ne lui déplaisait pas. Aujourd'hui, il n'en allait pas de même. Elle ne se faisait pas « des idées » et, qu'il la comprît ou non, elle savait très bien ce qu'elle voulait dire.

— A Londres, dit-elle, je n'y pensais plus. Mais, depuis que je suis revenue ici, j'ai retrouvé cette même impression. Il me semble qu'ici tout le monde sait qui a tué John Christow et que je suis seule à l'ignorer!

— Faut-il encore que nous pensions à John Christow et que nous parlions de lui? répliqua-t-il avec un peu d'humeur. Il est mort. Mort et enterré!

Elle lui mit la main sur le bras.

— Mais qui l'a tué, Edward? Nous avons cru que c'était Gerda. Ce n'est pas elle! Alors, qui est-ce? Pensez-vous que ce soit quelqu'un dont nous n'avons jamais entendu parler?

— A quoi bon se poser toutes ces questions? Si la police ne trouve pas l'assassin, si elle ne réussit pas à réunir les preuves qui pourraient le confondre, il faudra bien en prendre son parti et oublier ça!

— Sans doute! Mais ne pas savoir...

— Avons-nous besoin de savoir? Qu'est-ce que John Christow a à faire avec nous?

Avec nous! Midge lui sut gré d'avoir prononcé ces deux mots qui semblaient lier leurs destins. Edward avait raison. John Christow ne les concernait pas. Il était mort et enterré. Des prières avaient été dites sur sa tombe. Il était mort et enterré. Comme Edward avait souhaité qu'il fût. Mais était-il enterré aussi profondément que certains pouvaient le désirer? Non. John Christow était toujours au *Vallon*.

— Où allons-nous? demanda Edward.

Le son étrange de sa voix la surprit.

— Vous voulez que nous montions jusqu'en haut du bois?

Il accepta, mais elle eut le sentiment que c'était à contrecœur. Elle se demanda pourquoi. C'était une promenade qu'il affectionnait. Il l'avait faite souvent avec Henrietta. Inutile de chercher plus loin! Henrietta et lui! Il pensait à Henrietta!

D'une voix qu'elle voulait indifférente, elle dit :

— Vous êtes déjà venu par ici, cet automne?

Il répondit, un peu sèchement :

— Oui, le jour de mon arrivée, je suis monté par ici avec Henrietta.

Ils continuèrent à marcher en silence, puis, vers le haut, s'assirent sur une souche.

Elle songeait qu'il avait dû faire halte au même endroit avec Henrietta et, nerveusement, ses doigts faisaient tourner sa bague de fiançailles autour de son annulaire.

Avec un effort, elle parla.

— Quel plaisir ce sera de se retrouver de nouveau à Ainswick pour Noël!

Il n'eut pas l'air d'avoir entendu. Il était loin, très loin, songeant sans doute à Henrietta et à John Christow. Assise à côté de lui, sur ce même tronc d'arbre, Henrietta savait peut-être ce qu'elle ne voulait pas, mais, lui, il lui appartenait encore. Et il lui appartiendrait toujours...

Le chagrin pesait sur les épaules de Midge. Ce monde heureux et chimérique dans lequel elle vivait depuis huit jours, il lui semblait qu'il tombait en morceaux.

— Edward!

Le ton était si pressant qu'il tourna la tête.

— Oui?

— Edward, je suis navrée, mais...

Ses lèvres tremblaient. Elle dut faire un effort pour poursuivre d'une voix calme et posée :

— Il faut que je vous dise, Edward! Je ne peux pas vous épouser. Ce n'est pas la peine! Nous ne serions pas heureux.

— Mais, Midge, je suis sûr qu'à Ainswick...

Elle l'interrompit.

— Je ne peux pas, Edward, vous épouser uniquement à cause d'Ainswick! Vous devez... me comprendre, Edward!

Il soupira.

— Oui, Midge, je vois ce que vous voulez dire... et je crois que vous avez raison!

— Vous avez été très gentil, Edward, très, très gentil mais, nous ne serions pas heureux!

Peut-être avait-elle vaguement l'espoir qu'il discuterait, qu'il essaierait de la convaincre qu'elle se trompait, mais il n'en fit rien. En ce moment précis, le souvenir d'Henrietta était entre eux...

— Oui, murmura-t-il, nous ne serions pas heureux!

Elle était triste. Toujours elle aimerait Edward et toujours il aimerait Henrietta. La vie était une odieuse plaisanterie. Retirant sa bague, elle la lui rendit.

— Elle est très jolie, Edward!

— J'aimerais que vous la gardiez, Midge! Vous me feriez plaisir.

Elle secoua la tête.

— Non, Edward, c'est impossible!

Il eut un pauvre sourire désolé.

— Jamais je ne la donnerai à personne, vous savez!

Elle lui retourna son sourire. Elle avait envie de pleurer...

Hercule Poirot recevait sa troisième visite de l'après-midi. Après Henrietta Savernake, après Veronica Cray, il avait dans son salon Lady Angkatell.

Souriante, apparemment ravie d'être là, elle faisait

songer à quelque fée qui aurait condescendu à s'arrêter un instant chez un humble mortel et Poirot ne
pouvait s'empêcher de se demander d'où cette femme
tenait ce charme quasi magique qui la différenciait
tellement des autres et qu'elle avait conservé à un
âge déjà avancé, malgré les rides et les cheveux
presque blancs.

— Monsieur Poirot, dit-elle d'une voix douce et
aimable, je voudrais vous demander de faire quelque
chose pour moi.

— Je vous écoute, chère madame.

— Auparavant, il faut que je vous parle... du docteur Christow.

— Du docteur Christow?

— Oui. Il me semble qu'il est temps d'en finir
avec cette histoire. Vous voyez ce que je veux dire?

— Je ne saurais l'affirmer.

Avec un sourire délicieux, elle posa sa longue main
blanche sur le bras de Poirot.

— Mon cher monsieur Poirot, vous me comprenez
parfaitement! La police va pendant quelque temps
encore continuer à chercher à qui peuvent appartenir les empreintes digitales relevées sur le revolver et puis, de guerre lasse, elle abandonnera. Mais
vous, j'en ai bien peur, vous ne renoncerez pas!

— C'est parfaitement exact, dit Poirot.

— Je m'en doutais et c'est pourquoi je suis ici.
Ce que vous voulez, c'est la vérité! C'est bien ça?

— Je veux la vérité, en effet.

— Je vois, monsieur Poirot, que je ne me suis pas
fait clairement entendre. Ce que j'aimerais savoir,
c'est pourquoi vous ne voulez pas abandonner
l'affaire. Comme ce n'est pas pour vous une question
de prestige, comme vous ne devez pas tenir autrement à faire pendre l'assassin, car vous ne sauriez
approuver cette survivance du Moyen Age qu'est la
pendaison, j'imagine que c'est simplement parce que
vous voulez savoir. Ce que je viens vous demander,

c'est, dans le cas où vous vous tiendriez pour satisfait...

— Dois-je comprendre, Lady Angkatell, que vous
vous offrez à me révéler la vérité?

Elle répondit d'un signe de tête affirmatif. Il
insista :

— Vous la savez donc?

Elle ouvrait de grands yeux étonnés.

— Mais oui!... Et il y a très longtemps! J'aimerais vous la dire... et nous pourrions convenir que
cela fait, nous considérions, vous et moi, l'affaire
comme complètement terminée!

Elle lui souriait.

— Est-ce entendu, monsieur Poirot?

Il y avait tant de charme dans son sourire que
Poirot se sentait grande envie de renoncer à son
enquête, simplement parce que cela ferait plaisir
à Lady Angkatell. Il lui fallut un véritable effort
pour répondre :

— Non, madame, ce n'est pas entendu.

Il y eut un long silence. Puis Lady Angkatell se
leva et dit simplement :

— Je me demande, monsieur Poirot, si vous vous
rendez vraiment compte de ce que vous faites?

CHAPITRE XXVIII

Midge entendit une porte qui s'ouvrait — celle
d'Edward, sans aucun doute —, puis, dans le couloir des pas qu'elle reconnut comme étant ceux
d'Edward. Elle donna de la lumière et regarda
l'heure à la pendulette posée sur la table de chevet.

Elle marquait trois heures moins dix. Pourquoi Edward éprouvait-il le besoin de descendre à cette heure-là au rez-de-chaussée? C'était bizarre.

Ils s'étaient tous couchés tôt, vers dix heures et demie. Pour elle, elle n'avait pas dormi. Elle n'avait pas pleuré. Mais, tandis qu'en bas la grande horloge du hall sonnait les heures et les demi-heures, elle était restée là, allongée dans son lit, les yeux secs grands ouverts dans l'obscurité, à remâcher son chagrin. Volontairement, et pour toujours, elle s'était bannie d'Ainswick, de son cher Ainswick qui, si elle l'avait voulu, serait devenu sa propriété à elle. Plutôt rester seule, plutôt mener une existence morne et sans intérêt que vivre, même à Ainswick, avec Edward et le fantôme d'Henrietta. Au cours de sa conversation avec Edward, dans le bois, elle avait découvert la jalousie...

Edward, au surplus, ne lui avait jamais dit qu'il l'aimait. Il avait parlé d'affection, de tendresse, et non d'autre chose. Cela, elle eût encore pu l'accepter. Mais pouvait-on lui demander de vivre aux côtés d'un homme dont le cœur appartenait à une autre, d'un Edward dont les pensées iraient toujours à Henrietta?

Pourquoi venait-il de descendre l'escalier? La question la préoccupait tant qu'elle finit par se lever. Elle passa une robe de chambre et, une petite lampe électrique à la main, s'en fut dans le couloir. Aucune lumière nulle part. Midge alla se pencher sur la rampe de l'escalier. Au rez-de-chaussée aussi, l'obscurité était totale. Elle descendit. Dans le hall, après une courte hésitation, elle tourna le commutateur d'électricité. Tout était silencieux. Les portes étaient fermées. Edward n'était donc pas sorti. Alors, où se trouvait-il?

Une légère odeur de gaz frappa les narines de la jeune fille. Elle se dirigea vers la porte menant à l'office, qui était entrouverte. Dans le couloir, l'odeur était plus forte. Plus forte encore dans la cuisine même où, l'électricité allumée, elle aperçut Edward : il était allongé sur le sol, la tête dans le four à gaz, dont les brûleurs étaient ouverts.

Midge n'était pas de ces gens qui perdent la tête quand il convient de la garder froide. Elle courut à la fenêtre, puis, comme elle ne parvenait pas à l'ouvrir, enveloppant son poing d'un torchon, elle brisa la vitre. Après quoi, retenant sa respiration, elle ferma les robinets du gaz et dégagea Edward. Il était évanoui, mais certainement depuis très peu de temps, et son souffle était haletant. Elle le traîna près de la fenêtre, puis s'agenouillant, le prit dans ses bras. Elle l'appela, très doucement d'abord et, bientôt, d'une voix désespérée.

— Edward! Edward! Edward! Edward!

Il s'agita, émit une sorte de grognement, ouvrit les yeux et murmura, si faiblement qu'elle l'entendit à peine :

— Le gaz...

— Je sais, mon chéri, mais pourquoi?... Pourquoi?

Il tremblait. Ses mains étaient froides et inertes. Il la regarda et une expression de surprise joyeuse passa sur son visage.

— Midge?

— Oui, dit-elle. Je vous ai entendu dans le couloir et, je ne sais pourquoi, je suis descendue.

Il soupira.

— C'était la meilleure porte de sortie...

Elle ne comprit que quelques secondes plus tard, lorsqu'elle se souvint de la conversation qui s'était tenue au dîner, le jour même de la mort de John Christow, et au cours de laquelle Lady Angkatell, commentant les enseignements des *News of the World*, avait parlé des pauvres femmes qui se suicidaient au gaz.

— Mais, Edward, pourquoi?

Il ricana amèrement.

— Pourquoi? Parce que je n'ai jamais rien fait de propre, parce que ma vie n'est qu'une faillite qui se prolonge. Les hommes comme John Christow font quelque chose de leur existence, on les admire et on les aime. Moi, je ne suis rien, c'est à peine si je suis vivant! J'ai hérité d'Ainswick et j'avais de quoi subsister. Sinon, je serais tombé dans le trente-sixième dessous! Je n'ai jamais rien fait, comme écrivain je ne vaux pas grand-chose, Henrietta ne veut pas de moi, personne ne veut de moi! L'autre jour, au Berkeley, j'ai cru... et puis, vous avez vu vous-même! Malgré Ainswick, vous n'avez pu vous faire à l'idée de partager ma vie. Alors, j'ai préféré en finir...

Vivement, elle protestait :

— Mais, mon chéri, vous n'avez pas compris! C'était à cause d'Henrietta, parce que je croyais que vous l'aimiez toujours...

— Henrietta?

Sa voix n'était qu'un murmure.

— Oui, je l'ai beaucoup aimée!

Il ajouta, frissonnant :

— Comme il fait froid!

— Edward, mon chéri!

Elle le serrait très fort dans ses bras. Il lui sourit.

— C'est bon, Midge! Vous me réchauffez!

Il avait froid et elle le réchauffait. Cette pensée la frappa et ce fut en elle comme une illumination. Edward n'espérait plus rien, simplement parce qu'il s'était coupé du monde des vivants pour vivre dans la solitude et son univers était triste et glacé. Cette chaleur dont il avait besoin, c'était elle, et elle seule, qui pouvait la lui apporter. Qu'Edward rêvât d'une Henrietta lointaine et inaccessible, qu'importait? Il lui fallait autre chose, une présence constante, un amour, une chaleur qu'elle seule pouvait lui donner.

Il la regardait, penchée sur lui, et des vérités analogues lui apparaissaient. L'Henrietta qu'il avait aimée était une petite fille de dix-sept ans qu'il ne retrouvait plus dans l'Henrietta d'aujourd'hui. Midge, au contraire, cette Midge dont le visage était si près du sien, il la voyait telle qu'elle était vraiment, il l'aimait telle qu'elle était et il comprenait qu'il l'aimerait encore quand ses cheveux bruns seraient devenus gris.

— Midge, dit-il doucement. Je vous aime! Il ne faudra plus me quitter jamais!

Leurs lèvres se rencontrèrent...

— Comme c'est drôle! s'exclama-t-elle. Nous sommes là, assis sur le carrelage d'une cuisine qui empeste le gaz, et j'ai l'impression d'être au paradis!

— Moi aussi! dit-il. Il me semble que je resterais là jusqu'à la fin des temps!

Midge, en fille pratique, prononça des paroles de sagesse.

— Il vaudrait peut-être mieux aller dormir un peu! Il va être quatre heures. Mais comment diable expliquerons-nous à Lucy ce carreau cassé?

Elle adopta pour cela les méthodes mêmes de Lady Angkatell : à six heures du matin, elle pénétrait dans la chambre de sa cousine pour lui donner des événements une relation succincte et précise. Lady Angkatell fut, comme toujours admirable : elle félicita Midge, lui déclara qu'elle était vraiment la femme qu'il fallait à Edward et ajouta que l'aventure prouvait qu'il était grand temps qu'on se décidât au *Vallon*, à faire la cuisine à l'électricité. Midge regagna sa chambre, laissant Lady Angkatell très contente d'elle-même et des autres : Edward et Midge allaient vivre à Ainswick, l'enquête était close, elle reverrait M. Poirot, un petit homme malgré tout très sympathique...

Et, soudain, une idée se présenta à l'esprit de Lady Angkatell, si inquiétante qu'elle s'assit dans son lit pour l'examiner mieux.

— Je me demande, murmura-t-elle, si elle a songé à ça!

L'instant d'après elle se levait et se dirigeait vers la chambre d'Henrietta. Le trajet était court, mais comme elle n'avait pas attendu d'être en présence d'Henrietta pour lui expliquer ce qui l'amenait, ce fut en énonçant une conclusion qu'elle entra chez elle.

— ... et je me suis dit tout à coup, ma chérie, que vous n'aviez peut-être pas pensé à ça!

Henrietta grogna d'une voix endormie que les oiseaux n'étaient pas encore levés.

— Je sais, répondit Lady Angkatell, il est très tôt, mais la nuit a été très agitée : Edward et le four à gaz, Midge et le carreau de la cuisine, M. Poirot et ce que je vais lui raconter! Bref...

— Vous ne croyez pas, Lucy, que tout ça pourrait attendre?

— C'est cet étui que me tracasse!

— Un étui? Quel étui?

Henrietta était maintenant tout à fait réveillée.

— Mais l'étui du revolver, ma chérie! L'arme était dans un étui qui n'a pas été retrouvé. Il se peut que personne ne songe à le chercher, mais le contraire est très possible aussi...

Henrietta sortait de son lit.

— Le proverbe, s'écria-t-elle, a bien raison, qui dit qu'on ne saurait penser à tout!

CHAPITRE XXIX

Allongée sur son lit, Gerda songeait...

Bien qu'elle eût un peu moins mal à la tête, elle était très contente de ne pas être partie en pique-nique avec les autres et d'être restée seule à la maison.

Elsie avait été très gentille pour elle, surtout au début. On lui apportait son petit déjeuner au lit, on insistait pour qu'elle prît toujours le meilleur fauteuil, on lui défendait de rien faire qui pût la fatiguer, on la plaignait et elle se laissait dorloter, heureuse de ne pas penser et d'oublier. Mais le moment approchait où il lui faudrait recommencer à vivre d'une vie normale. Déjà on la pressait de prendre des décisions quant à l'organisation de sa future existence et déjà il arrivait à Elsie de la bousculer et de lui reprocher sa lenteur. Comme autrefois, avant que John ne vînt l'emmener, on se remettait à la trouver sotte et gauche. Et John n'était plus là pour dire : « Je m'occuperai de vous! »

Elle se leva et descendit à la cuisine pour se préparer une tasse de thé. L'eau commençait à bouillir quand on sonna à la porte d'entrée. Les bonnes ayant congé pour l'après-midi, Gerda alla ouvrir. Henrietta dont la voiture était arrêtée au bord du trottoir, se tenait sur le seuil.

— Henrietta! s'écria Gerda. Quelle surprise! Entrez! Ma sœur et les enfants ne sont pas là, mais...

Henrietta l'interrompit.

— Ça tombe bien! Je désirais vous voir seule. Dites-moi, Gerda, qu'est-ce que vous avez fait de l'étui?

Gerda avait l'air de ne pas comprendre.

— L'étui?

Henrietta pénétra dans le petit salon dont Gerda venait de lui ouvrir la porte et reprit :

— Il faut me le dire, Gerda! Cette question d'étui mise à part, rien ne cloche et il est absolument impossible de prouver que vous êtes pour quelque chose dans l'affaire. J'ai trouvé le revolver dans le fourré où vous l'aviez jeté et je l'ai caché dans un endroit où vous n'avez jamais eu la possibilité de le poser. Il y a dessus des empreintes qu'on ne pourra pas identifier. Il ne reste donc que cet étui! Il faut que vous me disiez ce que vous en avez fait!

Elle suppliait, sans bien savoir pourquoi elle se

montrait si pressante. Elle n'avait pas été suivie, ayant veillé à ne point l'être. Elle avait pris la route de Londres, s'était arrêtée pour « faire » de l'essence dans un garage et, au moment de repartir, avait bien pris soin de signaler qu'elle se rendait à Londres. Un peu plus loin, quittant la grand-route, elle était allée en rejoindre une autre qui descendait vers la mer.

Gerda continuait à la regarder de ses grands yeux stupides. « L'ennui avec elle, songeait Henrietta, c'est qu'il lui faut toujours un siècle pour comprendre! »

— Cet étui, reprit-elle, si vous l'avez encore, il faut me le donner! Je trouverai le moyen de m'en débarrasser. C'est la seule preuve qui pourrait permettre de démontrer que vous n'êtes pas étrangère à la mort de John. L'avez-vous encore?

Gerda répondit oui d'un signe de tête.

— Vous ne vous rendez pas compte que c'est une folie de l'avoir conservé? s'écria Henrietta, qui contenait mal son impatience.

— Il était dans ma chambre, expliqua Gerda, et je l'avais complètement oublié. Quand la police est venue à Harley Street, je l'ai découpé en morceaux et caché avec les cuirs que j'ai dans mon sac à ouvrage.

— L'idée était bonne!

— Oh! je ne suis pas aussi bête qu'on croit!

Sa voix se brisa et, portant sa main à sa gorge, elle répéta par deux fois le nom de John.

Henrietta cherchait des paroles de réconfort.

— Je sais, ma chérie, je sais...

Gerda se redressa, tournant vers Henrietta un visage aux traits bouleversés.

— Non, vous ne savez pas, vous ne pouvez pas savoir!... John n'était pas... John mentait! Il n'était pas celui que j'imaginais. Je m'en suis aperçue quand je l'ai regardé le soir où il a suivi cette femme, Veronica Cray. Bien sûr, je savais qu'il l'avait aimée, il y a des années, avant notre mariage! Mais je croyais que c'était fini...

— C'était fini! dit doucement Henrietta.

Gerda secoua la tête.

— Non! Elle prétendait qu'elle ne l'avait pas vu depuis des années... Seulement, j'ai lu le contraire dans les yeux de John. Il est parti avec elle et je suis allée me coucher. J'ai essayé de lire. J'ai pris ce roman policier que John avait apporté. John ne revenait pas. Alors, je me suis levée et je suis sortie. Il faisait clair de lune. Je suis allée jusqu'à la piscine. Il y avait de la lumière dans le pavillon... et ils étaient là, John et cette femme!

Une seconde, Henrietta ferma les yeux. Gerda poursuivait, avec, sur le visage, une expression toute nouvelle. Ce n'était plus la femme douce, aimable et un peu sotte qu'Henrietta connaissait, mais une créature implacable, qui s'était vengée et ne regrettait rien.

— J'avais confiance en John. Je croyais en lui... comme on croit en Dieu! Pour moi, il était l'homme le plus noble de la terre, l'être en qui s'incarnait tout ce qu'il y avait de beau et de bien en ce monde. Et tout cela n'était que tromperie! Il ne me restait plus rien! Rien, puisque j'avais adoré un être qui n'existait pas!

Henrietta considérait Gerda avec une sorte d'effarement. Elle avait sous les yeux cette créature même qu'elle avait devinée en elle et dont elle avait taillé l'image, cette « Adoratrice » qui, son idole disparue, son rêve écroulé, pouvait devenir le plus terrible des dangers.

— Cela, reprit Gerda, je n'ai pas pu l'admettre! Il fallait que je le tue! Je ne pouvais pas faire autrement. Vous comprenez ça, Henrietta?

Son ton, maintenant, était celui de la conversation. Elle continua :

— Je savais que je devais faire très attention, à cause de la police, qui est très forte. Seulement, je ne suis pas aussi sotte qu'on se le figure. Quand on n'a pas l'esprit vif, les gens s'imaginent que vous ne comprenez pas, alors qu'en réalité, au fond de vous-même, vous vous moquez d'eux. Je savais qu'il m'était possible de tuer John sans être découverte parce que je venais de lire, dans ce roman policier dont je vous ai parlé, qu'on peut identifier l'arme qui a tiré une balle déterminée. Dans l'après-midi, Sir Henry m'avait montré comment on chargeait un revolver et comment on tirait. J'en prendrais deux. Avec le premier, que je cacherais, je tuerais John et je me laisserais surprendre le second à la main. On croirait tout d'abord que je l'avais tué, mais on s'apercevrait ensuite que je ne pouvais l'avoir abattu avec l'arme que je tenais à la main et on en viendrait vite à conclure que je n'étais pas coupable!

Elle se tut un instant.

— Evidemment, reprit-elle, j'ai oublié cet étui, que j'avais caché dans un tiroir de la commode, dans ma chambre à coucher. Mais pensez-vous que la police va s'inquiéter de lui maintenant?

— Qui sait? répondit Henrietta. Le mieux c'est que vous me le donniez et que je l'emporte. Quand il ne sera plus en votre possession, vous ne risquerez plus rien!

Elle s'assit, soudain très lasse.

— Vous avez l'air fatiguée, dit Gerda. Je vais vous apporter du thé. J'étais justement en train d'en faire...

Elle s'absenta quelques minutes, revenant avec un plateau sur lequel se trouvaient une théière, un petit pot de lait et deux tasses. Elle les remplit et en offrit une à Henrietta, qui, après l'avoir remerciée, insista pour qu'elle allât tout de suite chercher l'étui dont elle voulait la débarrasser.

Gerda hésita, puis quitta la pièce. Henrietta se sentait épuisée. Heureusement, sa tâche approchait de sa fin. Bientôt, Gerda serait hors de danger, comme John avait voulu qu'elle le fût. Elle se passa la main sur le front. Comme elle allait porter la tasse de thé à ses lèvres, un bruit dans le couloir attira son attention. Gerda, cette fois, n'avait pas perdu de temps. Henrietta regarda vers la porte.

Ce n'était pas Gerda, mais Hercule Poirot.

— La porte de la rue était ouverte, expliqua-t-il, et c'est pourquoi je me suis permis d'entrer.

— Mais comment se fait-il que vous soyez ici?

Il sourit.

— Quand vous avez, un peu brusquement, quitté *Le Vallon*, répondit-il, j'ai deviné que c'était pour venir ici. J'ai loué une voiture rapide... et me voici!

Elle poussa un soupir.

— A votre place, ajouta-t-il, je ne boirais pas ce thé!

— Pourquoi?

— Cela vaudrait mieux.

Henrietta posa sa tasse sur le plateau. Gerda revenait, un sac à ouvrage à la main.

— Il faut croire, ma chère Gerda, dit vivement Henrietta, que je suis toujours très suspecte. M. Poirot m'a suivie. Il croit que j'ai tué John, mais il est incapable de le prouver.

Elle parlait très lentement pour bien se faire comprendre. Il importait que Gerda ne se trahît pas.

Gerda offrit une tasse de thé à Poirot, qui refusa, puis elle se mit à parler sur le mode banal qui lui était ordinaire.

— Je suis vraiment désolée que tout le monde soit sorti! Ma sœur et les enfants sont partis en pique-nique. Je ne les ai pas accompagnés parce que je ne me sentais pas très bien...

Elle but la moitié d'une tasse de thé et poursuivit :

— Je suis tellement désemparée! Vous comprenez, John s'occupait de tout, il prenait toutes les décisions... et maintenant, il est mort... Sans lui, je ne sais que faire! Lui parti, tout s'effondre! Les enfants me posent des questions auxquelles je ne sais que

répondre. Que dire à Terry, quand il me demande :
« Pourquoi a-t-on tué papa? »... Il le découvrira un
jour, car cet enfant a toujours besoin de savoir.
Ce qui me surprend, c'est qu'il ne demande pas
qui a tué son père, mais pourquoi on l'a tué!

Elle renversa la tête sur le dos du fauteuil sur
lequel elle était assise. Elle avait les lèvres bleues.

— Je ne me sens pas très bien! murmura-t-elle.
Si seulement John...

Poirot s'était approché. La tête de Gerda tomba
sur sa poitrine. Poirot se pencha, lui souleva une
paupière, puis se releva.

— Une belle mort! dit-il. Sans souffrances...

Henrietta le regardait avec stupeur. Elle demanda :

— Le cœur?

Puis, tout de suite, elle comprit.

— Quelque chose qu'elle avait mis dans le thé?
Elle ajouta :

— Pauvre Gerda! Elle n'a pas imaginé d'autre
porte de sortie!

Poirot hocha la tête.

— Détrompez-vous! Le poison était pour vous.
C'est dans votre tasse qu'elle a bu.

— Pour moi? s'écria Henrietta encore incrédule.
Mais je faisais tout ce que je pouvais pour l'aider!

— Ça n'empêche rien! Avez-vous jamais vu un
chien pris au piège? Il essaie de mordre ceux qui
veulent le dégager. Vous connaissiez son secret et
c'est pour cela que vous deviez mourir!

— Et c'est pour cela que vous m'avez... obligée à
remettre ma tasse sur le plateau. Vous saviez qu'elle
avait...

— Non, Miss Savernake, je ne savais pas qu'elle
avait drogué votre thé, je savais seulement qu'il
était vraisemblable qu'elle l'eût fait. Avec deux tasses
pleines sur le plateau, il y avait cinquante chances
sur cent pour qu'elle vidât celle dans laquelle elle
avait versé le poison. Elle est morte et c'est un
bien... Pour elle, et aussi pour ses pauvres enfants...

Il ajouta, d'une voix très douce :

— Vous êtes bien fatiguée, n'est-ce pas?

Elle fit oui de la tête et demanda :

— Quand avez-vous deviné?

— Je ne le sais pas très exactement, répondit-il. J'ai tout de suite compris que nous nous trouvions en présence d'une mise en scène, mais j'ai été très longtemps avant de me rendre compte qu'elle était l'œuvre de Gerda Christow elle-même et que, si son attitude avait quelque chose de théâtral, c'était justement parce qu'elle jouait un rôle. Il y avait dans cette affaire un étonnant mélange de simplicité et d'astuce, qui me laissa longtemps interdit. Je dois dire pourtant que je m'avisai assez vite du fait que l'intelligence que j'avais à combattre était la vôtre, du fait aussi que tout le monde au *Vallon*, ayant conscience de ce que vous vouliez faire, se faisait votre allié. Pourquoi vouliez-vous, vous, sauver Gerda Christow?

— Parce que John me l'avait demandé! Quand, au moment de mourir, il a prononcé mon nom, j'ai compris! Il comptait sur moi pour protéger Gerda, il me suppliait de la sauver. Il l'aimait. Plus, sans doute, qu'il ne l'imaginait. Il l'aimait plus que Veronica Cray, plus que moi. Sans doute, parce qu'elle était à lui! Il savait que si quelqu'un pouvait épargner à Gerda les conséquences de l'acte qu'elle venait de commettre, ce quelqu'un ne pouvait être que moi. Et il savait aussi que je ferais ce qu'il me demandait, quoi que ce fût, parce que je l'aimais!

— Et vous avez commencé tout de suite!

— Oui. La première chose à quoi j'ai pensé, ce fut de m'arranger pour jeter le revolver dans la piscine, afin de faire disparaître, ou tout au moins de brouiller les empreintes. Plus tard, quand j'ai appris qu'il y avait une autre arme, je l'ai cherchée et je l'ai trouvée presque aussitôt, parce que je savais comment Gerda aurait essayé de s'en débarrasser. Les hommes de l'inspecteur Grange sont arrivés deux minutes plus tard, mais le revolver était déjà dans mon sac, où je l'ai conservé jusqu'au moment où j'ai pu l'emporter à Londres. Là, je l'ai caché dans mon atelier. Par la suite, je l'ai rapporté pour le déposer dans un endroit où la police ne pouvait manquer de le découvrir.

— Le cheval! murmura Poirot.

— Comment le savez-vous?... C'est vrai! Je l'ai enveloppé dans un petit sac imperméable et je l'ai mis à l'intérieur d'une armature, sur laquelle j'ai modelé un cheval. La police n'aurait pas osé, au cours d'une perquisition, détruire une de mes œuvres. Mais comment avez-vous deviné ça?

— Une association d'idées, répondit Poirot. Ce cheval m'a fait penser au cheval de Troie... Mais les empreintes?... Comment les avez-vous obtenues?

— Il y a un vieil aveugle qui vend des allumettes au coin de ma rue. Il n'a jamais su ce que je lui demandais de tenir pendant que je cherchais de la monnaie!

Poirot la considérait avec un peu d'admiration.

— Formidable! fit-il. J'ai rarement eu affaire à des adversaires de votre classe!

— Vous m'avez donné bien du mal, vous aussi!

— Je m'en doute. J'ai commencé à deviner la vérité quand je me suis aperçu que le plan de l'adversaire ne consistait pas à faire porter les soupçons sur une personne déterminée, mais sur tout le monde, Gerda Christow exceptée. Tous les indices nous éloignaient d'elle. Vous avez dessiné Ygdrasil sur la table du pavillon pour compter, vous aussi, au nombre des suspects. Lady Angkatell, qui avait compris votre jeu, s'est amusée à lancer le pauvre inspecteur Grange tantôt à droite, tantôt à gauche. Il a soupçonné Edward, David, Lady Angkatell elle-même... et c'était bien ce qu'il fallait faire pour innocenter le véritable coupable. Toutes les pistes semblaient bonnes, aucune ne menait nulle part!

Henrietta tourna la tête vers le corps écroulé dans le fauteuil et murmura :

— Pauvre Gerda!

— Vous n'avez jamais cessé de la plaindre, n'est-ce pas?

— Non. Elle était follement éprise de John, mais elle ne le voyait pas tel qu'il était. Elle avait fabriqué, à son usage personnel, une sorte d'idole, qui pour elle était John, et à laquelle elle attribuait toutes les plus nobles qualités. Je la plaignais parce que quand on brise une idole, il ne reste plus rien!

Après un silence de quelques secondes, elle poursuivit :

— John, elle l'a toujours ignoré, était bien supérieur à l'image idéale qu'elle se faisait de lui. C'était un homme fier, généreux, débordant de vie, et un grand médecin. Aujourd'hui, il est mort. Le monde a perdu une valeur. Et, moi, j'ai perdu le seul homme que j'aurai jamais aimé.

Poirot avait posé sa main sur l'épaule d'Henrietta.

— Oui, dit-il, mais vous êtes de celles qui peuvent vivre avec un poignard dans le cœur et continuer à sourire...

Elle leva les yeux vers lui. Un sourire amer pinçait ses lèvres.

— Un peu mélo, hein?

— C'est parce que je suis un étranger. J'ai le goût des grands mots...

— Vous avez été très bon pour moi, monsieur Poirot.

— Parce que, d'un bout à l'autre, je vous ai admirée!

— Et maintenant, monsieur Poirot, qu'allons-nous faire?... Pour Gerda?

Poirot prit le sac à ouvrage de Gerda et en vida le contenu sur la table : c'étaient des morceaux de cuir de couleurs variées, parmi lesquels il était facile de distinguer ceux qui, réunis, avaient formé naguère un étui à revolver. Poirot les mit dans sa poche.

— Je les emporte, dit-il. Pour la pauvre Mrs. Christow, elle n'en pouvait plus, la mort de son mari l'avait laissée inconsolable et l'hypothèse du suicide sera admise sans difficultés...

— Et nul ne saura jamais la vérité?

— Ce n'est pas tout à fait mon avis, répondit Poirot. J'ai idée qu'un jour je recevrai la visite du fils du docteur Christow, qui viendra me la demander.

— Vous ne la lui direz pas?

— Mais si!

— Non!

— Si, Miss Savernake! Vous ne pouvez admettre, vous, qu'on fasse de la peine à quelqu'un, mais il est des esprits qui préfèrent savoir, quelque chagrin qu'il leur en coûte. Cette pauvre femme nous le disait tout à l'heure, Terry a besoin de savoir. Si pénible soit-elle, la vérité doit être regardée en face...

Henrietta se levait.

— Dois-je rester ici, monsieur Poirot, ou vaut-il mieux que je m'en aille?

— Il serait, je crois, préférable que vous partiez.

Elle approuva d'un mouvement de tête, puis, comme se parlant à elle-même, elle dit, très bas :

— Où aller?... Que vais-je devenir, sans John?

Poirot lui mit la main sur le bras.

— Ne parlez pas comme Gerda Christow! Ce que vous devez faire, vous le découvrirez! Allez, mon enfant! Votre place est avec les vivants!

CHAPITRE XXX

Henrietta roulait vers Londres. Deux questions occupaient son esprit, deux petites questions qu'elle se répétait inlassablement : « Que faire? Où aller? »

En ces dernières semaines, elle avait lutté, sans s'accorder un instant de repos, soutenue par la tâche même qu'elle avait à accomplir, cette tâche que John lui avait léguée. L'avait-elle ou non menée à bien? On pouvait répondre oui et on pouvait répondre non. Mais, d'une façon comme de l'autre, elle était terminée. Et Henrietta, maintenant, découvrait sa fatigue.

Elle se souvenait des mots qu'elle avait dits à Edward sur la terrasse, le soir même de la mort de John, alors qu'elle se disposait à se rendre au pavillon pour dessiner sur la table de fer, à la lueur d'une allumette, l'image d'Ygdrasil. « Je voudrais tant avoir du chagrin! » avait-elle dit. Seulement, à ce moment-là, elle ne voulait pas se laisser dominer par sa douleur. Sa mission l'appelait. Maintenant, elle pouvait s'abandonner à sa peine. Elle n'avait plus que cela à faire et, à cette idée, une telle révolte s'emparait d'elle qu'elle regrettait de n'avoir pas bu le poison versé par Gerda.

Tout à l'heure, à Londres, elle se retrouverait dans son atelier. Il serait vide et le demeurerait toujours, puisque John ne viendrait plus la taquiner et, entre des paroles d'amour, lui parler de la maladie de Ridgeway, de son combat, de Mrs. Crabtree et de l'hôpital Saint-Christophe.

L'hôpital Saint-Christophe?

— Mais oui, murmura-t-elle, c'est là que je dois aller!

Couchée dans son lit étroit d'hôpital, Mrs. Crabtree, de ses petits yeux ridés, considérait sa visiteuse. La vieille était bien telle que John la décrivait et cette constatation apparaissait réconfortante à Henrietta. Au chevet de cette femme, pour un instant elle retrouvait John...

Mrs. Crabtree parlait.

— Le pauvre docteur, hein? C'est terrible!... Se faire descendre comme ça! Ça m'a retournée quand je l'ai appris! La sœur a été très gentille et elle m'a apporté tous les journaux qu'elle a pu trouver. Il y avait toutes les photos... La piscine... Sa pauvre femme, à la sortie de l'enquête... Et puis cette Lady Angkatell à qui appartient la propriété... C'est vraiment une affaire mystérieuse, hein?

Il y avait des regrets dans sa voix, mais aussi une certaine satisfaction : Mrs. Crabtree aimait la vie et les beaux crimes, les faits divers sensationnels, donnaient du goût à l'existence. Henrietta ne fut point choquée. John aurait parfaitement compris Mrs. Crabtree et son attitude devant la mort lui eût été sympathique.

— La seule chose que je souhaite, continuait la vieille femme, c'est qu'on trouve celui qui a fait le coup et qu'on le pende! On n'exécute plus en public, comme autrefois, et c'est bien dommage! J'aurais été voir ça!... Parce que, pour tuer un homme comme ça, il faut vraiment être moins que rien! C'était un docteur comme il n'y en a pas un sur mille, calé... et puis, si gentil! Il vous faisait rire, même quand vous n'en aviez pas envie! Les choses qu'il vous disait, quelquefois! Moi, c'est bien simple, pour le docteur, j'aurais fait n'importe quoi!

— Oui, murmura Henrietta, c'était quelqu'un!

— A l'hôpital, on pense de lui un bien énorme! Les infirmières, les malades, tout le monde! Il arrivait... et il vous persuadait que vous alliez aller mieux!

— Mais vous allez guérir, j'en suis bien sûre!

Une ombre passa sur le visage de Mrs. Crabtree.

— J'en suis moins sûre que vous, ma petite! répliqua-t-elle. Maintenant, c'est le petit à lunettes qui me soigne. Il est très doux, mais il ne rit jamais! Ce n'est pas comme le docteur Christow, qui avait toujours une blague à vous sortir! J'en ai vu de dures avec son traitement, vous savez? « Je n'en peux plus, docteur! », que je lui disais. « Allons, donc, « Mrs. Crabtree! qu'il me répondait. Bâtie comme « vous êtes, vous devez tenir le coup et vous le « tiendrez! Vous et moi, nous sommes en train « d'ajouter un chapitre à l'histoire de la médecine! » Qu'est-ce que vous voulez répondre à ça? Moi, je vous le dis, il m'aurait fait passer par un trou de souris! Il était exigeant, mais on ne pouvait pas le laisser tomber. Vous voyez ce que je veux dire?

Une flamme pétilla dans le petit œil noir de Mrs. Crabtree.

— Pardonnez-moi, ma petite! Vous n'êtes pas sa femme, par hasard?

— Non, répondit Henrietta. Une amie, seulement.

— Vu! dit Mrs. Crabtree. Si ce n'est pas indiscret, pourquoi êtes-vous venue me voir?

— Parce que le docteur me parlait beaucoup de vous et du nouveau traitement. Je désirais savoir comment vous alliez...

Mrs. Crabtree fit la grimace.

— Je dégringole, voilà ce que je fais!

— Mais il ne faut pas! s'écria Henrietta. Vous devez guérir!

— Ce n'est pas que je tienne à me laisser glisser, mais...

— Alors, il faut vous battre! Le docteur Christow disait que vous étiez une lutteuse...

— Il disait ça, vraiment?

Mrs. Crabtree se tut un instant.

— Celui qui l'a tué est un rude salaud! reprit-elle. Parce qu'il n'y en a pas beaucoup comme lui!

Après un nouveau silence, elle ajouta :

— Tenez le coup aussi, ma petite!... J'espère qu'on lui a fait de belles obsèques.

— Elles ont été magnifiques.

— Ah?... Dommage que je n'aie pas pu y aller!... Je serai aux prochaines, puisque ce seront les miennes!

Vivement, Henrietta protesta :

— Non! Vous n'avez pas le droit de vous laisser aller! Le docteur Christow vous disait que vous étiez en train d'écrire ensemble un nouveau chapitre de l'histoire de la médecine. Il faut que vous le continuiez toute seule! Le traitement est le même, c'est à vous d'avoir de l'énergie pour deux! Ce chapitre, il faut que vous l'écriviez pour lui!

Mrs. Crabtree regarda longuement Henrietta.

— Vous m'en demandez beaucoup! dit-elle enfin. Je ferai ce que je pourrai, je ne peux pas vous promettre plus!

Henrietta se leva et lui prit la main.

— Au revoir, Mrs. Crabtree! Je reviendrai si vous me le permettez!

— Sûrement! Ça me fera du bien de parler du docteur avec vous!

Clignant de l'œil, elle ajouta :

— C'était un type épatant pour tout, hein?

— Oui, murmura Henrietta.

— Ne vous en faites pas, mon petit! Le passé est le passé. Il ne revient pas...

Henrietta songea que Mrs. Crabtree et Hercule Poirot exprimaient la même idée avec des mots différents et se retira. Elle regagna Chelsea, conduisit sa voiture au garage et, à pas lents monta à son atelier.

— Et, maintenant, se dit-elle, la porte fermée, le moment est arrivé, celui que j'ai tant redouté et qui ne pouvait pas ne pas venir. Je suis seule. Seule avec mon chagrin et ma vie sans objet.

Elle se laissa tomber sur une chaise et des larmes coulèrent sur ses joues.

Elle pleurait John...

Il lui semblait entendre sa voix...

— Si je mourais, la première chose que vous feriez, les joues encore brûlantes de larmes, ce serait de vous mettre à modeler une femme en deuil ou quelque effigie de la Douleur! »

Pourquoi cette phrase lui revenait-elle en mémoire?

La douleur... Une figure voilée. Des traits à peine visibles... La tête couverte d'une cape... Une haute silhouette, en albâtre, très allongée... Toute la douleur du monde exprimée par le mouvement d'une draperie...

« Si je mourais... »

Une immense tristesse l'envahissait.

« Et voilà la femme que je suis! John avait raison! Je ne puis pas aimer, je ne puis pas porter le deuil! Midge, Edward, les autres, sont des êtres humains. Ils vivent. Moi, je ne suis pas une créature comme les autres. Je ne m'appartiens pas. Quelque chose me domine, contre quoi je ne puis rien. Je ne peux pas pleurer mes morts. Je prends ma peine et j'en fais une statue. « Envoi n° 58, Douleur, albâtre, « Miss Henrietta Savernake... »

La tête dans ses mains, elle pleurait, murmurant des paroles confuses dans lesquelles elle demandait pardon à John.

IMPRIMÉ EN FRANCE PAR BRODARD ET TAUPIN
Usine de La Flèche (Sarthe).
ISBN : 2 - 7024 - 1357 - 9
ISSN : 0768 - 0384